U0074498

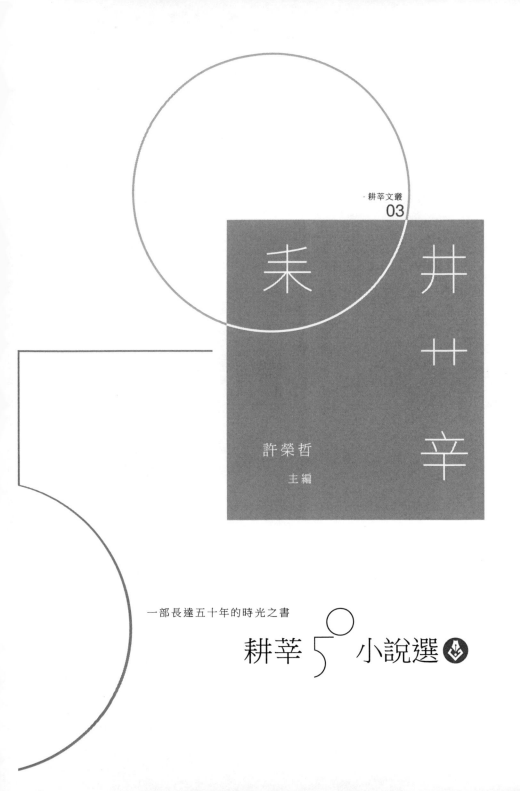

耕莘文叢
03

耒井井辛

許榮哲

主編

一部長達五十年的時光之書

耕莘 5° 小說選

【總序一】
眾神的花園

陸達誠（耕莘青年寫作會會長）

多年前，聯合報副刊前主編瘂弦先生曾戲稱副刊是「眾神的花園」，此稱殊妙，聯副的作者與讀者一致叫好。

筆者初聞此語，立刻想到「耕莘青年寫作會」，這詞拿來形容本會再恰當不過。「眾神的花園」一語如憑虛御風般攜我們回到二千五百年前的希臘，看到的是：香氣撲鼻的萬紫千紅、纍纍碩果、藍天白雲、和煦太陽。這些描寫的確突顯了副刊的特色，眾神遨遊其間，得其所哉。耕莘寫作會何嘗不是如此，眾多的神明（老師和學生）漫步遨遊其間，樂不思蜀。耕莘寫作會與聯合報副刊的規模固然不可同日而語，但確有類似之處。

1963年耕莘文教院在台北溫羅汀文化區（台灣大學附近的溫州街、羅斯福路、汀州路）落成。院內除了住著在大學授課的十多位神父外，還有英美文學圖書館、心理輔導中心、原住民語言研究中心、多媒體教室、展演用的大禮堂、不少教室、中型聖堂、以及大專學生的活動場地。它很快地成為台北年輕人最愛的文化中心之一。

四年後（1966年），耕莘創設了兩個社團：一個是深入山區窮鄉僻壤耕耘的山地服務團，另一個即是可譽為「眾神的花園」的寫作會。兩會的創辦人是美籍張志宏神父（Rev.George Donohoe, S.J., 1921-1971）。該二團體甫成立即為耕莘帶來大批青年才俊，使原本安寧、靜態的房子充滿了喧囂嬉笑之聲，一到四層樓變得年輕活

潑。隨著各種講座的開設，文學的氣氛亦變得濃厚起來。

為了解這個文學花園的特色，我們要稍微介紹這位創辦人。張神父創辦寫作會那年約四十五歲，在台師大英語所授課。他左眼失明，右眼弱視（看書幾乎貼鼻，他最後一次回美探親時，學了盲人點字法），聽覺味覺均欠佳。這樣一位體弱半老的人如何會有此雄心壯志，令人不可思議。

張神父在1971年2月寒假期間，帶了一百二十位年輕人去縱貫公路健行，因躲閃不及被一輛貨車碰撞，跌落崖谷去世。追悼大會在耕莘文教院的教堂舉行，悼念的人擠得水泄不通。筆者願意引述下面數位名作家的話來說明張神父給人留下的印象。

謝冰瑩女士用對話的口吻說：「張神父，您在我的心中，是世界上少有的偉大人物，您是這麼誠懇、和藹、熱情，有活力。」（《葡萄美酒香醇時：張志宏神父紀念文集》，1981，頁2）

朱西甯先生說：「初識張公這麼一位年逾花甲[1]的老神父，備受中國式的禮遇——那是一般西方人所短缺的一種禮賢下士的敬重，足使願為知己者死的中國士子可為之捨命的。命可以捨，尚有何不可為！我想，這十多年來，耕莘青年寫作會之令我視為己任，不計甘苦得失，盡其在我的致力奉獻，其源當自感於張公志宏神父的相知始。」（頁11）

張秀亞老師記得張神父如何尊師重道。她說：「為寫作班講過課的朋友都記得，課間十分鐘的休息鈴聲一響，著了中式黑綢衫的您，就會親自拿著一瓶汽水，端著一盤點心，悄悄地推開黑板旁的小門走了出來，以半眇的眼睛端詳半晌，才摸索著將瓶與盤擺在講桌上。下課後，有時講課的人已走到大門外，坐進了計程車，工作繁忙的您，卻往往滿頭汗珠的『追蹤』而至，您探首車窗，代為

---

[1] 張神父去世時僅五十歲，朱西甯先生說「張公年逾花甲」，是因為寫此文時正值張神父去世十週年，冥壽六十，六十年為一甲子，故可稱「年逾花甲」。

預付了車資，然後又將裝了鐘點費、同寫著『謝謝您』三個中文字的箋紙信封，親自遞到授課者的手中，臉上又浮起那股赧然的微笑，口中囁嚅著，似乎又在說：『對不起！』」秀亞老師加了一句：「您是外國人，但在中國住久了，也和我們一樣的『尊師重道』。」（頁95-96）

難怪王文興老師也說：「張神父未指導過我宗教方面的探求。但近年來，我始終認為，在我有限的宗教探索中，張神父是給予我莫大協助的三五位人士之一。」（頁18）

張神父去世已有四十五年，今天是他創立耕莘青年寫作會50週年的大節日。五十年來，寫作會藉著多位園丁的耕耘，這個花園的確經歷過數次盛開的季節，也綻放過不少美麗的花卉和鮮甜的果實。而這個團體一直保持某種向心力，使許多參加過的學員不忍離開，因為我們一直有愛的聯繫。是愛文學、愛真理，穿透在我們中間的無形、無私、永恆的愛。

為慶祝耕莘寫作會創立五十週年，我們聯絡到從第一屆開始的學員，他們中有些是已成名的作家，有些與本會有深厚感情，一起策劃了慶祝內容。

在本會任教超過三十多年的楊昌年教授指導下，我們決定出版七本書及拍攝一部紀錄片。後者由陳雪鳳負責，聚點影視製作公司拍攝；書籍由夏婉雲擔任總主編，計有：1.凌明玉編《耕莘50散文選》、2.許榮哲編《耕莘50小說選》、3.白靈、夏婉雲編《耕莘50詩選》、4.陳謙、顏艾琳編《葉紅女性詩獎精選集（2006~2015）》、5.許春風編《二十八宿星錦繡——耕莘寫作會金慶研究班文集》、6.李儀婷、凌明玉、陳雪鳳編《你永遠都在——耕莘50紀念文集》、7.我的傳記增訂版《你是我的寶貝——陸達誠口述史》，半年過去，七書陸續成形。在編書過程中，通過e操作，把久違的候鳥一一找了回來，從他們的文章中，我們看到他

們從未離開過耕莘。這次,我們的文學花園因這慶典又回到當年的熱鬧狀況,百花齊放、百家爭鳴,從他們的文章中我們讀到諸遠方候鳥對耕莘的懷念和認同。這塊沙洲是不會人滿人患的。新的神明不斷的還在光臨:我們每年舉辦的「搶救文壇新秀再作戰」(2006年開始)及「高中生文學鐵人營」(2010年始)吸收了一批又一批的新秀。他們遲早要在文壇上大顯光芒。

感謝五十年來曾在耕莘授課的作家老師,您們的努力使這個花園繁榮滋長,生生不息。張志宏神父在的話,一定笑顏逐開,歡樂無比。五十年來在本會費心策劃過課程和活動的秘書和幹部們,也是令我難以忘懷的。您們使寫作會一直充滿朝氣,使它成為名符其實的「青年」寫作會。

感謝《文訊》雜誌的封德屏社長,為七月份《文訊》做耕莘50的專刊,使耕莘能有發聲的平台。紀州庵還空出檔期,租借優雅場地給我們。我們永遠會記得「文訊」和「耕莘」密不可分的緣份。

為這次金慶慷慨捐助的恩人,我們也不會忘記您們。您們的付出玉成了未來作家的文學生命的資糧。眾神的花園中因您們的施肥,花卉必將永遠地盛開,不停提供國人靈魂亟需的芬多精。

「眾神的花園」五十年來所以沒有解體因為其中有愛,愛是生命力和創造力的泉源,為這愛而犧牲過的人都享受著真正的幸福,相信讀者也感染這份愛的熱力。讓我們一起發揚這愛,滿懷希望地繼續向前邁進吧!

【總序二】
文學的因緣與際會

白靈（詩人／1975年參加寫作會）

筆下二三稿紙，胸中十萬燈火

很少人會再記得，在台北的城南，紅綠燈繁忙的兩條路交叉口，曾站起一棟十幾層的大樓，十幾年後地牛翻了個身，轉瞬它又從地表消失。它曾是花園，旁邊大路更早之前是一群日式建築和蟬聲鳴叫的巷弄，現在上頭是停車場，下方是日夜車流穿梭的地下四線通道。

這棟樓的地下二樓，曾被整修為一座小劇場，演了近十年的舞台劇，間雜幾次詩的聲光，許多人的演員夢、導演夢從那裡沒來由萌發，把汗和淚都揉雜在裡頭。與劇場息息相關的是這棟樓的地上第四層，那是一間可容納百餘人的大教室，最靠近交叉路口的那方，一長條黑板，兩邊是褐色粘貼板，左邊寫著「在心靈的天空／放想像的風箏」，右邊寫著「筆下二三稿紙／胸中十萬燈火」。

這間大教室，除了暑期，通常白天人少，夜晚人多。入了黃昏，一棟白日堅實穩固的大廈轉瞬間會像一柱鏤空的大燈籠，開始向這城市散發出它的光華。更多的大廈更多的大燈籠被感染，不，被點燃了，於是或強或弱或高或低的幾百萬盞燈，這裡百簇那裏千團，整座城，在極短的時間內，就由城南這棟樓開始，像星雲般爆出無數的光芒來。

　　這棟樓曾存在過，現在不在了，像一盞、十盞、百盞、千盞曾在這裏點亮過的燈，實質的還是心靈的，現在不在了，那他們的光芒就此消失了嗎？還是去了我們現在看不見的地方，還在繼續地前進？

　　那座小劇場、那間大教室都曾是耕莘青年寫作會的一部份，現在的確都不在了，但寫作會卻要在它們消失了十三、四年後，慶祝創會五十週年。而且深深感覺：十萬燈火正在一個團體裡默默發光，即使別人看不見。

沒有人能夠完整記憶這個團體

　　與大多數的台灣文學團體最不同的是，這是1966年由美籍耶穌會士張志宏神父創立的純民間寫作團體。關於張神父如使徒般犧牲奉獻的服務精神，都記載在已經印行第五版的《葡萄美酒香醇時──張志宏神父紀念文集》中，那種「不為什麼」的服務熱誠歷經鄭聖沖神父、到現在已擔任會長逾四十載的陸達誠神父，均不曾流失。他們只談文論藝、偶而說說哲學，宗教情懷從不口傳，乃是透過身體力行、心及履即及的實踐方式，無形中成了這個團體最堅定的精神支撐。

　　進入寫作會的成員一開始都不是作家，只有少數後來成為作家。大多數都在學生時代成為會裡的學員，有的機緣來了，成為幹事或輔導員，有的待了幾學期後成為總幹事或重要幹部，有的勤於筆耕，成了講師或指導老師，待得更久的乾脆留下來當秘書，不走的成了理事、常務理事、理事長。後來理事會解散，2002年寫作會隸屬基金會，老會員乃成立志工團，繼續志工到現在的不在少數。有百分之九十幾的成員始終是「純粹」的文學愛好者，卻可能是醫生、工程師、廣告人、美工設計者、記者、出版人、畫家、護士、老師、演員、律師、警察、推廣有機食材者……，這並不妨礙他們

繼續信自己原來的宗教、繼續自由貢獻心力、繼續偶然或經常當志工、繼續為某個活動或文集自掏腰包或幫忙募款，而且僅出現在團拜或紀念會上。

只因每個人對這個寫作團體都或多或少留下了一些記憶，聽了幾堂課、演了幾場戲、交了一兩個知心朋友，際會各自不同，像會裡常比喻的，這是一片自由的「文學候鳥灘」，有些晨光或夜光在灘上強烈反射，刺人眼睛，偶而看到自己泥灘上留下幾隻不成形的爪痕，不覺會心一笑，日後想起，雖是片段，也足回味良久。

沒有人能夠完整記憶這個團體五十年的點點滴滴。佇足河邊再久，有誰能看清聽清一條河的流動呢？又如何較比今昔河灘究竟多了多少隻蟹或泥鰍？何況這是一條不曾停歇、心靈互動頻繁的時間之河。雖然上中下游都曾駐足過人，其後也都消失了，後來的人憑著過去留下的片言隻字、幾張照片、幾本文集，也不可能完整記載它的晨昏或夜晚，何況是曾經陽光強烈或雷雨大作過的午後？

一切都是紀錄片起的頭

寫作會三十週年、四十週年也都辦過大型活動，但均不曾像這回這麼大規模。只因一個在法國一個在台灣的女性會員，臉書（FB）上偶然相遇，說起耕莘往事就揪了心。在台灣的那位乃揪了團去看陸神父，一年多前即大談特談如何過五十。然後臺灣兩個「熱心過頭」只偶而寫作的老會員陳雪鳳（廣告公司顧問）、楊友信（工程師／志工團團長）硬是將一部到現在經費都尚無著落的一小時紀錄片推上火線，一股腦兒就先開了鏡，動員邀請一大批多年曾來耕莘演講的老師、會內培養的作家、歷年秘書、總幹事，調閱存檔的無數照片、影片、旦兮雜誌、文集，包括詩的聲光（1985-1998）、耕莘實驗劇團（1992-2002）的各種檔案，全部想辦法要塞

進紀錄片裡，塞不了的就整理成口述稿、出成紀念文集。

之後規模越弄越大，還要在紀州庵辦大型特展（7月14~31日）、北中南巡迴演講、研討會、紀錄片放映會；同時要出版七本耕莘文叢，包括《耕莘50小說選》、《耕莘50散文選》、《耕莘50詩選》、《二十八宿星錦繡──耕莘寫作會金慶研究班文集》、《你永遠都在──耕莘50紀念文集》、《葉紅女性詩獎精選集（2006~2015）》、《你是我的寶貝──陸達誠神父口述史》等，本來還有第八本《耕莘文學候鳥灘》，為數百期型式不一之旦兮雜誌的選文，但因牽扯到一百多位老會員的同意權，只得延後。所有這一切，其實也只像天底下的任何美事，憑任何一人，都無法獨立完成，是一群文學人，不論他／她是不是作家，齊奉心力的結果。

從耕莘文集到耕莘文叢

最早出現「耕莘文叢」這四字是1988年由光啟出版社出版的短篇小說選《印象河》，及1989年的散文選《等在季節裡的容顏》，依序編號為文叢一及二。但1991年的《耕莘詩選》以寫作會名義出版，並未編為文叢三。三本選集的主編均由會長陸達誠神父掛名。再一次出現則是2005年出版的「耕莘文學叢刊」：《台灣之顏》、及《那一年流蘇開得正美》，分別標為文學叢刊一及二，前者為耕莘四十週年紀念而刊行，後者大半收入楊昌年老師所開創作研究班之學員優秀作品，另三分之一為葉紅的紀念追思文集。

在上述這些文叢刊行之前則曾出版過七集的「耕莘文集」，陸神父在上述兩本文叢的序文中即提及1981年8月由當時寫作會總幹事洪友崙策劃創刊的《志宏文集》，第二期起改稱《耕莘文集》（1982年2月），前後共出版了七期。每期收有詩、散文、小說、評論、人物專訪等會員作品。值得注意的是，所有文集的收支帳目

均會擇時公佈，比如第四期的末頁即公佈了一至四期的收入（分別是36,730／15,500／28,010／30,210元）及支出表（分別是36,515／21,998／37,801／28,624元），收入主項為捐款及義賣，四期大致收支平衡。此期並公佈了第四期的「捐款金榜」，有二十六位會員共捐了30,210元。由此可以想見一個寫作團體自主運作之不易（台灣迄今仍不准以人名如「耕莘」申請立案為文學團體，因此無法自行申請公部門任何經費）、及會員長期支撐這個團體的力量是何等強大。

這些文集主要是會員、會友、與授課老師之間的交流刊物，其性質一如1980年開始的寫作會刊物《旦兮》雜誌，雖然《旦兮》先後出現過週刊、月刊、雙月刊、季刊等不同階段，報紙型、雜誌型等迥異的面貌，前前後後、大大小小出刊了二百多期。《耕莘文集》與《旦兮》出版時也寄送圖書館、作家、出版社，但畢竟不是上架正式發行有販賣行為的刊物，一直要等到「耕莘文叢」之名出現為止。

1988年小說選《印象河》收有十一位會員及張大春、東年兩位授課作家的十八篇作品，會員作品均經此兩位作家的審核方得入選。《印象河》作者群在此次2016年出版的《耕莘50小說選》（許榮哲主編）中仍重複入選的則僅有羅位育、莊華堂等二位，其餘新加入的林黛嫚、王幼華、凌明玉、楊麗玲、姜天陸、徐正雄、許榮哲、李儀婷、鄭順聰、許正平等是九〇年代前後至新舊世紀交接時期崛起的作者，而黃崇凱、朱宥勳、Killer、神小風、林佑軒、李奕樵、徐嘉澤等則是近十年優異、活力十足的文壇新星。

1989年散文選《等在季節裡的容顏》收有三十八位會員的四十八篇作品，作品均經簡媜、陳幸蕙兩位授課作家的審核方得入選。其作者群在此次出版的《耕莘50散文選》（凌明玉主編）仍重複入選的僅有喻麗清、翁嘉銘、周玉山、羅位育、白靈、夏婉雲、陸達誠等七位，代換率極大。新加入則往前推可至1966至1970年前後幾

期的寫作班成員蔣勳、夏祖麗、傅佩榮、沈清松、高大鵬，至1980
年的楊樹清、1990年後的林群盛、陳謙，之後就是前面提過的小說
作者群，再就是新世紀才新起的一大批作者群，如許亞歷、陳栢
青、王姵旋、李翎瑋……等。

　　1991年《耕莘詩選》收有四十八位會員的七十四篇作品，其作
者群在此次2016年出版的《耕莘50詩選》（白靈、夏婉雲主編）仍
重複入選的有羅任玲、方群、白家華、林群盛、洪秀貞、白靈、夏
婉雲等七位。新加入則往前推可至喻麗清、高大鵬、靈歌、方明，
八〇年代出現的許常德、莊華堂、葉子鳥、陳雪鳳，九〇年代後的
方文山、陳謙、顧蕙倩、葉紅、邵霖、楊宗翰等，其餘就是新世紀
才新起的一批作者群，如許春風、王姿雯、游淑如、洪崇德、朱
天……等。而三十一位詩人中女性高達十七位，超過半數，為迄今
任何兩性並陳的詩選集所僅見，也預見了女性寫詩人日漸增長的趨
勢已非常明朗，這不過是第一道強光。

　　1988年由莊華堂策劃「小說創作研究班」（成員有邱妙津、姜
天陸、楊麗玲等）開始運作，「研究」二字正式與創作掛勾。加上
其後陳銘磻老師策劃十期的「編採研究班」（後三期改稱「研習
班」）、寫作會主導至少七期的「文藝創作研究班」、及「散文創
作研究班」、「歌詞創作研究班」等，「研究班」儼然成了耕莘培
育作家的搖籃。楊昌年老師自1994年起即指定優秀研究班學員參與
「作家班」，此後他開設了各種不同文類的創作研究班，以迄2011
年為止，可謂勞苦功高。此回耕莘文叢重要的結集之一是《二十八
宿星錦繡──耕莘寫作會金慶研究班文集》（許春風主編），此集
收有楊昌年老師歷年所開各項文學研究班中，特別優秀的二十八位
會員的作品，也是楊老師多年在耕莘辛苦耕耘的一個總呈現。其實
早在1995年4月寫作會會訊《旦兮》雜誌新三卷三期就做過一個專
題「文壇新銳十八」，為「十八青年創作之跡也，六男十二女采

姿各異的彙集」（見楊老師〈「十八集」序〉一文）。在2016年的
《二十八宿星錦繡》中則僅餘鍾正道、凌明玉、楊宗翰、於（俞）
淑雯四位，正見出進出耕莘的文藝青年追尋文學夢的真多如過江之
鯽，能堅持不懈者著實是少數。而此集中的作者群卻至少有楊麗
玲、羅位育、羅任玲、林黛嫚、莊華堂、凌明玉、許春風、於淑
雯、朱天、夏婉雲、蕭正儀、楊宗翰等十二位的作品被收入前述小
說、新詩、散文選集中，份量極重，表現甚為突出，其餘作者雖未
收入，也均極有可觀。

　　《你永遠都在──耕莘50紀念文集》（李儀婷、凌明玉、陳雪
鳳主編）是此回五十週年的重頭戲，共分六輯，前兩輯收入紀錄片
口述稿的原因是因在影片中受時間所限，每人只能扼要選剪幾句話
而無法暢所欲言，故當初拍攝的聚點影視公司，先找人做成逐字
稿，約十四萬多字，經許春風、黃惠真、黃九思等老會員多次一刪
再刪，現在則不足六萬字。包括王文興、瘂弦、司馬中原、蔣勳
（第一期寫作班成員）、吳念真、馬叔禮（八〇年代擔任主任導師
約七年）、簡媜、陳銘磻（九〇年代擔任指導老師、主任導師約十
餘年）、方文山（1998年參加歌詞創作班）、許常德（1983年參加
詩組）……等作家口述稿，以及陸神父、郭芳贄、黃英雄、許榮
哲、楊友信、莊華堂、陳謙、凌明玉、陳雪鳳、朱宥勳、歷任總幹
事……等互動頻繁之寫作會重要成員的口述稿，唯實因人數太多，
不得不消減，最後共輯錄了十九位。其餘有早期成員如夏祖麗、趙
可式、朱廣平、傅佩榮……等的回憶，和中生代、新世代作家均各
為一輯，白日凌明玉帶領多年的婦女寫作班成員也另作一輯，再加
上多年精彩的各式活動照片、寫作會五十年大事記、近六年文學獎
得獎作品紀錄等，真的是琳瑯滿目，詳細地記載了耕莘過去的點滴
和輝光。即使如此，它也無以呈現寫作會五十年真實的全貌。

　　最後兩冊文叢是《葉紅女性詩獎精選集（2006~2015）》（陳

謙、顏艾琳主編）和《你是我的寶貝——陸達誠神父口述史》
（Killer編撰），前者是自2006年迄2015年舉辦了十年的「葉紅女性
詩獎」得獎作品的精選，其形式和內涵所呈現女性詩特質，絕對迥
異於男性詩人，足供世界另一半人口重予審視和反省。後者是寫作
會大家長陸達誠神父口述史的增補修訂版，原書名《誤闖台灣藝文
海域的神父》（2009），此回以「你是我的寶貝」重新命名，此與
世俗情愛或父母子女親情無涉，而是更精神意義、完全無我、出於
近乎宗教情懷的一種人對人的關照和親近，這正是自當年創辦人張
志宏神父所承繼下來的一種情操和付出。

結語

　　近十年，耕莘的青年寫作者人數激增，光這六年，獲得全台各
大文學獎的作品超過一百六十件（可參看《你永遠都在——耕莘50
紀念文集》的附錄〈近六年（2010-2015）文學獎得獎紀錄〉），
七年級八年級許多重要作者都曾涉足耕莘。這是小說家許榮哲、李
儀婷伉儷與時俱進、經營網路、月月批鬥會、透過寒假十一屆「搶
救文壇新秀再作戰文藝營」及暑期六屆「高中生文學鐵人營」的辛
勤引領，耕莘文教基金會在背後默默支持，乃能培養出無數戰鬥力
十足的新人，積累出驚人的輝煌戰果。而榮哲說：「沒有耕莘，如
夢一場」，他說的，絕不只他一人，而是一大票人。然而寫作會所
以能走上五十載文學之火的傳承之路，卻是從一位一眼近瞇一眼弱
視的耶穌會士偶然的文學之夢開始的。

　　常常穿梭百花園中的人，心中也會自開一朵花，坐在千萬盞燈
火裡獲得溫暖的人，心底理應也自燃了一盞燈，「人不耕莘枉少
年」（楊宗翰），指的就是一群浸染了一些文學氣息、走出耕莘
後，自開了一朵花、自點了一盞燈之人，不論他／她寫作或不寫作。

【主編序】
從不務正業開始的時光自選集

許榮哲（小說家／1999年參加寫作會）

所有的小說，都有一個開始。其中一個，是從「不務正業」開始的：

> 當年，父親原是不同意我寫作的──那叫亂來、不務正業。於是曾瞞著家裡，辭掉工作，每天仍帶著便當假裝上班去，騎著50CC的摩托車躲向街頭角落，戴著安全帽禦寒，趴在摩托車上讀書、寫稿、吃冷便當，不敢亂花錢，月底仍如數交出薪水，以免被揭穿，以少少的積蓄支撐著流浪的寫作生活。年少輕狂的耕莘歲月，有點荒唐？但非常開心。

上面是小說家楊麗玲的人生故事，她的長篇小說《戲金戲土》被改編成民視旗艦大戲「阿不拉的三個女人」，即將於2016年上映。如果沒有最初這個「抗拒現實」的真實故事，就沒有後面一個接著一個，如夢似幻的虛構。

小說的本質是虛構，但這本書裡收錄的十九位小說家，他們都來自真實，而他們最初的真實都跟耕莘青年寫作會有關。該從什麼角度來看待這一批小說作品？這次我們不從作品來看作品，而是往後退一步，再退一步，站在創作者的身後，從誰創作了這個作品著眼。

因為，我挑選的標準是十九位小說家，而不是十九篇小說。這些小說家的共通點是，他們最初都從耕莘出發，而後各自用自己的

方法，發光發熱。至於十九篇小說是十九位小說家自行挑選的，他們挑選的標準不一：有人從情感面出發，是在最接近耕莘的年代寫下來的；有人從對自身意義出發，是他們寫作生涯的最重要力作。我無法為這批小說下一個準確的標題，如果勉為其難，我會既羞赧，又驕傲地說，這是一本時光的自選集。不是時間，而是時光，在五十年的時間裡，發著光的小說。時光的自選集，在長達五十年的時光裡，這個集子裡的小說家，拒絕了現實，走進了耕莘，然後用各自的方法修鍊。耕莘只是為他們起了個頭，然後他們各自精彩，各自美麗。

生命是一段探索的旅程，屬於看得到盡頭的那一種。小說則是探索中的探索，永遠看不見盡頭的那一種。在這一段無比艱難的探索旅程中，耕莘有幸成為他們探索的起點。因為他們，耕莘開始有了美麗的光。

所有的小說都有結局，不管是開放式，還是封閉式結局。耕莘的結局是什麼，或許有生之年，我都不會知道，但如果現在我就必須為這一篇序文下一個簡單的結論，那麼我想用的是底下這一個，「未來的可能性」：

當時我坐在寫作小屋的地板上，想著邀請我們來到這裡的email，上面說，營隊（2006年，第一屆搶救文藝營）的導師們想把學員聚集起來，組成一個文學團體（耕莘青年寫作會‧幹事會），也許以後可以一起發行刊物、辦活動之類的。當時我高三，心裡對這些事情半信半疑：憑我們這些小朋友，真的可以嗎？就算可以，有人要看嗎？我只是想寫作而已啊，要搞這麼大的事情，會不會有點誇張啊？要到很久很久我才知道，我們實際上能做到的，比我們以為的還要誇張很多。

　　這個當時的「小朋友」叫朱宥勳，1988年生，我認識他的時候，他還是個高中生。而如今，十年過去了，他已出版數本小說、評論散文集，並主筆包括蘋果日報「蘋中信」在內的數個專欄，同時也是最勇於挑戰文壇的書評月刊《秘密讀者》的催生者，綽號「戰神」。

　　從「不務正業」開始，開往「未來的可能性」，這是耕莘的十九位小說家教會我的，它不是真理，但卻讓我無比神迷。

目次

林黛嫚

星期天的圖書館

作者簡歷

　　林黛嫚，台灣大學中文系、世新大學中國文學系博士，曾任中央日報副刊主編、人間福報藝文總監、三民書局副總編輯、東華大學駐校作家，曾獲全國學生文學獎、文藝協會文藝獎章、中山文藝獎等。著有《本城女子》、《時光迷宮》、《你道別了嗎》三本散文集，《間愛孤雲》、《聞夢已遠》、《今世精靈》、《平安》、《林黛嫚短篇小說選》、《粉紅色男孩》等長短篇小說集。散文及小說作品都曾多次入選年度散文選、年度小說選及中華現代文學大系散文卷、小說卷。最新作品為《單獨的存在》。現任中國婦女寫作協會理事長，淡江大學中國文學系助理教授。

耕莘與我

　　圖書館對喜愛閱讀的人來說，都是很重要的場所，如果沒有那座落在公園裡的小型的私人圖書館，如果沒有鄰居同學為我辦的那張借書證，我的閱讀無從啟蒙。只是在那座圖書館裡，沒有人告訴八歲的我該讀哪一類的書，沒有人在我遇到不認識的字、看不懂的詞、無法理解的一大段文字時，為我解惑。我有我自己的解決方式，那就是像影印機般把那一頁文字印在腦海裡，總有一天那陌生的字詞會隨著和它聯接的字詞與段落變得熟識。

　　《星期天的圖書館》一文緣於圖書館對我的重大意義而衍生的許多想像，其中之一便是在圖書館裡發生的愛情。這個想像使得圖書館經驗有了另一層次的發展，那愛情不只是在書本裡能讀到，而是活生生地在圖書館內上演。

星期天的圖書館

　　他們歡愛的時候，哲欣往往會用一條薄手巾蓋住臉。室內是燈火通明，每一盞燈都開得敞亮，哲欣不喜歡暗，不是沒有安全感那種害怕黑暗的心理，而是她已經習慣整日待在即使夜裡也亮似白晝的環境裡，視力良好的她也已經不習慣昏暗了，所以她一回到住處會打開所有燈的開關，有時累得在沙發上一覺到天亮，電視也開著，燈也大開著。

　　第一次她拿起一條藍色條紋手巾蓋在臉上時，斯翰說：「太亮了是不是，我就說要關燈嘛！」

　　「不，不，不要關燈，你光潤的肌膚才是刺眼呢。」

　　那年輕、觸感柔細，激烈運動過後一層薄汗搭在軟軟淺色的汗毛上，竟比烈日的陽光還要刺眼。

　　完事之後，哲欣用手巾幫斯翰擦汗，斯翰裸著身，閉著眼，長長的睫毛微微搐動，不一會兒就睡著了。哲欣看著那似嬰兒般毫無防備熟睡的臉，應該是滿盈的幸福感，或許是太幸福了，不知從哪兒竄出來的不安像一根尖刺一下一下地刺著她的心口。

　　很多人喜歡說命運之繩，台灣人可能就說命運的鎖鍊，意思是人的一生有很多不由自主的部分，往往被冥冥中命定的看不見的力量牽引著前進。哲欣身邊各式各樣的人都有，有的十分迷信，初二、十六定期拜拜之外，連自己才十六歲的女兒將來會到嫁到哪個方位去，都已經問過那神機妙算的丁小姐，這是指和哲欣一起經營公司的湘妮；有的不僅沒有正教的信仰，不論星座血型，不喜歡排命盤、算紫微，也都不信怪力亂神，總覺得每個人的命運掌握在自己手裡，這是「哲欣們」，信與不信的人們，各自選擇自己在意的

部分，只是偶而也會擦撞出火花。

大學時和哲欣一同在校外租屋的室友芋芋，她每週一拿到美容雜誌，就先翻看一周的星座運氣，有一次甚至因為書上說本週雙子座的人會破財，而不願和哲欣去看早就約好的快下片的電影，氣得哲欣差點跟她絕交。哲欣進入社會的第一份工作，和她最談得來的同事顧姐，老是說要帶她去算命，哲欣編了幾次理由，最後實在躲不過，跟著去了一次，結果成了一場災難，至少哲欣自己覺得是災難，因為她從頭到尾都在和算命師抬槓，她不想算筆劃改名，不想批流年了解未來十年的運途，不是要問婚姻、事業、功名，「那你來做什麼？」最後這句話算命師很有風度並沒有問出口，是哲欣步出算命館時，想到自己花了二千元倒像在做心理諮商而覺得有點嘔。

在這個遍地都是機會的地方，只要努力，每個人都可以過自己想要的生活。這是哲欣的想法。她盡力做自己想做的事，努力追求夢想，讓自己的人生的每一部分都在自己想要的位置上，在她三十五歲以前，這樣的想法，似乎沒有讓人懷疑的理由。所以發生那件事之前或之後，哲欣無法理解，為什麼？

她終於又回到了圖書館。吃過自己動手做的早午餐，用那慣用的百貨公司周年慶送的購物袋裝著幾樣必要的物品：筆電、手機、錢包、鑰匙，保溫杯和面紙，還有一、兩本書，要去的地方是圖書館，那是一個有很多書的地方，為什麼還要帶書本呢？這是哲欣經歷過那一段每天到圖書館報到的日子之後的經驗，有時瀏覽了好幾排書櫃，卻仍然找不到一本有感覺的書，想把它拿回到自己的座位，坐下來閱讀，那時，自己帶來的書就派上用場了。那通常是一本可以分段閱讀，而且常常要花很多時間才看得完的書。總之，拿著裝滿東西的購物袋，大熱天拿防紫外線陽傘，下雨天拿能遮風蔽雨的大黑傘，晴天又不冷不熱就不帶傘，哲欣走出家門到離住家十

分鐘腳程的社區圖書館，她會在這兒待一整個下午，直到筆電的電力用完，直到肚子咕咕地提醒她到了晚餐時刻，才收拾物品準備回家……這樣的日子感覺好像才是不久前的事，其實已經過了三年了。

如果天天到圖書館報到已經是三年前的事，那也意味著那件事過去將近三年了，不，那件事是發生將近三年，但它始終沒有過去，即使過了一千個日子，哲欣感覺自己仍然處在那件事的狀態中。

第一次站在那座圖書館的一排書櫃前，哲欣吃了一驚。對書籍向來不陌生的她，第一次感受到陌生，如果是電路機械、醫學、土木建築等專業書一般人當然看不懂，那不是陌生，那是隔行如隔山的艱澀。但立在她面前的這一排書，讓她覺得陌生，彷彿這十年來她第一次進圖書館，而中文世界的作者與寫作的內容卻像過了一個世紀。

她不是沒有去過圖書館，從小到大，她去過很多座圖書館，從學齡前跟著爸爸去上班開始。那一陣子媽媽也在上班，原先哲欣去保姆家，直到保姆搬走，換了幾個保姆總是有這個那個問題，哲欣當然記不得到底是父母覺得有問題，還是哲欣不滿意，總之找不到原先從哲欣滿月後就一直照看著的那樣挑不出缺點的保姆了，只好在哲欣上幼稚園前先跟著爸爸到辦公室去。爸爸工作地點就有一間圖書館，不能說是圖書館，只是一間放滿了書的房間。大部分是和爸爸工作單位相關的專業書籍，少數一些一般人也可以看的雜書，完全沒有哲欣這個年齡的孩子看得懂的書，所以，在那間圖書室裡，哲欣看自己帶來的書，用自己帶來的紙筆畫畫，渴了用自己帶來的水杯去裝水喝，累了趴在自己帶來的小枕頭上小睡片刻，直到爸爸下班前，哲欣都待在那間圖書室裡。

哲欣大學的國文老師有次在課堂上說了自己的故事，說她的人

生可以用五張書桌來記憶，第一張書桌是躲戰爭逃難在鄉間，母親在附近廢棄的學校尋了一張破課桌，把斷了的桌腳接起來，給她當書桌作功課，用到要離開時，她還想把那張書桌帶著走呢，第二張、第三張……。當時哲欣聽老師這麼說，覺得很新鮮，一個人活了大半輩子，到老時居然可以簡化為五張書桌？不過這個故事倒是讓哲欣記牢了，此時她便想起，若是她，可以用圖書館來記憶自己的人生，雖然是怎麼算都不算長的人生。

爸爸公司的圖書室之後是中學的學校圖書館，那時大概是教育部或教育局之類管教育的公家機關，正在推廣讀書運動，學校圖書館便配合辦了閱讀比賽，看這一學期裡誰在圖書館借書次數最多，便冠以「閱讀達人」的封號，獎品是一套百科全書。當時前段班的學生都在拼聯考，沒有心思搞課外活動，成績不夠好沒有升學壓力的學生又多是不愛看書的，學務處宣傳得紅火紅火，學生們參與的熱度倒是不高。哲欣那時正跟父母鬧脾氣，她想讀新聞科系，但公立的大學可能考不上，而私立的學院差距太大學費又貴，媽媽要她務實點，按照分數高低填志願，熱門大學的熱門科系上不了，後段科系還是可以考慮的。出於嘔氣，明明該拼模擬考了，哲欣索性整天泡在圖書館裡看閒書，看完一本又借一本，最後居然讓她拿到借書達人的冠軍，更幸運的是，隔年她的考運特別好，跌破所有人的眼鏡，上了她從未想過可以考得上的熱門大學熱門科系，她心中其實相信，是學校圖書館帶給她的好運氣。

此後圖書館就像信徒的聖地般成了哲欣的幸運之門，讀大學時準備期末考，快畢業時準備考托福，拿到傳播碩士回國後還曾經打算考國考，也是整天待在圖書館讀書、整理資料，不過，後來因為和湘妮一起合夥開了間小型的傳播公司，從此一頭撞進沒日沒夜的工作中，整天像陀螺般被工作推著轉，身邊只有客戶和工作夥伴，完全沒有時間停下來想想家人、戀人等等和工作無關的事，到了陀

螺轉乏了，漸漸慢下來，終於完全停止不動時，已經過了十年，她輝煌的青春算是燃燒完了。

那一次走進社區圖書館，她在這裡住了超過十年，竟不知這裡有座圖書館。這棟建築樓下是廿四小時的超市，哲欣常來，通常是三更半夜，拖著疲憊的身子要回家洗澡、換衣服、整理行李，稍微眯一下又得出門的時刻，然後想起牙膏、衛生紙沒了，或是實在渴得要死想買一罐純果汁喝，就叫公司車停在超市前放她下來，買了東西再自己走回家。她對住家附近最熟悉的就是超市到住處這段路了，而且是深夜時分的風景，有隻黑色的瘦貓總是在電線桿旁覓食，用利爪扒開塑膠袋，舔食塑膠袋內殘存的食物；滷味攤大約過一點開始收拾打烊，因為空無路人，用水管沖洗騎樓的姿勢十分霸道，哲欣為避污水總得繞走馬路中央，幸好深夜的馬路也是屬於行人的；街道底的大樓警衛室的警衛例行在打瞌睡，哲欣高跟鞋的咯咯聲靠近了才會使他驚醒，還有同一社區隔壁棟的某先生回家時間常常和她差不多，一不小心前後腳走在社區大門前的斜坡，那人身上濃重的菸味酒味便順風陣陣飄過來⋯⋯哲欣知道這些，她只是不知道超市樓上居然有一座圖書館，因為在那些年間，圖書館開放的時間哲欣是不在這條路上的。

哲欣會走進圖書館是在一個很奇妙的狀態下，她居然在大白天的正午時間出外覓食。那個只供哲欣擺放衣物及睡覺盥洗的住處有冰箱沒有食物，有瓦斯爐沒有鍋碗瓢盆，她甚至連在家中泡速食麵都不曾有過。更具體的說，她在不該待在家裡的時間待著，湘妮找人幫她送了三天飯，就藉口人力不足，要她自己想辦法了。

白天的街道和夜晚似乎是兩個世界，沒有瘦黑貓有肥家狗，沒有夜歸的醉漢，那夜夜瞌睡的社區保全看到人就熱情招呼，安靜而黑得發亮的街道現下是喧鬧得讓人渾身燥熱起來。哲欣讀大學時一直以為自己會找個電視公務員的工作，現在做的雖然也是拍電視

劇，卻不像公務員可以朝九晚五，事情做多做少都照領薪水，她總
是被工作推著走，連自己到底賺多少錢都沒時間去補登一下存摺。
如同她不在預期之下過起沒日沒夜的生活，這樣不見朝霞夕陽的日
子突然說停就停下來了，如果她相信算命，那就是流年不利。幫公
家機關拍公益宣傳短片已經很多年了，某天那個合作愉快的科長突
發奇想要拍勵志電視劇集，要哲欣公司送企劃案，湘妮一聽認為是
可以做大的生意，於是興致高昂送了案子，包括公家出多少錢，自
己找多少贊助，都規劃好了，為趕時效，備忘錄一簽火速開工，計
畫如果一切順利半年後完工交片，公司就會有四千萬進賬。哪知金
融風暴爆發，贊助商抽手，公家的補助預算也大砍對半，湘妮一精
算這下不但賺不到錢，還可能虧上千萬，電腦試算程式跑一跑，決
定違約，把已經剪好的帶子交出去，當作是已經領到的補助款拍出
來的成品，而那見人一張笑瞇瞇觀音臉孔的科長收起菩薩心腸，揚
言不履行合約就提告。說到底哲欣壓根沒搞懂是怎麼回事，她向來
是做執行面的工作，其餘接洽業務或是財務方面的事都是湘妮在打
理，總之湘妮打算把公司改組，賴掉這筆賬，而成為代罪羔羊的前
公司負責人最好避避風頭，暫時離開公司。

　　於是她在正午時分走出家門，準備看看家附近有什麼好吃的店
家，祭祭自己的五臟廟。十年來餐餐都和同事或客戶一道用餐，如
果有機會一個人吃飯，那一定是所有同事都在忙，只有她閒著，可
以先拿起便當，找一個角落，無視四周的喧囂，安靜地吃便當。

　　哲欣走在白天的街道，餛飩湯好嗎？肉羹麵好嗎？還是一樣買
排骨便當？不管哪一種，對哲欣來說，都像是便利超商的關東煮，
只是食物，可以填飽肚子，無關美味。她每次看到科幻片，總是想
到有一天會有人發明食物藥丸，青菜一顆藥丸，肉類一顆藥丸，米
飯一顆藥丸，甚至簡化到一天吃三顆，便不必再煩惱這餐吃什麼，
那餐吃什麼？美食雜誌介紹的美食、美食餐廳，或是報紙婦女版常

報導的愛心便當，情感的意義都超越了食物與健康吧，至少哲欣是這麼想。

那天中午哲欣吃了什麼，她已經忘記了，只記得帶著飽漲的感覺要回家時，突然想散散步，便往回家反方面走，準備繞一大圈回去，經過那家超市，門口有不少人圍著一張長桌，反正沒什麼正經事，哲欣也去湊熱鬧。原來是一個舊書市集，還有人帶了家裡的書來交換，然後哲欣發現超市樓上的社區圖書館。那種和圖書館莫名奇妙的緣份促使她走上樓，進入圖書館，一堆書排在一起散發出特殊的味道，一群人靜坐著低頭閱讀的姿勢，突然讓哲欣產生一種安頓下來的感覺，連日來惶惶不知終日的心情彷彿進入了居所，難道是那命運之繩把她和這裡牽繫了起來？她又開始了每天上圖書館的日子。

這個夏天特別熱，若不開冷氣屋內簡直一刻都待不住，看看圖書館熱鬧情況就知道，也許是考季又剛結束，大朋友小朋友家裡待不住都擠到圖書館來吹冷氣，哲欣原本可以佔用兩個位置，一個看書，一個放筆電，這天左邊坐了個老先生，把報紙大大攤開，半張報紙蓋過哲欣這頭；右邊是個媽媽在教小孩做功課，媽媽的聲音壓得很低，小朋友則是不懂得輕聲，「這樣對不對？」、「媽媽是這樣嗎？」時不時竄進哲欣耳中，她只好站起來，暫時把位子讓給他們。

哲欣站在書櫃前，看著一排又一排的書，有些書是哲欣從前就聽過或看過的，譬如《誰搬走了我的乳酪》、《別為小事抓狂》、《天一亮就出發》、《如何讀一本書》……，但更多的是她從來沒看過的，這些書名都很特別，彷彿每一本書都是一個陌生的世界，於是她放下手中看了四分之一的日本翻譯小說，開始讀起書名來，黃帝內經、把健康澈底說清、結束貧窮的48堂課、讓自己成功的30個習慣、100天變成晨型人的方法、聽莎士比亞就對了、快樂生活

並不難、QBO問題背後的問題、老闆為你泡咖啡、一本真誠對待自己與他人的嚮導書、誰不想過好日子、別讓性格牽著鼻子走、思路決定出路、做人做事兩兼顧的高明成功術、改變才有機會……

　　原來在她埋頭苦幹，沒有時間停下來看看身旁發生些什麼事的十年間，這世界已經向前推進這麼遠了，哲欣以為圖書館的書架上應該還放著《古文觀止》、《唐詩三百首》、《EQ》、《國境之南太陽之西》、《文化苦旅》、《三更有夢書當枕》、《孩子你慢慢來》、《白玉苦瓜》……等如她這一代文青的不可不讀。看著眼前這些連書名都陌生的書，哲欣一點也沒有抽出其中一本來閱讀的欲望。這樣一點動作也沒有在書櫃前站了一段時間，哲欣的職業感發作了。她的工作和人的接觸非常頻繁，而且很多互動都必須在最短時間完成，訓練出她對任何狀態的回應都十分靈敏和直接，譬如走過拍戲場景，客廳置物櫃上的鬧鐘擺歪了，她會順手扶正，本能反應到自己完全沒意識到這個動作，而且走路的速度也沒有因此慢個一、兩秒。所以如果有個人在大賣場的冷凍食品櫃前站了超過十分鐘而沒有選取任何食物，那麼賣場就應該有人去詢問這位顧客是否需要幫忙？這是哲欣認為的專業紀律。

　　哲欣不願成為任何人注意的焦點，於是決定隨意抽一本書拿回自己的座位閱讀，她的手指抓著「晨型人」這幾個字，而竟然有另一隻手覆蓋著她的手指正好包住了「晨型人」，短暫而冰冷的接觸讓兩隻手立即縮了回去。

　　「啊，對不起。」誰先說的？

　　哲欣得仰頭看他，這是一個瘦高的年輕人，膚色白皙，眼睛細長，嘴唇扁薄，只有還算高挺的鼻梁讓他的臉有點立體感，哲欣要看清楚這些至少要過個幾十秒，因此那白晰的臉頰竟漸漸泛紅起來。

　　「我沒有要看這本書，你拿去吧。」說完轉身回去自己的座位

坐下，能夠簡單明瞭把話說出來自然是見過大風大浪的哲欣，那個起碼有一百八十五公分的「草食男」還杵在書櫃前動也不動，「草食男」這是瞬間在她腦中閃過的字眼，和他那並不太寬闊的肩膀、緊窄的腰臀以及顯得有些朦朧的目光有關。

她回到小說的世界裡，一下子就忘了那指尖碰觸的感覺，直到半個小時候，兩人又在茶水間相遇，這時閃過哲欣腦中的字眼，正是「命運之繩」。

他比哲欣小十歲，是哲欣開始創業的那個年紀，哲欣常覺得自己這十年的生活雖然像衝得很急的瀑布，但心靈卻像一個靜止的水池，停在十年前，剛從美國完成學位回來，正要開始人生的另一個階段，一切充滿可能性的那個時候，這種感覺讓她覺得和斯翰可以接近，年齡不是問題。

再次在茶水間相遇，斯翰遞給她一個咖啡包，是現在很流行的掛耳包，用這種簡便的方式就可以沖泡出接近咖啡館現煮咖啡的風味。

「我想你應該是對咖啡品味很講究的人。」這是搭訕的開場白，可惜哲欣不是，她雖嗜飲咖啡，卻一點品味也沒有，只要是咖啡，功能是提神就夠了，不管是現沖現煮，即溶包或超商買的，就連公司的咖啡機煮的，擺久了冷了酸了，工讀生打算倒掉重新煮一壺，哲欣會要他倒在她的專用杯裡，她待會兒喝，不要浪費了。

但哲欣接過掛耳包，並輕聲說「謝謝」，她接受他的搭訕，謝謝在哲欣失意落難的時候，還有人願意這麼殷勤待她。

她原本以為她在意的事情身邊的人也應該放在心上，尤其像公司出了這麼大的事，至少合夥人湘妮，以及這個她一手創立的「創意家公司」不算太多的十來位員工，應該時時刻刻惦記著她這個前老闆吧。事實剛好相反，沒有人記得她，一開始湘妮還打過幾次電話，主要是問她有錢用嗎，然後換成湘妮是負責人的公司接了一

個大案子，所有人又都沒日沒夜投入後，就再也沒有人記掛著哲欣了，就連她天天等著的法院傳票也沒等到。原本她是全世界繞著轉的太陽，現在大約是被后羿射下來，落進深海熄盡光芒了吧。

　　一開始分享咖啡包，接著哲欣會在自己常坐的座位旁為斯翰留一個位置，然後午飯時間兩人一起到外頭吃飯。走出圖書館，外頭那條街道明明哲欣走了十年，但哲欣熟悉的都是店家打烊後拉下的鐵門，那兒有兩家燒臘便當店，開得很近，也不擔心互搶生意，買過幾次之後，哲欣就知道右邊那一家為什麼生意稍好，因為它的醬汁偏甜，又都很大方地多澆一匙在白飯上；便當店旁有一家日式拉麵，味噌湯頭還不錯，可惜食材有點陽春，一碗一百二十元的拉麵也貴了點，這是斯翰說的；還有賣自助餐的，任選一葷三菜八十元，或是一碗五十元的魷魚羹，也是五十元的米粉湯……過了半個月，斯翰說：「你不是就住附近嗎？要不要我們買東西回去煮？」雖然是詢問的語氣，倒也沒有哲欣說不的空間，斯翰就在超市買了簡單的食材，回到哲欣的住處烹調，那只有瓦斯爐的廚房，也漸漸從一個鍋子，一個砧板，一把菜刀，到麻雀雖小五臟俱全、應有盡有的地步。

　　第一次有外人進到哲欣的住處，她從不稱呼這裡是「家」，只有她一個人，連隻家貓家狗都沒有的地方，不配稱為「家」。這房子是用父母留下的遺產買的，賣掉老家的房子加上一些現金，這筆錢先付了台北郊區的一棟大樓預售屋的頭期款，剩下的剛好夠哲欣出國讀學位，等哲欣讀完學位，大樓也蓋好了，哲欣搬進來，開始了就緒的人生。

　　哲欣進屋後本能地東收西拾，平日並不太破壞，屋子大致說的上整潔，但那是哲欣一個人的標準，若要招待客人，還是要略為拾掇，等到她從客廳略過廚房再到臥房以及另一間原是客房如今擺放雜物的房間出來時，迎著餐桌上散發出誘人香物的食物，哲欣呆住

了，果然人在驚喜時，真的是喃喃自語多過興奮大叫，哲欣喃喃說著：「沒想到你真的會作飯……」

斯翰廚藝甚佳，哲欣好奇這廚藝怎麼來的？原來斯翰高中原本想讀餐飲學校，可惜考不上，只考上園藝系，不過他除了必修課外，其餘時間都在家事教室鬼混，除了文憑之外，他的本事不比科班出身差。那怎麼沒走這一行呢？

說來話長，吃飯吧。斯翰把料理上桌，關於他的身世以後再說。

三個月後哲欣的廚房已經應有盡有，烤箱、微波爐、果菜攪拌機、煎鍋、平底鍋、深鍋，就差一座洗碗機，那還是斯翰說他喜歡用雙手洗碗，只有食指與瓷碗親自接觸，他才能確定油漬都洗乾淨了。斯翰在這裡自己烤比薩、煎牛排、煮義大利麵甚至炒米粉，煲了一鍋人蔘雞湯之後，他便收拾簡單行李搬進哲欣的房子同住。

斯翰剛從南部上來，他上一個工作是賣牛仔褲，个是在百貨公司或服裝行賣衣服的店員，而是生產牛仔褲的成衣工廠的推銷員，他的任務是去賣衣服的小店遊說店長買進他們家的牛仔褲，賣斷或寄賣皆可，總之就是為那一倉庫的牛仔褲找出路。斯翰說這事時，指著正穿在身上的牛仔褲，然後站起來，在哲欣面前轉了一圈，停在一個翹起電臀呈現完美曲線的姿勢，「我去應徵工作時，老闆要我自己去挑一件喜歡的牛仔褲穿給他看，等到我從試衣間出來，老闆二話不說叫我隔天就上班。」

哲欣笑了，她覺得斯翰一定省略了一些細節沒說，譬如那成衣廠的老闆說不定是女老闆，而且斯翰可能也擺了像此刻的姿勢，而女老闆拍了那翹臀一掌，喊道：「去吧，去迷倒一堆女店長吧。」

「我的業績不壞，我也不討厭這個工作。以成衣廠所在的小鎮為中心，鄰近十個鄉鎮都是我的地盤。一開始是陌生拜訪，挑一般服飾店生意最清淡的下午時間，貨車就停在門口，先不拿成品，走

進去裝作顧客東張西望一下，再問店員，有沒有賣像我身上穿的這種牛仔褲？等到聊得差不多了，再去車上拿幾件樣品，回到店裡邊展示邊談合作方式。」

　　哲欣聽得津津有味，這幾年她的生活重心雖然是在大都市，但因為工作的關係也會在一些小鄉鎮停留，那種服飾店的經營型態哲欣也有印象。有一次她的行李袋不知在那一個環節出錯，整個不見了，而路程已到中部，還要繼續往南走，用過即丟的貼身物品可以在便利商店補充，但隔天的會議沒有像樣的正裝，於是落腳某家小鎮的傳統旅社後，就找了家百貨行添購。看店的店員是個很年輕的女孩，雖然年輕卻很幹練，也把自己打扮得很新潮，她只看了哲欣一眼就知道哪一類的衣服適合，快手快腳一下子就搭了好幾套讓哲欣試裝。原本只打算買一套正裝應急的哲欣，最後打包了上衣裙褲等合起來十幾件，而且也許都不是知名大品牌，價錢出乎意料得便宜，只不過那幾件衣服回到台北，和哲欣衣櫃裡的衣服品味不太接近，竟一次也沒上身，成了過季的新衣服。

　　哲欣說了這次小鎮購衣的經驗，斯翰笑了，說：「那些衣服本來就不是要賣給你們這種OL的，那種服飾店裡的衣服，是讓住在小鎮的女孩穿著以為自己也是都市粉領族。我、賣衣服的店員，還有買衣服的大小女生，不管知道不知道，總之一起參與這個活動，這是人類生活圈的一種型態啊。」

　　聽到斯翰這麼回答，哲欣愣了一下，高職混畢業，喜歡燒菜的年輕男孩，居然會說出讓哲欣驚訝的話，她突然湧上和剛拿到拍片腳本的那一刹那相同的情緒，她總是迫不及待地翻閱腳本，想知道自己未來幾個月要投入的工作的內容是什麼？就像讀一本小說，她這個讀者對主角的一生瞭如指掌，對照自己的人生，也許不能知道下個月，明年，下一個十年的人生，至少哲欣希望當下，明天，後天她知道自己的生活大概，她突然覺得，有好多問題想問斯翰，也

許就從，他怎麼會出現在圖書館開始。

斯翰終究沒說他為什麼出現在那座圖書館裡，或許是哲欣根本沒問，因為那已經不是問題了，哲欣寧願相信是命運之繩把他們牽在一處，讓他們遇見。

現在他們只在星期天上圖書館，像一種儀式般，每周一日去朝聖，在書櫃與書櫃之間，閱讀的人與被閱讀的書本之間，回味他們的初識。其他時間呢，他們花很多時間去逛超市和大賣場。

斯翰不喜歡去傳統市場，他說雖然以一個專業廚師的水準，應該也要逛傳統市場，因為有很多新鮮、在地又獨特的食材，會在傳統市場中覓得，但是傳統市場會讓他想起不愉快的童年經驗。當斯翰說到「不愉快」這個辭彙，在父母細心呵護、受有良好教養之下成長的哲欣自然知道，如果對方自己不願意談論的話題，是不應該進一步追問的，不過斯翰倒不以為意，他接著說：

「我小時候長得比別人高大，其實才八歲，已經有中學生的身高了，媽媽上菜市場買菜，總要我一道去，作伴之外，更重要的目的是幫忙提菜籃。菜市場在大街上，街道狹窄，上頭又加蓋了遮雨棚，大白天也灰濛濛的，地上又總是濕漉漉的，人與人摩肩擦踵，魚肉醬料各種氣味混雜，聞了直想吐。手上提著又大又重的菜籃，媽媽盡顧著和賣販或是買客閒談，根本不理會我提著沉重菜籃的手已經僵硬麻痺，這一條街長得彷彿永遠也走不完。」

雖是不愉快的經驗，哲欣卻聽得津津有味，真希望那條街永遠走不完，讓斯翰多跟她說一些麵粉鋪怎麼壓製麵條，醬菜店怎麼醃醬菜，或是肉乾店的薄片肉乾是怎麼烤出來的，不過斯翰總是吊足哲欣胃口後就停了下來，哲欣只記得如果要上市場採買，還是去高檔的生活超市吧。

哲欣喜歡看斯翰在超市裡的雀躍模樣，普通人去到購物場所，能夠毫不在意價錢，想買什麼就買什麼，想買多少就買多少，一般

都是很興奮的吧。這個時候，換成哲欣提菜籃了，只不過，不是粗糙的籐編菜籃，而是一臺造型簡潔不佔空間滑輪又十分流暢的推車，就連購物籃都是和超市色調相襯的綠白條紋，哲欣推著推車，推車的高度適中，她等得無聊時雙手撐著臉，手肘剛好可以枕在推車的橫桿上。斯翰並不需多和看顧攤位的店員閒聊，他花很多時間檢視貨品上的相關訊息，看仔細了才決定要不要放到購物籃內。就連斯翰專心盯著調味罐瓶身上的成份的姿勢，哲欣都覺得很迷人，她從未想過在大賣場的家電用品部精心審視超大烤箱使用說明的一個年輕男人，竟和她的生活發生了連結，進而成為她生命中的重要人物，光這一點，就夠她覺得迷人了。

　　哲欣談過戀愛嗎？怎麼可能沒有？哲欣剛從美國回來，湘妮帶她去一家小酒館慶生時，問她有沒有男朋友，哲欣說沒有時，湘妮就是那樣誇張地大聲嚷嚷。

　　不過這是實話，不容易讓人相信的實話。哲欣的父母在並不年輕的時候才有了哲欣，所以印象中哲欣的童年似乎沒有同年齡的玩伴，父母把哲欣緊緊握在手裡，時時刻刻在他們眼皮子底下。上學送到教室門口，放學在教室門口接，回家後也不去安親班，而是請了家庭老師到家裡來陪著做功課，上高中以前都是這樣的模式。哲欣雖然偶而也想到怎麼自己的生活方式和其他同學不大一樣，這念頭一晃就過，她也很習慣和父母一家三口安安靜靜過日子。高中時哲欣原想叛逆一下，把她很想讀的一所教會學校填在最前面，那所只收女生的教會學校在中部頗負盛名，而且全部學生都住校，她想試試離家居住的生活。不過母親稍稍懇求一下，說是家人在一起不知道還能有多少年，她就軟化了，只好把鎮上的社區學校列為第一志願。母親說的也沒錯，家人在一起的時光真的已經沒多少年了，母親在哲欣高三那年因癌症病逝，父親沒多久也因老人失智症住進養護之家，撐到哲欣大學畢業，毫無意識地在養護之家過世。

　　哲欣是在處理父親後事時才知道自己有一個哥哥。為父親辦理除籍手續時，她在全戶的戶口名簿上看到一個陌生名字，用一條紅色斜線畫掉，而且註明某年某日死亡登記。哲欣算算哥哥大她十歲，她在哥哥死後四年才出生，應該是六歲的哥哥死後，父母傷痛之餘努力做人想把哥哥生回來。這件事她沒有任何人可以求證，只能把她常在電視新聞上看到的失去幼兒的故事聯結起來，得了罕見疾病耗光家庭財產仍挽不回小小生命；在學校操場和同學玩遊戲不慎從六公尺高的滑梯台掉落；走在路上被用汽油桶自焚的自殺客波及，全身百分之八十三度灼傷……一個六歲生命的消逝，背後應該有一個長長的故事吧？如果父母還在，哲欣一定要問個水落石出，不，如果父母還在，根本不會讓哲欣知道這件事，哲欣是在父母構築的無菌空間中長到廿歲的。

　　原是要說哲欣的戀愛史，怎麼說起她的家族史了？總之因為哲欣並不尋常的成長經驗，讓她從未想過交男朋友談戀愛這一類的事，父母除了工作外，近乎隱居的生活，哲欣也很習慣和自己獨處，像在圖書館裡，悠遊於書中世界，不必旁人陪伴，偶爾和女同學們看看電影，逛逛街，就是唯一的交際了。這樣的哲欣到了卅五歲還不曾和一個男人牽手散步呢，這件事讓湘妮足足笑了一個月。然後湘妮老說要幫哲欣介紹男朋友，卻不曾付諸實現，也許湘妮覺得單身的哲欣可以全心投入工作，還是讓她不要分心談戀愛對公司營運比較好吧。

　　斯翰可以說是她生命中父親之外第一個男人，因此和他在一起的每一分時光、做的每一件事都將像小孩學步學說話一樣，成為哲欣一輩子都不會忘記的東西。

　　斯翰在室內喜歡只穿一條內褲光著身子走來走去，細細長長的腿在哲欣眼前晃呀晃，甚至用這樣的裝束做飯，只穿著一條內褲的廚師怎麼看這畫面都十分怪異吧。如果不是這幾年工作上的訓練，

哲欣第一次看到一個半裸男出現眼前，不知是不是會大聲尖叫？

　　從小母親就把哲欣打理得十分齊整，在家穿居家服，上學穿制服，參加婚禮宴會穿華麗的衣服，哲欣從小到大所有的生活用品都是專屬的，高中以前哲欣從未吃過便當或是學校福利社買的食品，一直都是母親親手做的飯盒送到學校門口，上大學後，哲欣帶著母親早就備下的大同電鍋和一本電鍋食譜，母親臨別前也吩咐她，儘量自己動手做食物。和湘妮一起組公司後，漸漸召集起來的工作夥伴大多從事藝術工作，或表演或寫作，似乎都有一個共同的癖好，不太喜歡約束，哲欣也慢慢習慣享受不在軌道上的生活方式，離開床鋪可以不摺被子多好，髒衣服堆一堆想洗再洗多好，睡覺不一定要穿睡衣，累得躺下就睡，眼睛睜開就可以開始工作，這樣的日子也很好。哲欣清楚記得自己最長紀錄是像演員連戲一樣身上的外裝五天沒換，連臉上的化粧都沒卸下，早上把掉了的妝稍稍補一補就繼續開工。哲欣的母親如果看到哲欣和同事男男女女睡大通鋪，不曉得會不會當場嚇得再死一回。

　　還好是不一樣了的哲欣，當斯翰襪子亂丟東一隻西一隻時，她也能不以為意地一一撿起，丟進洗衣機裡。斯翰的牙刷不管是用過沒有，常常不在它該在的位置，哲欣總得順手把它放進牙刷架裡，做了幾次之後便成了下意識的習慣動作，對於斯翰的著衣習慣也是。

　　那次哲欣終於想把斯翰介紹給湘妮，原本要約在外頭餐廳，後來大約是想炫耀斯翰的手藝吧，便決定在家裡請客，客人只有湘妮夫婦。湘妮的先生也在公司裡任職，工作是幫湘妮開車，曾經是私校教師的他，為了讓妻子的工作更有發展，便辭掉工作，成了她的專職助理。

　　這是湘妮第一次進到哲欣的屋子，為了管控的門禁，哲欣到樓下去接貴客，湘妮的先生藉口還有事要辦，把湘妮送到就原車開

走。當哲欣開了大門，要延請湘妮進屋時，突然想起斯翰是否衣冠不整，如果是，也已經來不及了，幸好屋內是一個體面的男主人，一張如陽光般明媚開朗的笑臉，符合他年齡的袖衫牛仔褲，圍上菱格紋的紅色圍裙，加上一個熱情的擁抱，就輕易擄獲了湘妮的心。

斯翰說要準備吃火鍋時，哲欣還覺得明明有那麼多拿手菜，為什麼拿最普通而且可能無法展現手藝的食物來招待貴客呢？當時斯翰神祕一笑，一副「到時候你就知道了」的模樣，果然一餐飯下來，湘妮讚不絕口，斯翰前一天熬好的昆布鍋底，放進斯翰精挑細選的高級食材，量少質精，吃得恰到好處的飽足，還有餘裕享受甜品及咖啡，完全把那種貴婦貪吃又在乎身材的心理握在掌心裡。

離開時，酒足飯飽的湘妮給了斯翰「太棒了」的評價，說完頓了半晌，又說：「不過——，就是太完美了，感覺有點不真實。」湘妮藏在「不過」之後的意思是，你在路邊撿到的流浪狗怎麼可能是血統高貴的比賽狗種？雖然這話沒說出口，哲欣知道，她和湘妮相識廿年了，很多話不必說完全。

改頭換面以後的「創意家公司」似乎並不需要哲欣，哲欣也樂得和斯翰兩人過著愜意而有中產階級情調的生活。除了上超市採買回家料理之外，兩人也到各式各樣餐廳嚐鮮，斯翰美其名說是「進修」。台北附近的名店吃遍後，也遠征到台中、高雄，在外地過夜還可以體驗一下五星級大飯店或是豪華民宿。從來不知道自己存褶裡有多少錢的哲欣，這下子倒是清楚了，因為用提款卡領錢的次數一多，便常常需要去補登存褶，一開始哲欣驚訝自己的存款這麼多，後來又覺得不可思議，原來錢這麼不經花，一下子就用掉了。

於是當斯翰說起想開一家餐廳時，很少有煩惱，尤其是為錢煩惱的哲欣，第一次煩惱起要怎麼去籌五百萬元？

斯翰是怎麼說的？

那天斯翰從外頭回來，急匆匆的，球鞋才踢掉一隻，另一隻就

帶進了室內，看到盤坐在客廳沙發看電視的哲欣，就忙不迭從他的提袋裡拿出一份A4的文件，掩藏不住興奮情緒的腔調說：「我下午去看了一家店，完全符合我的理想，……」

如果從圖書館第一次接觸算起，兩人在一起已經一百四十三天，而且因為是兩個閒人，可以有大把大把的時間在一起，一般情人每天能親密依偎幾個小時就是莫大幸福了，即便是住在一起的家人、夫妻，也有要上班的，要上學的，像哲欣與斯翰廿四小時都黏在一起，相處的時間與恩愛成正比的話，這一百四十三天三千四百三十二小時的恩愛程度應該要乘上兩三倍。不過事實上也不真的是廿四小時膩在一起，一天中總有幾個小時斯翰不在哲欣身旁。哲欣是夜貓子，晚睡晚起，斯翰原本的習慣如何哲欣不知，不過他說，一個好廚師應該早睡早起，所以每天上午六點多就起床了。那個時候哲欣還在被窩裡，常常哲欣起床後，斯翰不在家，餐桌上保溫杯裡的黑咖啡和一個有蛋有火腿有生菜的三明治，便是斯翰為哲欣準備的早餐。哲欣問過，「這麼一早去哪啊？」通常答案是，「沒去哪，隨便走走。」

那份A4文件打開來是一份開餐廳的完整企劃書，原來那些看房子、找設備、接觸房東談價錢的工作，便是一天又一天「隨便走走」走出來的嗎？

哲欣看那份企劃書倒是寫得很用心，各項規畫也很合理，她也許不懂食材、烹調方法、哪些設備是否必要添購，不過店面租金、押金、裝潢費用她大致還是有個數的，她問斯翰：「那你有多少錢？」

「我只有五十萬，不過，沒關係，給你當大股東，我只要能實現開一家餐廳的願望就好了。」

哲欣才不稀罕當什麼大股東，她曾經是一家傳播公司的負責人兼大股東，但是負責人說換就換，股東也隨時可退股，那種藉著增

資稀釋股本更換經營團隊的事，報紙上也看過太多了。她只是對斯翰的任何請求，都沒有抗拒的能力，有時甚至斯翰不需開口，只要哲欣察覺到斯翰的想法是什麼，她就會立即滿足他，從小哲欣的父母就是這樣寵著哲欣的。

於是哲欣去向湘妮開口，她不知道她經營的「創意家公司」值不值五百萬元？湘妮二話不說就開支票，只不過本能地問一句，「要做什麼呢？」哲欣老老實實說要跟斯翰一起創業，她其實很想這樣說，「他們兩個人要去環遊世界，走遍世界每個角落，五百萬能走多遠就走多遠。」如果真的是這樣，也許當斯翰不告而別，帶著企劃書消失得無影無蹤時，湘妮還寧願這錢是哲欣搭郵輪、坐頭等艙、住七星級帆船飯店花掉的。

每個人都說哲欣被騙了，加入那因為不可能被騙而登上報紙頭條的名人行列。

她也接過許多次詐騙電話，比較特別的一次是父親過世後回老家整理屋子，這已經是沒有任何人需要依賴的處所了，她打算收一些簡單的物品做紀念，其他的東西就叫清潔公司全部處理掉，誰要就拿去吧。桌子椅子，電視冰箱，棉被衣服，一個完完整整什麼都有的屋子，卻沒有一樣東西是哲欣需要或想要的。即便如此能捨，整理東西仍然花了比哲欣預計還要長的時間，決定物品要或不要很容易，但一旦把那物品歸入「丟棄」的紙箱，和那物品的相關的記憶就像打開的電視頻道，一幕幕出現著，所以花在回憶的時間出乎她意料。以為一天就可以做完的事，她花了一個星期，終於在最後一天的上午，哲欣把戶口名簿放進中型旅行箱，她人生中的廿年就只剩一個皮箱裝著。當她準備離開時，那古老傳統的黑色電話機卻響了起來，沒有人知道她在這兒，那電話可能是找父親的，哲欣出於好奇拿起了話筒，結果是找母親的，她以為是母親的友人，竟是假稱國稅局的詐騙電話，哲欣靜靜聽那年輕卻帶有外省腔調的聲音

訴說一個難以取信的故事，終於忍不住打斷對方的說明，「某女士已經去世很多年了，你們的資料也太落伍了。」

只有哲欣覺得斯翰並沒有騙她，他從一開始便沒有打算騙她，一個長得好看的年輕男子，出現在星期天的圖書館本身就是一件很可疑的事，像哲欣這樣能幹的職業女性不應該不動念存疑，那些學歷、身世、過往的敘述多麼需要證據支撐，哲欣卻深信不疑。

哲欣終究知道，斯翰沒有騙她，是她自願奉上錢財，數目和斯翰要求的分毫不差。在哲欣的人生裡，她只學到愛人、相信人，她不願也不會懷疑斯翰一開始就準備要欺騙她。何況斯翰還留了一封信，不是不告而別，信裡一定有足夠充份的理由，只不過，哲欣一直沒有打開那封信。

斯翰留了那封信，哲欣一直要過了三年，才有勇氣打開來看，而且是在一個星期天，在圖書館裡。

「星期天是不起眼的紀念日，是身體上的一個小傷疤，是瞬間一閃而過的記憶，是忘也忘不掉不了的那個人」，那個日本作家這麼說。

「我從一開始就計畫在結束時給你寫一封長信，在我現階段的人生，能好好寫一封信，大約是我的唯一長處吧。不知是什麼道理，我的國文程度不錯，如果我不能好好說清楚的事，用寫的往往能達到目的。國中畢業能做什麼呢，若不是到便利商店打工（三大超商好像有規定滿十六歲才能錄用），就只能去當學徒，修車廠的黑手，美容院的洗頭小弟，還有呢，我想不出了。何況我連國中都沒畢業。

你有沒有才十二歲就要自己努力掙錢過日子的經驗，我問過你這個問題嗎？一定沒有，就算有，你的答案不用問也知道。

從小我就比同齡孩子長得高，低年級打躲避球，中年級打手球，高年級打排球、籃球，不管是哪一個階段我的身材都讓所有人

寄予主將的厚望。其實我對任何運動都沒有太大興趣，主要是我不喜歡流汗，身上黏黏的感覺讓我很不舒服。五年級時學校的籃球隊教練想拉我進校隊打球，我去練了一星期他就放棄我了，因為我除了身高外，一無是處，既投不準也跑不快，而且我很懶，沒有追球的幹勁。

小學畢業那年，我和我爸大吵一架，我爸罵我是廢物，把我趕出家門。為什麼吵，吵些什麼我現在已經忘了，我受不了有人罵我廢物，長得高打不好籃球就是廢物嗎？看起來很聰明卻讀不好書就是廢物嗎？我高大而成熟的軀體裡其實還是一個十二歲小孩的靈魂啊。

當時我就想，我將來一定要證明我不是廢物給我爸爸看。立定志向很容易，說一些冠冕堂皇的漂亮話也很容易，要做到卻沒有那麼簡單。一開始我躲在大賣場，偷熟食吃，睡在紙箱上，後來我去加油站打工，假稱我十六歲國中畢業，我沒有再進過學校，那些餐飲科、園藝科的事都是和我一起打工的同伴的故事。不排班的時間我就在圖書館裡自己讀書，只有在那兒不會有人問我怎麼沒去上學？

後來我在假日的圖書館認識了一些女性上班族，也許我這張看起來純真誠實的臉很容易取信女人，她們都對我很好，帶我吃好吃的東西，為我買衣服，甚至給我錢，我就這樣在一個一個姊姊們的照顧下生活到現在。懷抱著一個要證明自己不是廢物的夢想，活到廿歲。我只有廿歲，我甚至不叫周斯翰。

我無法解釋為什麼我要離開，我只是不能和你一起做這個夢，我怕在你的注視下失敗會成為可能，那是我承受不起的事。我會拿這些錢去開一家店，你想像它是什麼樣子它就是什麼樣子，總有一天，你會在某個地方遇見我，我和我的餐廳。」

哲欣又站在書櫃前，每一本書，每一個書名好像都能讓哲欣想

起斯翰，《你管他摺不摺棉被做什麼》、《結婚不結婚都要給自己一個好理由》、《男人的上半身到哪裡去了——所有你應該知道關於男人的身體和知識都在這兒》、《小倆口經濟學》、《我怎麼還是單身》……這就是為什麼那件事並沒有過去，只要還在圖書館裡，只要眼前還有書，斯翰的臉就會出現在哲欣腦海裡。

　　看完斯翰的信，她更相信有一天，會在這個島上，再次遇見斯翰，和他開的餐廳。

羅位育

為了抒情的緣故

作者簡歷

　　羅位育，曾任國中、高中國文教師、耕莘寫作班講師。創作文類為小說、散文與新詩。慣以微嘲的筆調來描述現代人所遭遇的各種問題，企圖在這個紊亂脫序、不確定的滾滾濁世中，提供給讀者一個冷靜的想像空間，開發各種可能的議題。

作品

【散文】

一、等待錯覺：皇冠文學出版公司，1994年出版

二、有限關係：幼獅文化公司，1998年出版

三、各就各位：有鹿文化公司，2011年出版

【小說】

一、鼠輩：躍昇文化公司，1990年出版

二、熱鬧的事：聯經出版公司，1990年出版

三、食妻時代：麥田出版公司，1993年出版

四、天生好男人：麥田出版公司，1995年出版

五、貓吃魚的夢：麥田出版公司，1997年出版

六、不歇止的美麗回光：麥田出版公司，2001年出版

七、我不是第一個知道的〈小說精選集〉：東村出版／遠足文化，2012年
　　出版

耕莘與我

〈心中的耕莘寫作會〉

　　多年以前，因著楊昌年教授招手，引我進入耕莘暑期寫作班，我的耕讀生涯展卷了。昔日，我就風聞這所寫作搖籃。二十歲時，我們一群玩耍的朋友當中，某位才女參加了耕莘暑期寫作班，還笑言：「練文字功去」。朋友們欣賞她的才華，不過，沒人有本事陪她練文字功。那時，我也是寫作搖籃外的路人甲，一向覺得自己的文字秤不出多少斤兩，拿筆指天畫地？就不必費心了。直到大學躬逢楊昌年教授的新文學課程，在老師高明的推撥點撥之下，忽然聽見自己小小的心聲：「不妨練練文字本事吧。」某一暑假，老師手一指耕莘寫作會，我彷彿聞悉當年朋友笑談的回聲：「我要去耕莘暑期寫作班練文字功。」這就奔赴耕莘，來瞻仰當年那位友人練文字功的地方。此後多年，我在這間寫作會搖籃過從許多良師益友，也能稍寫出一些閱世的眼界。良師誠告寫作的大道和秘境；益友彼此推敲創作的足與不足；而成為寫作人的愜意之處，不在於自己是否筆刺錦繡，而是悅樂發現眾家作品中的智珠。

　　耕莘寫作會處處游於藝。

為了抒情的緣故

一

　　有生之年，也許，有某種生物發狂了，想要急著消滅我那談情說愛的心意。而我適時站在逃亡出口了嗎？這是我打死一隻不知好歹的蚊子之後，仿佛聽見藏在暗處的群蚊搧翅憤聲，因而聯想著這些……令我大腦皮質喊累的文字。暴打這隻蚊子所施的力氣，就如同要消除不快記憶的念願。（向來，我是藉用拍照來凝視世界的形構，然而，某些不太舒服的畫面會形成一片蔓藤攀爬我的記憶區之中。我有時在乎，有時就吹吹口哨說算了吧！）

　　怎麼說呢？我本來想要撰寫一封充滿彩色道歉口吻的情書畫（所謂彩色，該是豐富而迷人的修辭），這時，我想我必須懂得向女友靳尚（她有聰明且耽美的頭腦）催眠：「即使，我聽到妳怨罵我的風聲，我仍會笑著高聲說請寬心開懷」。我不知道自己會在信上透露多寬多長的情感地帶？可是，就在我切切描想寫信的初心時，那隻蚊子打盹兒般落在我那握筆的禿圓食指，（我是摸著良心自嘲）──一直不知從何下筆的呆瓜的食指的指甲。

　　我應該在信上連續喊叫救命救命嗎？（中英文都用上了），然後呢，再手繪一幅努力鞠躬的害羞小男孩漫畫來取悅靳尚？兩個禮拜了，這世界有學者發現了新定律，有小孩被專家發掘為高等天才，而凡人我只能凝視著時鐘秒針緩慢地蛙跳──這可是令人面色蒼白兼之情感冒煙的兩個禮拜，我的靳尚大概像家具了，就沉落在自己家中某處角落，一心背著臉不理我那美好如體內遺傳密碼一般地

感情了。

　　那是暮春吧，蝴蝶也覺得在花間飛累了的季節。寫道歉信的兩個禮拜黃昏，天空恰有晚霞彩光浮盪著，看來，眾多天界使者也下班了，正駕雲急歸吧。我和靳尚快步穿過各種返家的聲音而走向她那東區小巷之中的美窩。當時，我有點飄飄然的，本來想背著靳尚走路，可惜，靳尚卻以「路人看了會心煩」的理由婉拒了。

　　我們小倆口剛剛在一家音樂量販店內高興地互眨眼睛，我們見到了俄國鋼琴大家李希特彈奏的《巴哈─十二平均律》的錄音CD。靳尚曾露出風吹葉動般地笑容說，《平均律》讓她有了傳遞愛情花粉的心意，而特別是李希特演奏的，尤會讓她容易行使感情生活的光合作用。那麼，此刻，在唱片行奉陪她的我，很榮幸地成為靳尚的「水和二氧化碳」。

　　據大家口耳相傳，《十二平均律》會成熟凡人的數學頭腦，然而，或許是「幾何」數學的空間感太遼闊了吧，我的數學細胞因此迷路了，那是天意，對於數學，我永遠找不到適當的「輔助線」來與之對位和聲，不過，我是懂得適時向靳尚獻上《平均律》禮物來呼喚她的親密情感。這下可好，靳尚還真像是人類學家發現人類始祖的完整遺骸一般愉快，她笑著說：「待會兒回我家，我弄可口的晚餐。」我以為這是靳尚向我示好的新紀元，這也是好心有好報的禮物了。

　　果然可以食用靳尚的美麗心意了嗎？

　　一踏入充滿靳尚口氣、膚味、以及荷爾蒙……的屋子，我就像游魚戲水一般自得了，我想說也真的放肆說我肚餓得想吃掉妳家的家具了。家具之一的音樂唱盤是靳尚的寵物，李希特正在盤內手觸琴鍵演奏《巴哈─平均律》，靳尚也十指參差上下地在空氣中彈動著，我自己則乖乖地躺臥地板放鬆情欲。一會兒，靳尚搖擺手說且慢，饒了我的家具，然後，靳尚就在乾淨而略有反光的廚房之中，

用美麗的音樂十指為我下了一碗熱滾滾的海鮮麵，我好眼力，看到那些魚蝦蟹等就在我的麵下出沒無常。是否有天使拍打我的後腦呢？反正我高興得像小孩胡說童話了：「靳尚，如果妳也呆在碗中讓我嚼一嚼滋味，那我們就是天作之合了」。

雲端上的天使們知道，這只是我的由衷讚美之意而已，但是，我的靳尚沒有為我鼓掌或是點頭，她沉默了一陣子（這會兒，有誰為誰嘆息嗎？）然後，安靜地說：「你是沒有感情深度的人，而且，我覺得你在賣弄聰明。」在我那仍依著地球引力緩緩移動的腦流之中，我突然游不出任何詞類甚而詩般的雅句回話。我只是呆想著，時光可以倒流嗎？時間順走了大約十秒鐘後，我覺得靳尚像逛街一般逛走到我的身旁，然後呢，很快地把這碗海鮮麵條全都傾入塑膠垃圾桶中，就在我喉嚨發出「唔唔」的蠢聲之間離開家門。

腳下的地球停止自轉了嗎？我呆呆瞠望那只正在消化我的魚蝦我的麵條的廉價垃圾桶，而且心中又想著：這垃圾桶如今有象徵的價值了，還頗有拍照的意義。如果，可以讓我解脫這種精神困局，我會淡淡地說一句恭喜了。（也許是對垃圾桶也是對我自己），那只垃圾桶大概正幸福地騷動著愛著這些海鮮麵，然而，垃圾桶所在地卻彷彿熟睡似地安靜。此刻，我連怨罵的力氣都沒有了，倒是感覺出自己有些內急了。

我邊坐在靳尚家的便器之上，邊沉默想著：這種小女孩的怨怒沒甚麼大不了，反正她是不會氣壞了失去理智，突然送來她和某男人的喜帖給我的。這椿如同炒菜放錯調味料的小混亂，一定是暑熱季節即將來臨的前兆。還又能發生甚麼大事呢？大地將要陸沉了嗎？我按了按沖水之後，想「臭」的東西都沖走了吧？在輕鬆地提起褲頭時又想：我應該乖乖坐在她的廚房候著這位美麗女人回心轉意嗎？在我打開冰箱倒出涼水以解渴時，我的體內緩緩生出了龐大睡感如巨蟹吐沫一般。

　　我要拍手了，這是一樁有意義的預告，我必須如同鮭魚返鄉一般游回我自己的雙人床所在地，然後，彷彿童話的睡美人，全心進入極深的睡期，而醒後的我，才有機會好好恢復向靳尚投懷送抱的本能。此時，街上響起了垃圾車的呼喚，要成群結隊的垃圾圍過來。我並不想為靳尚清除她家裡的垃圾，便動身離開了靳尚食欲所在地的安靜廚房。也就在這時，我彷彿聽到垃圾桶之中有蟲在囓咬東西之後的私語，說：「他已離開了靳尚的感情」，別開無聊的玩笑了吧！喂！我笑瞪了膚淺的塑膠垃圾桶一眼。

　　有眠大概就有夢的發生吧！是深夜的夢。夢中，靳尚邊說笑消遣我，邊為我準備了許多（令人忘了胃容量而嗜吃不停息）的美食。她笑稱我的食欲和女人之間存有萬有引力。夢中，我們大概要去郊遊享樂。

　　在吃飽了就頭重欲眠的現實之中，靳尚離我出走的這些日子，於工作空檔之時，我一如勤勞的螞蟻奔走，常常在靳尚的家門之外、辦公大樓入口、都市美容院（我曾對靳尚戲說美容院彷彿是病毒，在都市寄主體內快速繁殖，她反笑我是道德微生物）、現代鴉片舖—咖啡館（我有咖啡嗜癮）……等地不斷徘徊，但是，總見不到面。或許是我常常錯過了她的腳印行蹤。尋找靳尚，像是我在窺望自身的潛意識嗎？

　　難道，我們感情走陷了一個隱身巨人的巨大足印之中因而沒有出路？

　　如今，就我這個懂得向鄰居打招呼的世故成人而言，我所能也必須做的功課是，其一，向我的工作上司（我是攝影師助手）求個一陣子短假，好讓我專心面對「靳尚」這看起來字體端正乾淨的姓名而思考，其二，在「靳尚」這姓名的主人現身之前，我要改變用相片表達喜怒哀樂的習慣，而以「不苟的筆劃」來寫一封抒情的長信，表白我日日聳著鼻子嗅聞靳尚的膚香和感情。我相信，這是我

和她的感情有所株連。

假期在閃閃發光哪！可以說是撿到攝影師的好心腸了。假期早上，攝影師還來了電說有進展吧？不要光在家中發呆啊！去守株待兔呀！對了，要吃飽了，精神煥發地去，讓女友彷彿見到朝陽。

攝影師說的這「飽」字讓我想起我舌面的味蕾頗多的，靳尚就認真地說好吃的我的味蕾數目恐怕和小孩一般龐大，是普通成人的三倍，味覺格外深刻，所以，甚為喜歡甜言蜜語，吃不了苦。此次假期前一晚，我單身一人至超市蒐購一堆身分高價的禽獸蟲魚，大都送上了冰箱上層冷凍庫，準備有請靳尚解凍慶賀重逢之喜。家常用的凍食呢，我早上出門散步或運動之前，就扔至碗槽以開水解凍回溫。待我體內有了想吃下全世界的胃口而返家時，想它們就用和暖的體溫歡迎我的食欲。餐後，我會扭開電視頻道，看看靳尚的名字會不會在記者的口中出現。會不會另外有許多情人如我一般，正摸著粉紫的良心候她現身呢？

我的年輕而有點世故的胃口塞下這些食物生態之後，就如暴雨之後的彩虹一般自然，我得要捧著筆墨寫下敏感的情書了。……大概我家的歷代祖先都在雲端探頭探腦掩嘴偷笑了，嚇！我們的後生小子真格地要動文字的腦筋了。是啊！我雙手枕在還算強壯的腦後枕骨，兩眼無情地朝天想著，我向來寫情書就像撰寫墓誌銘一般簡短。寫一封連鴛鴦都會臉紅的情書，可比說唱一個令人瘋笑到五官發餿的相聲還要困難的。

如果說地球認真地向太陽公轉，那我也是認真地挑揀信封和信紙的顏色，那是為了讓靳尚知道我在想念她的美色和情感。靳尚所愛慕的是許多女孩都為之傾心的粉紫色。我邊舒口氣邊看著粉紫信封信紙讓女店員鄭重地放入紙袋中，然後，女店員像個有禮貌的小學生向我說謝謝。嗯，習慣說謝謝的女生會有興趣和我談情說愛嗎？我幸福地想摸摸女店員的頭說：「我很想告訴妳我要寫一封討

人喜愛的信。」不過，我想我的膽子也被收入店員手中的紙袋之中了。此刻，靳尚的臉龐正在我的腦海面上載浮載沉，如果我樂著向別人說笑話，我摸著微燙的前額相信，她會在我的腦海裡迅速滅頂了，我得要一輩子聽聞腦壁迴盪不已的救命聲。

我並沒有發燒，頭額微熱是因為心急的緣故。因此，我呆望著信紙的粉紫而無聊而眼睛矇矓，信紙的紫色站了起來，聚成了紫色的小靳尚，她秀媚的雙手合十，面容的微笑如水面的漣漪。大概是我面對著信紙產生情感失重的罪惡感吧！

在打死那隻身世不詳的笨蛋蚊子之後，我想打著哈欠說，靳尚，我拿筆的手好像睏了，否則，我內心有龐大的話義和語聲來來去去如同魚群迴游，可是，我的手指無法推著筆意動彈，我有意思這麼說：「也許，我想拍下這世界好幾十張情人們討好獻媚的照片寄給妳過目指教、也許我雖然容易害羞但我應該在各大報刊登道歉啟事、也許我該研究物理學的穿隧效應，這一刻從我家的牆面擺腰進入，幾乎是同一刹那，從妳家的床上起身……」

少了靳尚關心的我，就是那種逐追自己尾巴的無聊狗吧！還要捕捉婀娜浪漫文字放入紫色的信箋之中嗎？我起身伸了一個連尾椎都舒服得想要放出始祖尾巴的懶腰，我覺得，我快溶化於自己悲哀情感的想像之中，像高溫鐵盤之上的散漫奶油。我並非用情緒縫針來刺破我對靳尚放出的信任氣球。但是，我理性的左半腦這麼以為，無論我在桌前如何地催眠自己釋放每一前世熟諳的甜文蜜字，那收信者靳尚的小紅嘴會笑著說我們的感情生蟲了吧！就宛若拒絕第四台推銷員一般而把我的綿密好感發配到廚房的垃圾桶了，不能耳鬢廝磨地信賴，就是我們自以為是的愛情發現了先天缺陷基因。

「無能寫信」是從我的潛意識溜出來的祕密嗎？

這下，無事可作的我只能再度按下電視遙控器的按鈕，見到電視記者唇笑得很透明乾淨，說明這世界警察最近抓到多少惹事生非

的壞人和恐怖份子。我該慶幸，因為世界大戰不會輕率爆發，而靳尚可以安心無虞地走在深巷之中，好好想想和我復合的可能。

二

靳尚好像打電話過來了。

這是一點點風都沒有的午夜。我滿頭大汗地張開眼皮，不知為什麼？懸在天花板上的十燭光暈小燈泡竟然看起來像是膽怯的小動物。我大概還沒睡飽，想再鑽回床褥的睡溫之中，卻覺得皮膚冷了。我只好倚在床頭斜坐著。心想，好像聽到靳尚來電的鈴聲，我沒撰寫情書就睡著了，靳尚以靈犀的心思來電催稿了嗎？我瞥眼看著床旁小几上的電話可有什麼動靜？我那樣子像外太空戰艦的梯形電話怎麼了？看起來滿沉默的。我卻又覺得這電話彷彿是活的而有膚溫。若說靳尚果然撥通了我的電話號碼，電話旁的空氣會滲出靳尚說話的口氣，我應該可以嗅聞得出來，那就像是雨後草地的濕味。一想到「濕」字，我下腹褂著的東西就有了潮潮的尿意。

還好不是夢遊小解的，清醒的身體充分感受流水解脫的暢快。然而，就在我瞇眼微笑要按下沖水把手之際，那電話鈴聲又在腦內的生物時鐘松果腺中響了起來。是預告或是消息吧，我知道不能翻著白眼怠慢而衝出浴室，然而，我所見到的那隻電話寵物仍蜷伏小小的几上，好像既莫名其妙又茫然地看著我在喘氣。

我轉身看著穿衣鏡，鏡中的我和鏡外的我都很難相信靳尚的潛意識會從腦海裡撥電話給我的潛意識。「這世界到底有多少人可以有情人終成眷屬呢？」我的潛意識如果要拍發電報給她，那就是要憑這一句重話來追問了。我再扭頭漫望著窗外模糊的屋影，可以看見一些屋影中的某影子在向另一影子求愛嗎？我只是耳聞他們的成熟鼾聲了。翻開眼皮驟醒之前，我究竟已睡了多久或多深呢？

　　我不免這麼痴心想著，這些天又有幾對準新人在談結婚的條件呢？我的信箱是空的，沒有我或她的朋友寫信來說：噢！我知道靳尚的外出時間。我倒是打電話問過一位靳尚的手帕交說靳尚會不會外出旅行了，還是……我心裡想說的是，她是否在聽某一位男人的抒情身世故事？靳尚手帕交截過話頭說：「你乾脆直入她的辦公室找她不是更好嗎？這樣，不就了解她在或不在了嗎？或者她在忙什麼？」好啊！我手指無聊地抵著喉結簡單回話，好啊！突然覺得喉結好像縮小了，是因為脖肉增厚了嗎？我的喉結常是靳尚的玩具，在我開心的說笑話時，她會以手指觸碰我的喉結，，還笑著說：「彷彿隔著皮背面觸摸一隻害羞的小動物」隨便她吧！不過，讓她按住了我的喉結，喉結內側的聲帶就發不太出聲音來了。然而，我還半開玩笑地答應靳尚會好好照養我喉間這隻小生物。其實，如果，我未蒙靳尚的許可而進入她的辦公重地，面對靳尚沉默而美麗的嘴唇，恐怕，我的聲帶也發不出美麗的聲音。不知道為什麼？我不曾撥電話給她，也許是怕她親口告訴我：「靳尚不在！」；或者：「這位先生你打錯了！」；更或者她模仿自己的電話錄音：「這裡是……」

　　空氣之中還是傳來叮叮的聲音，我認為是我的內耳液體在浮盪著電話鈴聲吧！然而，我再側著頭專心聽，好像不是，……好像是鋼琴聲，彷彿一處很遠的地方的某位學生練習的琴聲。略有昏沉的我隨著聲音走出了臥房，這才發覺我的書房燈光仍在亮著，聲音是從書房內傳出來的，我一路自然而然地就著光亮走入書房。而後，我笑著捏捏耳垂明白了，讓我由夢中闖回現實，或那揮之不去的電話鈴聲，正是李希特演奏的《巴哈，十二平均律》此刻正在我的音響唱盤之中親密發聲。是軟弱的我昨晚為了像一顆善解人意的精子進入一顆美麗的卵子一般，而讓我的想像力能夠投入獨到的致歉情書，因而把李希特找出來彈奏以培養氣氛的，我一時忘了關機，在

書櫥中的大小書本注目下，《十二平均律》就不停地繞著我的書房四壁飛舞。有一種古老的預告暗示在我心裡如花一般的開放──我不經意地讓靳尚鍾愛的《平均律》不斷地播放，是不是要放給靳尚的善感耳朵聽聽呢？有點得意的我便像嬰兒用手去撫摸世界的形狀而觸碰了靳尚的電話號碼。是現代人習以為常的電話錄音，靳尚的機器喉嚨平靜地說：這裡是……歡迎歡迎。我搔搔還算有點見識的頭皮，卻不知該說什麼熟的情愛話語，暫時先切了。幾秒後，我瞇著我的溫柔眼皮，再重撥了一次，又是那一句恐怖的「這裡是……」，不過，這次我卻細細聽見背景音樂就是《巴哈，平均律》，難道，這是她暗喻我重新通入情感世界的密碼嗎？於是，在連呼果然如此之後，我便把話筒朝向音箱的方位，在靳尚的答錄機上，分別灌入了好幾分鐘的《平均律》。

我昨晚坐在涼椅上，聆賞《平均律》覺得幸福的空氣流動著，凌晨的現在，我又坐上了涼椅再度向《平均律》受教，我把擴大機的聲音放大了，希望對位清楚的《平均律》琴聲能準確的深入靳尚熟睡許久的內耳之中，好使她的感情重新尋找我來對位和聲。

如果我和靳尚的未來香火子孫在傳言，這是老祖宗美麗而動人的音樂約會。如今，尚未成為化石的我便得開始構思情書的句子了吧！就算我的智慧只不過高過最早期的人屬──巧人，或是我的感情比詩人的詩句還要精煉，我卻想出第一句或許可以是──

把《平均律》灌入答錄機來取悅妳，是悲哀小丑的動人之處吧。

才寫出第一句就不知第二句的下落。而且，這座城市的夜空方如炮火滿天，密集地交織著熟睡者的鼾聲，而我似乎被流鼾擊中，因此，我的眼皮竟然不知不覺地如落幕一般垂落下來了。（夢中，一群背掮小翅的美女靳尚們輪流按撫著我的眼皮，我還耳聞她們的小紅唇輕聲說：這個世俗的男人，真是的！）

　　一大早，攝影師來電宣佈大事的前幾分鐘，我正沖水洗刷我那寂寞（少了靳尚撫摸）的頭髮，當涼水由髮淋漓而下時，我突然懷了一個快樂的欲望，好女子靳尚來電拜託我為她拍寫真集。我的情感還來不及在自己的想像中回話說「那當然」時，這現實的攝影師就用電話插嘴進來了。這位攝影師電話內容的句子是「最近你的食欲恐怕不振吧！」卻讓我的詩意耳朵聽成「情欲不行吧！」，誰也別想欺負誰的我還反唇怪罪說：「不上道的，你那麼喜歡打探閨房之樂嗎？」

　　雖然是冒失的笑話，仍在電話那一頭的攝影師，像羊吃到了茂盛牧草地嘿嘿嘿笑了起來。

　　嘿！原來攝影師要穿上新郎服裝了。讓他情感的翅膀乖乖收束的新娘子是一位幼稚園老師，攝影師好像發出小男孩的天真笑聲說：「我很快樂，和她靠在一起，彷彿回到童年時光，而我也收到了她的童年時光哩！」

　　小兒女的夢哩！

　　這麼盼想童年，攝影師大概會穿著童裝舉行婚禮了，我本來想皺著眉頭說笑話：「那我把童年時光也送給你好了。」但是，想他也看不見我的作怪表情，便覺得無聊，也就搖搖頭不想答腔了。反正，童年走遠了，而我正忙著想念我的成年情人靳尚。攝影師還算有點禮貌地問了問靳尚是否不再計較我的無心錯誤，然後呢，不管美麗的女子靳尚是否還願意在我面前露臉揮手或敘舊說故事什麼的，我，就是本人，不折不扣的我一定要開心地參加他攝影師的婚禮。即使當花童也行。

　　彷彿答應他的求婚似的，我直說了「好吧！」我記得，掛上這支報喜電話的前幾秒鐘，我努力的說「我一定會夠意思地穿著禮服出席。」

　　我是第二次向攝影師堅定傳達類似「我會夠意思的」的信念。

頭一次是在接受他的助手工作之時，我笑著說：「替人拍照是有意思的，而我本身也是有意思的人」攝影師輕輕點了點頭，彷彿他也悅納我的意思，或許他知道我的「意思」意思是——我不是多愁善感者，但是我覺得拍照是抒情的人才能盡興的。

誰可以告訴我求情的好方法呢？我只樂觀地想像，靳尚如果把她自己出借給我攝影，我想她不會嫌棄我這個人無法說出「情感是什麼」的答案，而我也說不定也會拍出她沉在膚下的童年表情。我會這麼說理由的：「為了抒情的緣故，容我為妳拍幾組照片致意吧！」

當風吹著雲飛行，而雲推動著時間流動，就在我覺得靳尚已淡化成一枚薄影時，某天上床就寢作夢前，她來了一通有點抒情的電話，她還先自我介紹說：「我是那個靳尚，如果你還記得的話……」老天知道我記得靳尚快是一枚薄影嘛，「我一直以為你會想寫一封道歉信。然而，畢竟沒有……」怎麼沒有想？只是寫不出來，就像可口的冰淇淋溶化了，有點可惜了，如果現在讓我開始細查字典，挑選上等字詞為她寫信，我會殷勤地問她最近有沒有出手買什麼動聽的唱片，吃什麼好吃令胃口大開的，有沒有聽《平均律》……她還在深情地說（好像在笑了）：「那天早上我的答錄機被你的平均律佔領了，我忍不住笑了，然而我聽得很累人……」是的，我覺得自己像是失語患者不能參贊一辭，可是我的腦銀幕有畫面在播映著——這陣子，不理睬我的靳尚就坐在廚房的流理台上，撅嘴吃最鍾愛的薄荷冰淇淋，一點點笑容在臉上流動著，她也許會看著一整排乾淨的家常碗筷而喃喃自語說：「那個男人過不久會喊救命，靳尚，不要再埋沒我們倆的感情了，別發脾氣。」然而，此時，現實中的靳尚像是完成了重大的任務，更換了一種輕鬆的語調說：「也許吧，你究竟不是一個抒情的人。」

也就在這神仙也思凡的一刻，我耳力好，彷彿聽見了大提琴所

奏鳴的時間感幽雅沉靜地，那麼，我的聲帶鬆動了，一些話語輕易
地滑出我的聲腔：「好吧！如果可以復合，又為了抒情的緣故，我
不必為妳拍照，我為妳寫一篇很抒情的小說好嗎？」

　　我高興地打了一個響指。還有好話呢。我且笑且閉著眼說：題
目就由妳來定吧！

荘華堂

祭典

作者簡歷

　　桃園縣新屋人，客籍小說家、戲劇、紀錄片導演、地方文史工作者。曾得南投縣、台北縣小說首獎，吳濁流文學獎、巫永福文學獎和國家文學館長篇小說金典獎。著有短篇小說集《土地公廟》《大水柴》《尋找戴雨農將軍》，長篇歷史小說《吳大老》《巴賽風雲》《慾望草原》《水鄉》……等。1983年進入耕莘寫作會，師從楊昌年、司馬中原……等研習小說創作，1987年得第五屆耕莘文學獎小說和散文首獎，1988年得中央日報文學獎小說首獎，同時得第一屆耕莘寫作會傑出會員獎，受陸爸之託承辦小說創作高級班。

耕莘與我

　　我於1983年進入耕莘寫作會，師從魏子雲、楊昌年、司馬中原等名師等研習小說創作，1984年開始舉辦耕莘文學獎，我都參加沒得獎，然後2屆先後得散文獎第三、小說獎第二獎，直到1988年得第6屆耕莘文學獎小說和散文首獎，1989年得中央日報文學獎小說首獎，同時得第1屆耕莘寫作會傑出會員獎，在白靈推荐和陸爸委託承辦小說創作高級班，與姜天陸、李順儀、楊寶山、楊麗玲、邱妙津、張友漁、張啓疆、阿道巴辣夫……等二十幾位文青，經過三學期的長期課程活動，是耕莘第一次的寫作進階班，後來這一班的多名成員，成為小說家、報導作家和兒童文學作家。從文學啓蒙、當任志工幹部，耕莘是我文學養成教育，以及民間社團經驗的冶煉爐。

祭典

　　阿坤伯要宰掉老黃牛，參加天后宮普渡祭典的消息，在牛角彎一帶傳開了。

　　最早傳播消息的人，是家住彎仔頂，因長年替人操刀，而習慣性拐著右手的剃頭三。起初，任憑剃頭三說爛的舌頭，村人怎麼也不肯相信，最後逼得他舉著拐子手當天發誓，說是親耳聽到阿坤姆講的，村人半信半疑的到處打聽，於是，這個消息在短短的一天之間，像染了馬拉利亞似的傳遍了牛角彎幾個莊頭兩百多戶人家。

　　這幾天，不論彎頂彎底，凡是村人所到之處，都爭相議論這件破天荒的大事，不僅頓時讓阿坤伯成為鋒頭人物，連一向叫人瞧不起的剃頭三也神氣起來，凡是人堆聚集的地方，必定可以看到他瘦削的身影，揚舉著他的註冊商標——拐子手，口沫橫飛的比劃著，這光景看在店仔頭張家老店三叔公的眼裡，真是感慨萬千。他不只一次的敲著那支黑得發亮的老煙吹：剃頭三像是復活了。

　　三叔公的話並沒有黑白講。今年高齡八十三的他，不僅在地方上德高望重，加上長年經營牛角彎一帶唯一的雜貨店，附近十幾個莊頭男女老少沒有一個他不熟識，像現在已屆花甲的剃頭三，也是他老人家看著長大的。因此，剃頭三的一生遭遇，他最清楚不過了，而剃頭三心中解不開的那個結，他也能體會幾分，唉！遇到這款天年的庄下人，心中難免纏著一個結吧！

一

　　這天，西照日從老榕樹梢，射進張家老店的時候，店口兩排長

板凳上，坐了幾個老村民。他們平常總是猛吸著老牌新樂園，用呆滯的眼神看著天色，以及村落中一棟一棟矗立起來的透天紅毛泥屋——這個在歲月中極速變遷的牛角彎，今天可不同了，他們七嘴八舌熱絡地討論著阿坤伯的事情，還不時傳來幾句笑聲，當然，人堆中少不了剃頭三。

「我就是想毋通，阿坤的心怎會恁煞，想要殺掉那頭老黃牛？」打鐵李撫著滿頭花髮說。

「有什麼想不通，人食老沒法度做田事，牛飼老咧拖不動犁，留著做脈介？」剃頭三嘲諷地說：「像你啦，現在再叫你打鐵敢有法度？」

「誰說我沒法度？」打鐵仔站了起來，雙手作舉鎚狀，不服輸的說：「你們做田人現在都有機器，叫我每天顧著鐵寮仔厝，食西北風？」

「我想阿坤兄跟你共款，時代不同啦，老牛敢那像你的烘爐，無效啦！」又黑又矮的豬哥生，嘲人又自嘲式的說：「像我那隻老豬哥，全莊找不出三隻老母豬，算算一個月透透打無幾次，不如牽去作肉脯。」

打鐵仔伯揪結著眉頭，極力的回想往事：「你們記得嗎，當年阿坤兄的大後生，阿孝古，要在鎮裡打一個店賣水果，厝裡內沒錢，阿孝古央求賣掉那頭老牛，阿坤說什麼也不答應，結果父子兩個好像冤仇人。阿坤當時說一句話，傳遍了牛角彎，說什麼……說……」

「做牛做馬，卡贏讀冊，黃金千兩，我也不愛賣，大牛欄的福佬人是這樣講的。」三叔公接口說——大牛欄是海岸線上另一個庄頭，當地住的都是葉家的福佬人。

剃頭三接口說：「這叫做時到時擔當，沒錢就煮番薯湯，當年捨不得賣牛，現在居然要殺牛了。」

「阿三仔，話不能這樣講，你不記得前年阿孝古賺了錢，買一台鐵牛載到他家禾埕，阿坤鐵青著臉，硬是要阿孝古載回去，阿坤就說一句話，說……」打鐵仔伯想了半天。

「鐵牛有脈介路用，又聽不識我的話，他好像是這樣說的。」三叔公又替他接話。

「哪這我要相信，對牛彈琴牛有反應，在牛角彎只有阿坤兄做得到。」豬哥生說著，眾人笑了一陣。

「說了半天，到底阿坤兄按怎要殺牛？」

剃頭三一句話，又把話題引回殺牛這件事，於是眾人又紛紛猜測阿坤伯殺牛的動機。有人說今年普渡殺豬公，輪到阿坤伯那個庄頭，他沒養豬只好殺牛了。有人說入冬以後，阿坤伯要搬到鎮裡，和阿孝古同住，以後沒人照顧老牛，只好殺了。又有人說，阿坤伯從來沒有在豬公比賽裡拿過狀子，今番殺牛搶第一，傳傳拚一個出名。這句話引來一陣笑聲。

「這樣怎麼可以，一頭牛重千餘斤，免比也是第一，這樣不公平！」剃頭三不滿的說。

這句又把眾人的話題，引到牛是否可列入豬公的評選裡。大家你一句我一句發表論見，剛加入戰圈不久的長腳林大聲說：「牛角彎普渡殺豬公，從來沒人殺過牛，通台灣也沒聽說過，這樣的對神明不敬，以後地方上不知要出什麼事情！」

剃頭三心裡清楚，長腳林的豬公重八百斤，很可能拿到特等賞，只好順水推舟的說：「廟埕上擺一頭大牛，不要說神明，鬼看到也驚！」

眾人又是一陣哄笑。剃頭三樂得揮著拐子手，模樣像戲台上的小丑。

陽光從老榕樹底，斜斜的照進來，眾人土棕色的臉上紅通通地，像剛吃完拜拜，喝下老米酒一樣。三叔公的老交椅正對著海方

向的日頭，他看著眼前逐漸漫染的紅霞，眾人的閒談胡扯對他來說，有如眼前景象一般，只不過是過眼雲煙罷了。活了一大把年紀，他深知人世間的情事是不能遽下論斷的，像那緩緩沉下的火紅日頭，朝來晚去的自有其中的道理。

二

　　天灰濛濛的還沒開，阿坤姆挪動著肥胖的身軀，在灶前洗米煮飯，為了要煮幾碗米而拿不定主意，突然覺得什麼地方不妥當，趕快放下工作踱到大眠床，果然老伴不在床上，起床時就覺得似乎少了什麼，當時睡眼惺忪的沒看清楚，原來老伴早已比她先起床。

　　「阿坤哪──」她不安的嚷起來，查遍幾個房間，在屋前屋後巡了一遍，哪有阿坤人影。

　　「這個老夭壽，七早八早的會去哪裡？」又自顧的嘀咕著，她走回廚房，重複方才的工作。

　　飯菜燒好後，阿坤伯依舊還沒回來。她只好暫時丟下心事，專神的殺雞宰鴨，清理魚肉蔬菜。窗外傳來沉重的腳步聲，她從布滿油漬和煙灰的紗窗望去，阿坤伯遊魂似的拉著繩子，後面那頭乾瘦的老黃牛，一步一步的舉著蹄子，響起咚咚的聲音。這時天開了一半，閃爍的金光下，阿坤伯面無表情的臉容，和一頭隨風飄飛的白髮絲，看得阿坤姆心疼不已。

　　想起昨夜兩老輾轉反側，老掛鐘敲了又敲，她又睏又累，而老伴的歎息夾雜著咳聲，使她無法入眠。她只好忍氣的假寐，倏地阿坤蹲踞起來，然後摸索著下床推開房門，許久沒有回來，她恨恨的不去理他，竟這樣沉沉的迷糊入夢。

　　想著想著，阿坤姆踱到牛欄。阿坤伯無神的伏在欄檻上，望著老牛發呆，手中還握著滑溜的牛索繩。

「七早八早，牽牛出去做脈介？」

阿坤伯沒有回答，還是眼巴巴看著牛。

「放牛吃草也要看時節，明知道早起就要殺了。」她又埋怨，又體恤的說。

阿坤伯回過頭來，嘴角的鬚顫動了幾下，沒開口。他的眼神凝著牆上掛著的木犁、鋤頭、鐵耙、竹掃把等農具，細細麻麻的盤絞著蛛網，一如他臉上浮現溝紋。

「飯菜好了，吃飯去吧！」

他嗯了一聲，沉沉的像來自遠方。

三

阿坤伯扒了幾口飯，怎樣也吞不下，頹然的長嘆一聲，放下碗筷。

「就吃這麼一點？」阿坤姆抬頭，用關切的眼神望他。

「吃飽了。」說著走出廚房。

天色大亮，太陽從屋後竹林尖昇起來，藏青色的天空飄了幾朵白雲，慢舞有緻的滑移過來。阿坤伯往田野望去，隔壁長腳林正推著鐵牛，在水田上來回的翻土，隆隆的馬達聲傳來，斑剝的臉倏地扭曲著，他不禁又想著那頭跟了他多年的老黃牛……。

該是十年前的事了。十五里外的鄉鎮郊牛墟，他在乾旱的荒地上試了幾頭耕牛，總是嫌這個嫌那個的不滿意，老牛販不悅的說他狡怪，拉出一頭剛滿周歲的小黃牛沒好氣的說：你試試看！

阿坤伯仔細的端詳牠。高不及胸的小牛，瞪著大眼對他怒目相視。他趨前幾步，以巴掌使勁的拍牠後腿，冷不防牠一腳踢來，他嚇了一跳閃過去，小牛喔的一聲向他嘲弄，揚起如弦月般的一對小角，在他眼前捽了又捽。阿坤伯忿忿的替牠上了木犁，一聲斥喝，

小牛拔腿向前奔，他一個跟蹌的栽了下去，旁觀的群眾嘻嘻的訕笑著。他恨恨的起了身，右手握緊牛犁柄，左手勒緊韁繩，和小牛奔逐於旱田兩端，圍觀者紛紛拍掌叫好。幾個來回之後，他喘著大氣卸下木犁，揚起大拇指向老牛販說：「好！我要的就是這頭小蠻牛。」

一陣嘈雜人聲，打斷他的回憶，路口那邊，老村長偕同正爐主，領著一群村民走進稻埕。一陣風吹來，捲起一團風砂及落葉，在他們頂上亂舞。

「阿坤兄，你真實要殺牛？」老村長走到面前，展著不自然的笑容，劈口就問。

他默默的點頭，看看老村長，看看那班人，再看看遠方的田野。

「阿坤兄，你也知道，我們天后宮七月半殺豬公，從來沒有人殺過牛，這次你……」老村長支支吾吾不好直說。

正爐主走過來，委婉的解釋：「是這樣啦，昨晚我們廟裡召集爐主開會，大家這樣決定，最好……最好不要殺牛。」

阿坤伯淡淡的嗯了一聲，眾人面面相覷。

「我們擔心，殺牛可能是對媽祖不敬，擱再講……」

「你們不懂！」

「阿坤兄，我實在歹做人，不過，這是大家的決定。」

「牛是我的，要殺不殺是我的事。」阿坤伯漲紅了臉，執拗的說：「我是誠心誠意，要將這頭牛獻給媽祖婆，不是做細囝仔把戲。」

「阿坤兄，要不這樣啦，你哪一定要殺，我們是不敢阻擋，不過……」正爐主頓了一下，看看大家鄭重地宣佈：「牛跟豬不同，為了公平起見，我們不把牛列入豬公比賽，你看如何？」

「清睬你啦。」阿坤伯望著天，平淡的回答。

四

「阿公！阿嬤！我回來了。」

阿坤姆聽到叫聲，抹抹烏漆嘛黑的臉，急急的從廚房走出來。兩個孫子和大媳婦，提著兩大袋的水果走進客廳，阿坤姆高興的接過手說：

「提了這麼多做什麼？」

「賣沒人愛，留著自己吃。」媳婦說。

「上回我聽阿孝古說，生意愈來愈難做了，耶——他人呢？」這才發現兒子沒回來。

「他還有事情，可能趕不回來。」

「那會照這樣沒閒？」阿坤姆臉上不太高興：「大年大節不回來，明知道普渡這種大年大節，需要人手幫忙。」

「我也不知影，耶，阿爸咧？」

「在牛寮啦。」阿坤拇指向牛欄，孩子飛也似的跑去。

「阿爸真實要殺牛？」

「對啊！早起來就要殺啦。」

「我想沒有，這次阿爸按怎要殺牛？」

「入冬在要搬啦，以後誰來飼牛？」阿坤姆有點不忍的說：「妳爸講，要是賣牛給人殺，不如自己動手。」

媳婦沉默著，似乎不理解老人家的心意。

「媽媽——阿公說稍等一下就要殺牛了。」

兩個孩子嚷著進了客廳，阿坤伯也跟著進來。

「阿爸。」媳婦叫了一聲。

「媽媽，我沒看過人家殺牛，這次要大開眼界。」讀國二的老大，高興的手舞足蹈。

「阿義！」媳婦斥責一聲，孩子扮個鬼臉，好像莫名其妙。

「細人仔有耳無嘴，不要亂講。」阿坤姆用食指在唇上比劃一下。

「阿英，我問妳……阿孝古怎麼沒回來？」阿坤伯正色的問。

「他……他忙呀！」

「忙什麼？」

「他……他去參加自力救濟。」

「脈介自力救濟？」

「阿公，自力救濟就是很多人，很多人去……」

老二破口而出，他媽媽急忙喝住他：「阿勇──」

「沒關係，你說，到底是怎樣情形？」阿坤伯放鬆了臉。

「是這樣，阿孝古做的青果生意，現在不好做，美國的蘋果、梨子、葡萄都大量進口，台灣自己生產的水果沒人吃，價錢大跌。」媳婦看瞞不過，只好據實回答：「阿孝講，這些都是政府怕得罪美國人，才開放進口，卻不管老百姓的死活。」

「阿孝古準備要怎樣？」

「他和許多果農聯絡好了，要去鎮公所抗議。」

阿坤伯罵了一句，心底卻暗自擔心，阿孝古會不會被抓去坐牢？他記得鎮裡的李代表，當年競選鎮長時，指稱黨部有人作票，領著一大堆人把鎮公所圍起來，後來就坐了兩三年的牢。

五

阿坤伯沐浴出來，找了一件乾淨潔白的衣褲，緩緩的套上身軀，一臉嚴肅的表情。

「好了沒？他們都在等你。」阿坤姆催促著。

「幫我點三支香。」

「要做啥？」

「我要拜天公。」阿坤伯正經的說。

阿坤姆沒有違拗，替他點上。阿坤伯跨出門檻，高舉著三炷香，口中唸唸有詞，虔誠地拜了又拜。

「阿公，他們叫你趕快去，都準備好了。」阿義跑過來大喊。

「阿公知道啦。」

他應了一聲，尾隨阿義走過禾埕，轉向厝後面的苦楝樹下。那根老樹底幹粗實，上端虬枝四展，頂著一團蔭綠，密密麻麻垂著許多卵形的苦楝子。樹下圍了許多人，高聲的議論紛紛，小孩子也嚷著準備看熱鬧。

人群散開，阿坤伯走到樹底中央，那頭老黃牛四腿綁著大拇指粗的麻繩，四個壯碩的莊稼漢各執繩的一端，像地獄裡的鬼卒。豬哥生和剃頭三也雜在人群中，向他點頭招呼。阿坤伯肅默的走向老牛，撫著牠光禿的頭蓋和鼻梁，老牛輕輕的顫抖一下，微垂著頭，長長的尾巴左右掃了一陣。阿坤伯輕撫的指間順著牛背直滑至後腿臀。老牛瞪著浮腫的大眼睛，偏過頭來望他，當四目交接的那一刻，阿坤伯有如電擊一般，全身不安的顫抖，胸腔滯壓著喘不過氣來。

灼熱的七月火燒埔陽光，燒燙了悶窒的暑氣，緩緩的拂過每一張期待而安靜的臉，小孩也止住聒噪，只聽見沉沉的、緲緲的牛喘聲，幾個苦楝子掉下來，叮咚的聲音也清晰可聞。

阿坤伯接過大彎刀，閃爍著屍白的光影。老黃牛的大眼瞳，直瞪瞪地望著他。阿坤伯不忍心的閉上了眼，高高的舉起彎刀，突地，咚的一聲，人群起了一陣騷動，阿坤伯張開眼睛，老黃牛一對前腳跪在地上，微閉的眼框漾著淚光，一動也不動的等著他的最後賜予。

阿坤伯高舉的雙手抖顫著使勁地揮了下去……。

六

戲台子搭在大廟埕的西側，正面對著那對擁有百餘年歷史的天后宮。儘管此時正鑼鼓喧天，戲台上的黑面馬僮，幾個觔斗翻的厚木板咚咚的響，然而寬敞的廟埕，除了幾個老人或站或坐，在不十分用心的看戲外，只見一些稚齡的孩子，穿著汗衫內褲，圍在流動攤販之前，吱吱喳喳的耍玩著。

阿坤伯雜在書的人群中，看著戲台上的大紅臉，唱著荒腔走板的「走麥城」，這齣戲打從他穿開襠褲開始就看過了，早已耳熟能詳：

> 皇叔待我如手足
> 豈能背義降孫吳
> 寧可玉碎不染瑕
> 一世英名垂千古

戲台上的紅臉關公，睜著丹鳳眼，手捋長鬚，唱著走調的二黃，斥退眼前來說降的諸葛謹。然後提著青龍偃月大刀，左右晃了幾下沒抓穩，鏘啷一聲掉落於戲台上，惹來觀眾一陣訕笑。

阿坤伯笑不出來，反而罵了一句屌他娘，責怪那個戲子不成材，這種三角貓功夫也敢出來耍大刀，對關老爺真是莫大的汙辱。他想起二十幾年前這個地方，「新華園」演這齣劇時，那個扮關老爺的戲子扮相台步都讚，舞大刀的手腳更是了得，只見台上刀花交錯，突然鏗鏘一聲，戲台上碗口粗的杉仔頭，竟然被假大刀砍成兩截，嚇得台下鄉親父老一震驚呼，紛紛稱讚戲子演戲入神。阿坤伯

卻執拗的認為，那是關老爺顯靈所致。想到這裡，他嘆了一聲：

「現在的戲子不行了，連關老爺也靈不起來。」

他不忍心看下去，便走向廟口，前殿中庭擺著木板臨時拼成的大供桌，善男信女供奉的三牲青果，零零落落的堆在上面，天公爐插滿了香枝，四溢的香火把媽祖薰得飄飄然。一堆人聚在一隅，唏唏噓噓的不知談論什麼。

他好奇的走過去。

「這麼做不太好，萬一出什麼差錯，可要吃無錢飯。」打鐵仔伯搖搖頭說。

「不然要按怎？水果銷不出去，叫做田人吃西北風？」一個粗壯的年輕人說。

「對呀！政府都不管我們死活了，這哪沒去抗議，人家會笑我們做田人好欺負。」剃頭三揚著拐子手，說得口沫橫飛，他拍著那個年輕人的肩膀，大聲的強調：「好！輸人不輸陣，你要去，我也跟你去。」

阿坤伯聽到這裡，湊上角問：

「剃頭三，到底是發生什麼事情？」

「阿坤兄，現在很多人圍在鎮公所，抗議美國仔水果進口啦！」

「現在情形什款？」

「我剛從鎮上回來，好像他們還要遊行到縣政府抗議呢！」青年人打量著他，突然想起什麼：「你敢是阿孝古伊爸爸，你阿孝古……」

「阿孝古怎樣？」

「我看到站在發財車上，身披麻衣頭纏白布條，演講兼指揮好威風。」

阿坤伯的心直往下沉，這孩子莫非想造反啦，簡直像七月半的

鴨子不知死活。

　　嗩吶聲響起，戲子們出場向觀眾鞠躬致意，胖胖的戲班主，手中拿著爐主賞賜的大紅包，笑的闔不攏嘴。觀眾一哄而散，偌大的廟埕頓時冷清許多。

　　打鐵李回家的路上，一眼瞥見阿坤伯在青年的機車後座，向鎮上呼嘯而去。

　　太陽逐漸西傾的時候，吃拜拜的親戚朋友，三三五五的走進阿坤伯的稻埕，他們圍著那頭攞在「里阿卡」上白淨的老黃牛，如天下奇聞般的評頭論足。

　　油煙瀰漫的廚房裡，阿坤姆和媳婦忙得不可開交。她的一顆心像十五個吊桶七上八下——因為阿坤伯到現在還沒有回來。

　　「阿義呀，你阿公回來沒？」她第三次這樣問。

　　「我沒看到。」

　　「這個老人家，愛風騷也不看時陣。」她邊說邊打開大灶的鍋蓋，一縷白煙溢起：「去整下晡還不回來，那頭牛叫誰拖去廟埕？阿孝古也一樣，大年大節……」

　　「阿婆，我來去。」阿義自告奮勇。

　　「我也要去。」阿勇也應和著。

　　「阿姆，不然我跟兩個孩子去。」媳婦試探地問。

　　阿坤姆思索一陣說：「我看還是我自己去好了，廚房的事情交給妳。」

　　「阿婆，我也要去！」阿勇阿義異口同聲的說。

　　「這樣也好，你們兩個幫忙推車。」

　　兩個孩子一陣歡呼，連跑帶跳的奔向稻埕。阿坤姆向媳婦吩咐了半天，雙手在褲腰上抹了兩下，跨出門檻。

　　往廟口方向的農路，鋪著細碎石礫，在昏陽下炫然發光。祖孫三人，推拉著大牛公緩緩前移。趕吃拜拜的人潮，和他們迎面而過

時，紛紛投以訝異的眼神，有些人搭訕問個究竟，阿坤姆卻無心跟他們詢答。廟口那裡傳來二胡弦聲，悠揚而飄杳的傳入耳朵，她也無心傾聽，只是一心牽掛著阿坤伯。

眼看快到了大馬路岔口，三叔公的張家老店隱然在望，她料想阿坤伯大概是在店頭閒聊而忘了時間，一時放心不少。

猛地遠方傳來幾聲呼喚，還間歇著咚咚的大鼓聲，那聲音透過喇叭顯得嘈雜刺耳。以致於聽不清楚。

「阿嬤，你看！」阿義指著大馬路那邊。

她抬頭望過去，幾輛小貨車領著一大堆人群，緩緩地移向張家老店，整隊白茫茫的一片。

「我知道，有死人出山。」阿勇大聲嚷叫。

「細人仔靜靜，不要亂講。」她喝斥一聲，瞇著眼看清楚，原來那一隊人馬都頭纏白布條，舉著幾匹白布幔，隨著鑼鼓聲前進。還有幾個人站在發財車上，聲音從高分貝喇叭傳來……。

「各位鄉親，各位父老姊妹，我們不能再當啞巴了，我們甘心一輩子做順民，只有死路一條！」

阿義聽到這裡，突然有所悟高興的說：

「阿嬤，這就叫做自力救濟啦。」

聽阿義這麼一說，她暗想還好，不是碰到死人出山，不然可真霉運當頭。

「各位地方上的阿伯阿姆，我希望大家心連心，手牽手，為了我們大家共同的權力，為了地方上的將來，為了我們做田人的尊嚴，希望大家跟我來！」

隨著抗議人潮的逼近，喇叭聲愈來愈大，而主講人的聲音也聽的清楚，突然她覺得這聲音好熟……？

「喔，我知道了，是爸爸！」阿義在車後大喊，里阿卡也霎時停下。

阿坤姆心頭一驚，一時呆在那兒，心腔卜通卜通的跳著……這還得了！

「阿勇、阿義，別呆在那兒，緊推車，我們去看清楚。」

兩個孩子一聽，急忙低頭使勁地推，向岔口張家老店而去。喧嘩的人聲愈來愈大，街上的人，吃拜拜的食客，從稻埕走出來的村人，都駐足在路邊觀望。

夕陽在張家老店的後方沉了下去。快近岔口的時候，阿坤姆丟下了車，急步往人潮中衝去，兩個孩子也叫嚷的跟隨。

有喇叭那輛指揮車，已越過岔口往縣城方向走。阿坤姆擠在人堆中，大聲叫著阿孝古的名字，然而鑼鼓聲、喇叭聲、圍觀者的吆喝聲、鼓掌聲、遊行者的呼口號聲，以及廟口的二胡弦聲，卻把它掩蓋過去。她看著指揮車上的背影，車上其他幾個大男人，不時的舉起雙手，向群眾致意。其中一個老人家，背脊緊貼著阿孝古，迎著滿天金黃雲霞，灰白的髮絲隨風飄飛……。

昏暗中，阿坤姆費力的推開人群向前擠，瘋狂的群眾推推拉拉的，使她踉蹌的差點栽在地上──有人扶助她，是剃頭三：「阿坤姆，喔──大熱鬧，牛角彎百年一見的盛會。」

阿坤姆氣急敗壞的問：「阿三，我們阿孝古他……」

「阿孝古在上面呀！」剃頭三的拐子手，指著逐漸遠去的指揮車：「還有，阿坤兄也在上頭。」

阿坤姆一陣暈眩，有人一手把她扶住，朦朧中，看見一絡長鬚在前飄浮，她像了定心丸，叫了一聲：三叔公──

三叔公攙著她，凝望人潮搖搖頭。夜風吹過原野，烏雲掩過來，罩住牛角彎的天空，把逐漸遠去的人潮，攏集於黑色的布幔裡。

鑼鼓聲遠颺，一匹更深黯的布幔籠罩下，把阿坤姆、三叔公、剃頭三及阿勇阿義等人，默默的吞噬了。

嗩吶聲劃破夜空，廟埕上的普渡祭典正開始舉行。

第6屆耕莘文學獎・小說第一名。

發表於自立晚報副刊・1988年12月

王幼華

雨季過後

作者簡歷

王幼華，1956年生。現任國立聯合大學教授。出版作品有《土地與靈魂》、《騷動的島》、《洪福齊天》等小說集。學術論著有《清代臺灣漢語文獻原住民記述研究》、《蚌病成珠：古今作家論》等。曾獲吳濁流文學獎、中國文藝協會獎章、中山文藝獎等。作品意念繁富，深刻廣袤，在台灣文學作品裡獨樹一格。除文學創作、學術研究外王幼華亦展現「文學運動家」特質，以作家身分參與文化及社會運動，將理念付諸實踐。

耕莘與我

民國68年暑假，我報名參加台北耕莘文教院舉辦的寫作班。報名的時間晚了些，所以沒有進入小說組，被分配到哲學組。其實我對中國的義理之學和西方存在主義很有興趣，便欣然前往。哲學組的導師是陸達誠神父，他十分熱心指導，晚上來參與談話或讀者會的同學不少。

寫作班結束前，我參加了小說組的比賽，投了一篇短篇小說〈海港故事〉。這個故事基本上來自高中畢業後，在基隆打工的經驗。寫作班結束後一個月，我去耕莘文教院，看到牆壁上貼出的公告，得到佳作，心裡有些失望。負責相關事務的郭總幹事，非常貼心的將評審紀錄給我看，我記得司馬中原先生給我最高分，另一位評審卻給了最低分，因此就成為佳作，這個經驗很有助益。

雨季過後

　　白色鋁製的水桶裡沉著七橫八豎雜色的筷子，灰黑如死魚般的盤子，肥皂水已經泛著黃黑，泡沫有氣無力的搭黏在桶邊。（該死！一天到晚洗不完的盤子！）阿雄穿著黑膠鞋，挽著袖子，油膩膩的手胡亂的在桶內涮著盤筷。帶著殘葉剩粒的水，濺了一地都是。新仔半個屁股坐在桌沿上，嘴上叼了根半滅欲熄的煙，瞇住眼用一條發黃的抹布擦著盤子。廚房裡薰滿了油氣，陰暗的角落裡水溝不時散出腐敗的臭味。前面的餐廳哄吵個不停。一個肥胖的女人操著蘇北土腔探頭向廚房裡喊道：

　　「阿雄喲——快點快點！沒碗筷囉！新仔你要死啦！抽什麼煙！快把擦好的盤子送到前面，客人多啦！」

　　「他×的！叫什麼叫！」新仔把剩下一截的煙屁股往溝裡一吐。

　　「老子要不是出了點事，怎麼會窩到你這地方來，你還對我鬼叫！」

　　阿雄歪了一下頭，手仍沒停下：

　　「新仔忍耐一點，我姊姊就是大嗓門。一會兒就好了，你把盤子端到前面去吧！」

　　新仔惡狠狠的吐了口痰，把手上的抹布往桌上一扔，不耐煩的端起了前面的盤子，口中喃喃的咒著走到外面去了。

　　晚上十點多一點，林奔遠遠的騎著腳踏車回來了，他把車推上了台階，新仔一隻腳跨在椅子上，和阿雄在一張矮桌子上下棋，旁邊站了些無聊的學生觀戰。林奔鎖上車向餐廳裡面望了望，那胖老闆娘和老闆正在收拾桌椅，他們的小孩在水泥地上爬來爬去，鼻涕

一臉都是。林奔走上四樓，樓梯間黑沉沉的，但他感覺精神相當愉快，畢竟有職業了，什麼事都上了軌道。通過走道，走道上晾滿了衣服，溼答答的還往下滴水。他打開房門進去，衛大個和小梁還沒回來，大個的床永遠是鋪得一絲不苟的整齊，這和他曾是官校的學生有關，他是個等船的海員。林奔將放在床下的酒拿出來擺在桌上，再從口袋裡掏出一包花生米，拿了內衣褲便洗澡去了。

水龍頭冒出高熱的蒸氣，他痛快地淋了一身的熱水，冷風不斷從窗口的隙縫滲了進來，熱水是消除疲勞最好的東西了。（太舒服了！明天，明天我就打電話給她。）肌肉因熱水的沖襲而泛紅。（唉！生命多奇妙啊！）他不斷的想著，十三個小時的工作是冗長而令人困倦的。經理那老練的、尖銳冷漠的眼角不時的望著他，吃飯時間他從來不敢多挾那碟中少得可憐的幾樣菜。每當夜晚九點四十分打烊，他例行的拉下店面的鐵捲門，等經理檢查完畢。之後經理便會牽著自己的孩子和老婆上樓消夜。這時候，他總是一個人推了車子，慢慢的騎過市區回到住處。半年了，他在這陌生的港市裡挑過石頭，挑過泥土，還曾到船身底下打過鐵鏽，一天的勞作下來身體總是困乏極了；渾身泥污，或者機油。一段時日之後，他不能忍受這種長期的身體負荷，更使他不能忍受的是一直因為工作的關係無法見到她，那是一種比任何痛苦都不能忍受的壓迫。擦乾了身子，換上乾燥柔軟的衣服，他覺得輕鬆多了。

從浴室裡出來，走進房內。大個不知哪時回來了，正坐在林奔的床上喝著他的酒，吃著他的花生米呢。灰泥糊的牆壁已經剝落好幾處，天花板上一圈圈溼漫著黃髒的雨漬，這七、八天持續的陰雨，使得到處都顯得潮膩。

「大個，臉色不太好哪！怎麼，輸了還是贏了？」

大個搔搔頭，丟了一顆花生到嘴裡：

「唉！摸了一天一夜！唉⋯⋯對了，你現在手邊有沒有錢？先

借我一點。天冷了，我也沒帶棉被出來，晚上嘛冷得要命！我想去買兩條毛毯。」

「我還有一千多塊錢，你要多少？」

「一千塊啦！過兩天船廠會發點錢下來，我再還你好了！」

「沒關係，沒關係。」

新仔縮頭縮腦的進來：

「喂！林奔今天帶什麼好吃的回來？媽的你現在到食品店上班，也不會多弄點回來吃，我瘁了一天，老闆娘像餵豬一樣，一天到晚給我吃大鍋菜，我現在聞到那些菜都怕得要命！」

新仔一進來就四處翻翻索索的找東西。衛大個眼皮也沒抬一下，繼續吃他的花生。林奔把衣服慢慢的摺起，坐下來。

「嘿！他×的，小梁這兒還有奶粉、罐頭！這小子真會享受啊！」

「小心他回來跟你拚命，他祖父是立法委員喔！」

大個漫不經心的說。

「哼！老子就要試試看！」新仔鄙夷的歪了一下鼻子，打開了一個罐頭，拿個茶杯挖了一大把奶粉。口中還直唸著：

「立法委員的孫子還會跑到這種地方來住啊！老子要不是──」

他倒了一杯冷開水進去，又拿了一根筷子不停的在杯子裡攪動。

小梁這時候回來了，臉色氣極灰敗的，不知在外頭受了什麼氣，一句話也不吭。「怎麼啦！」林奔說。小梁脫下衣服往床上一丟，拿起牆邊的掃帚胡亂的掃著地面，煙頭、垃圾四處竄動。

「新仔！你在喝誰的奶粉！」小梁發現新仔正仰著頭灌奶水。小梁一掃把便打過去，玻璃杯碰的一聲落地碎了。新仔怔了一下，便抓起身邊的椅子向著小梁扔過去，兩個人便扭打了起來，衛大個

推開了酒瓶向他們中間擠了進去。

　　學生自助餐的老闆是個冷沉的人，三十七、八歲，不多說話，眼角些微褶皺處深暗的灰色，顯出他對生活掙扎的累積和和解，眼珠就掩躲在這裡面，靜魅魅浮沉得很得體。生活對他已不是一種挑戰和負擔，生活變成一項需要，只是生活而已。可是生活本身已經可以如此的去寄託，去耗用大部分的精神和時間。他肥胖的太太在自助餐店後面幾坪大的泥土地上，養了十幾隻雞兒，每天清早他就打掃雞舍，餵食，張羅一天自助餐的菜料和米飯，也是夠忙的了。偶爾生意清淡的時候，他就帶了自己兩歲不到的兒子，放在摩托車油箱上載出去兜風。

　　這天清早他依照習慣醒來，拿了掃把和飼料到後面雞舍去，不經意的發現雞舍裡不知哪時多出一隻鴿子。當他把飼料調好，放出雞兒，雞兒嘈雜的出來搶著食物，那似乎瘸了腳的鴿子，也同雞子一般，跟著它們慌慌亂亂的跑動，追逐食物。他沒打擾它──

　　「可能是受了傷掉到這裡的！」

　　鴿子身體呈現著矯健的狀態，右翅膀似乎折了，胸腹間的毛也少了許多。鴿子就這樣的待了下來，一段時間後它的動作愈和雞子們一般了。

　　「大個啊！」老闆娘用她那肥鼓鼓的手指，戳著正趴在餐廳桌上看報的衛大個。

　　「喂！剛才騎車出去的那個林奔，他跟你住一塊吧？」

　　大個嫌惡地避開放在他肩上的手，老闆娘楞了一下接著說：

　　「大個，他看起來斯斯文文的，是個學生吧！可是又有點不像，唉！怎會一個人跑到這兒來啊！你知不知道啊？」

　　新仔睡在桌面上呻吟了一聲，又翻個身睡了過去。

「死豬！十點多了還在那兒挺屍！生意也不好好做，一天到晚就知道打架！閒逛！」

「哎！哎！一大早不要吵好不好？」大個不耐煩的說，一面用手揮著桌面飛舞不停的蒼蠅。

「喂！大個，怎麼你不告訴我，反而教訓起我啦！你到底知不知道嘛！」

林奔靜靜的騎著車子沿海邊的公路馳去，天氣晴了些，風還是大得緊。（明天，後天，她總該知道我在這兒的。）他想。（唉！她似乎已經不認識我了。算了吧！昨天明明是向我這邊看過來的，為什麼？為什麼表情那麼冷淡啊！不可能！不可能！她怎會忘了我？）他停下車，前面公路的底下有一道淺灘，擱了一艘很大的木船，他放倒車子，緩緩的走下去。

淺灘佈滿了垃圾、塑膠袋、壞掉的鞋子、半埋在沙裡的朽木，冷冷的伸展在那裡，幾隻灰黑瘦小的鳥不停的穿梭著。（她看起來很憂鬱，好像有什麼心事。唉！經理對我太苛了，我的營養不夠。）他想攀上那條逐漸腐朽的舊船，在攀登的短暫過程中，他發覺自己的手臂很軟弱。

林奔第一次見到她，是在一次都是年輕人的旅行途中，搭台澎輪的前一夜，他在夏日黑夜的涼風裡見到她。她坐在一杯橙黃的冰水前面，綠底白點的上衣，屬於他喜歡的纖細那一型，也攪不清是怎麼的就深深記住她。第二天在甲板上，台澎輪迎著海浪不斷前進的時候，他找到了她。她的表情總是那麼平靜柔美的。而他那時情緒是屬於桀惡、放肆的，如同小梁一般的，怎麼樣他也無法彌補和她之間的距離，讓兩人融洽的相處，只是當時他無法明瞭到這一點。（她應該知道我的！我為她拋棄了一切來到這兒。）他漲紅了臉爬上舊船，這句話竟因為攀登時的用力，而從喉嚨中迸

出了聲音。船上的甲板千瘡百孔，船頭朝向大海，海波的動盪使他產生一種錯亂的感覺，這時候他以為自己好像一個正準備出海的船夫。

陽光很稀薄，他的腦子空空蕩蕩的，坐了下來，在上衣口袋掏出一根煙，很費力的將它在風中點燃。從他口中吐出的煙霧，立刻被海風捲得無影無蹤。散出陽光的那片天空有些刺眼，使他昏眩。俯低了身子蜷曲在船沿的下面，這時已聽不見風的聲音，風聲似乎遠去了，他感到耳中出奇的寧靜。

阿雄睡眼惺忪的翻開棉被，坐在床沿上，緩慢的用手搓一搓雜亂的頭髮，望了一眼還賴在床上的山地女人，伸手便掀去女人的棉被，女人煩厭的哼了一聲，又將它拉了回來。

「他×的，沒錢了就來找我，一個多月沒見，倒不知道又去和那個碼頭工人鬼混去了。」

阿雄懶懶懶的起身，抓起條褲子穿上。

這山地女人不超過十六歲，阿雄原先在理髮店認識她的，也知道她的毛病，有時她還做些工作，但大部分的時間總是在這港市晃啊盪的。昨夜她一身狼狽樣的來找阿雄，就坐在他的床邊傻傻的笑。阿雄問她一些話，她也只是笑，笑得尷尬了，或是阿雄問到她的傷心處，她終於是哭了，於是阿雄知道這山地女人來找他的理由。

阿雄自己年紀也不大，昨夜不知怎的對這女人感到憐惜了起來，甚至還去買了瓶米酒和女人喝起來。女人喝醉了，又唱又鬧，兩人攪了一夜。

（你有權利到處逛，生活，我怎麼就該在這裡呆著。）阿雄由女人的放蕩而聞嗅到自由的氣味，進而聯想到自己一直要面對枯燥油膩，聽人差遣的日子，而反感起來；忽的又對自己竟然會用「權

利」兩個字去形容一件事，產生了有些尷尬的、奇特的感覺。這使他不甚舒服，於是便不再去想它了。（這是他們這一類型的人活著的方式，就是不再去想它了。）他想。

突然！他聽到一陣尖銳的嘶喊聲：

「阿雄啊！快來喲！小梁要殺人啦！新仔死人啦！還不快走啊！」

他連忙拉著褲子皮帶，慌忙的拖著一隻拖鞋就衝到前面來。只看到小梁手裡握了個腳踏車的飛輪，凶神惡煞般的想衝進來，後面還跟了些半大不小的男生，老闆娘肥重的身子正和他瘦小的手臂掙奪著，新仔早已不見了蹤影。阿雄忙亂的向前抱住小梁。

「有話好說，小梁！不要那麼衝動。」

老闆娘乘勢搶下小梁手中飛輪，退到一邊撫住胸口，又是鼻涕又是眼淚的大聲哭罵了起來。餐廳門口圍來了一大堆閒人，口中指指點點的笑鬧著。

黃昏，雨又開始下了，好似從來未曾中斷過，這是港市的雨季，誰又想真的分清雨是否停過。

衛大個瞧著手中白楞楞方形的牌子，心中已經提不起詛咒的力量。

「背啊！背啊！」

他用力的吐出一口疲倦不耐的聲音，厚厚的手指揉動眼前三兩張剩下的紅色鈔票。對面那個大學生死白的臉孔一點表情也沒有。昨夜到現在，又是一個傍晚的來到，一天結束了。一條青綠綠的藍色血管延伸在大學生鼻梁左側，眼睛白漂漂的盯在桌面，室內污煙瘴氣的。屋子裡更陰暗了。另一個戴金邊眼鏡的學生扭開了一盞黃澄澄的燈，桌面的那條白色桌巾看起來潔淨得耀眼，學生的口鼻不住的向外冒出煙霧。衛大個用手撫撫麻木的臉嘆口氣：「唉——」桌邊三個人還是沒有動靜，熟練的扔著牌。衛大個知道懊悔是沒有

用的，今天輸了大概四、五千塊。他很實際的想到再怎麼去弄點錢才是真的，至於林奔那小子的一千塊嘛——

　　林奔把玻璃櫥窗抹得乾乾淨淨，他正想把第二層粟子乾拿出來，把蟲兒清理乾淨，這時，經理叫住了他。

　　「林奔，哦！有一件事我想跟你說一下。你當初來應徵的時候，我是不是告訴過你，我們這兒需要人只是一個時候——」

　　「喔——是的！經理，現在找到人了是嗎？」

　　「是這樣的，這種店員的工作嘛，也沒什麼出息，我勸你去找份比較技術點的工作吧！男人嘛吃點苦算不了什麼，明天你就不要來上班了。錢，我給你算到明天好了。哦！待會兒下班你去蘇小姐那兒領錢吧！」

　　「可是，可是我還沒——」

　　經理冷冷的看著他。他低下了頭。

　　晚上十時，下了工，雨還是不停的下著。雨相當大，林奔拚命踩著腳踏車。

　　「工作啊！工作，明天？後天？唉！到哪找工作？」

　　雨下著，平時水銀燈強悍的光芒，變得稀稀濛濛。太冷了，也太晚了。路面很安靜，雨聲響亮的圍住他，雨水淋濕了他的頭髮，流到眼角。他拚命的踩動，雨大得看不清前面的路，他幾乎是憑了記憶在這黑沉沉的馬路奔馳。雨水飛濺起來，冷不防砰的一聲，他還以為自己撞上了什麼停在那兒的車輛，當他倒到水裡，神智稍微清醒一點的時候，喘息和著胸部撞擊的疼痛，然後他看到一根黑淋淋的電桿站在那裡。林奔爬了起來，撫住摔傷的腰，他突然高聲的笑了起來，淒厲的笑聲在驟然安靜下來的雨聲裡顯得出奇的空曠、寂寞。

　　「哈哈哈！她如果知道，一定會笑我的，一定會笑的！」

他踉蹌的扶起撞歪了龍頭的車子，打著顫，跨上它向回家的路而去。

「找到工作沒？」

「呃——還沒有。」

「有錢吃飯吧？」

「還有，還有——一點。」

衛大個別過臉去望著寒冷潮溼的馬路。阿雄朝著排水溝裡吐了一口痰說：

「林奔，沒錢吃飯就在我這兒洗碗，保你吃得飽，有我阿雄在，你一定不會餓肚子。」

林奔站起身覺得有些頭暈目眩的，大概是蹲在這台階和他們聊太久了。他進去把腳踏車推出來，向著阿雄說：「謝謝你小老闆，今天要再找不到工作，明天我就向你報到！」

他跨身上車，車輛滑下了馬路。

「衛大個！這小子混身透著怪味，說話做事一板一眼的，你聽他說話那種誠懇勁兒，真的我都被他影響到了。」

「嗯——剛出來跑跑的人都是這個調兒。」

「大個，我看不見得，你怎知道他是剛出來跑跑的！我看他才是不簡單哪！」

衛大個只用鼻子哼了一聲。

林奔又經過她家門口，今天他只跑了兩家貼紅條的店面，便沒有勇氣再去嘗試了。他覺得今天情緒很沮喪，太多陌生的面孔使他的精神和力量分散了，陌生的臉孔使他惶恐不安的低著頭。

（她現在該在學校吧！）

車子緩緩的滑過去，他回頭張望了一眼，忽然他感覺她家的窗

口邊，似有人向他這兒望來，他用力的蹬了一下車子，加速的離開了。

黃昏，自助餐廳門口又排滿了吃飯的學生，林奔擺好了車子，慢慢的走向四樓。在爬樓的時候，他感覺眼前金星閃動，手腳也軟弱無力。穿過晾著的衣服，推開房門。小梁坐在自己的床上，看他進來便說：

「喂！衛大個搬走了！」

大個的床舖空了，什麼都沒有，附近打掃得乾乾淨淨。林奔望望自己的床舖，有一股很無可如何的無奈感，撫了撫一天未曾吃東西的肚子，昏昏糊糊的唸著：

「管它呢！明天，後天，她總會知道我的——」

小梁看他倒在床上，就起來重重的關上了門：

「他×的，進來連門也不會帶上，這麼冷的風，想死嗎？」

望著天花板上涕泗縱橫似的雨漬，林奔疲倦的，緩緩的閉上眼睛。

新仔走了以後，老闆人手不夠，阿雄手腳又慢，「學友自助餐」人多的時候總忙不過來，老闆心情一直很煩躁。天氣相當冷，兼下著潮溼的季雨，夜晚更顯得清冷。老闆想起了那隻在雞群裡生活的鴿子，鴿子逐漸肥胖起來，灰髒髒的似乎忘了自己是隻鴿子，整日只是跟那些雞群走走蹲蹲的，連翅膀也不拍一下。

「明天把它殺來吃算了，原想它好歹算是隻賽鴿的——不想它那麼沒出息——」

小梁把著摩托車高翹到胸前的把手，覺得自己在這部力量十足的機械上，顯得心虛軟弱。他並不清楚機車的情況，但是本來是生疏怯懦的感覺，被同伴們嘲諷的語氣激怒了。

「×你娘，會不會騎！這部九十的，我替你換了一二五的引擎喔！」

「笑話！不會騎！」

小梁的馬靴狠命的踩向發動板，空檔的綠燈閃了閃，馬達轟隆的響動。把手掌震得微微發麻，他回過頭昂起下巴，嘴角的煙叭噠叭噠的吸著，一面故意的催油，無論如何空檔的車是駛不出去的。刺耳的引擎高速運轉，排氣管噴出濃臭的煙。

「怎麼樣！」

小梁硬裝成冷漠狠惡的眼神，望回這黑暗的街道，稀疏的街燈點著慘白，同伴們的摩托車隨著發動了起來，猛然的交織成一片烘熱的聒刺，小梁伸手摸摸後座釣竿袋包好的長刀。

「不到三尺！我人瘦也不給隻長點的！」

排氣管的青白煙味瀰漫了過來，帶頭的同伴呼嘯了一聲，摩托車轟的衝了前去。小梁伸手握回車柄，馬靴向前猛踏一檔，車子幾乎直立起來，急速的奔向前去……。

深夜二時。

機械像一具燃燒的肉體，強勁的奔騰，小梁感到胯底的東西殘忍的催迫著他。速度愈加狂快，黑夜好似就永遠佔據了這世界。無可捉摸的謐暗、隱秘，每日按時的來，激起了小梁的渴望。一觸即發的欲望，狂亂的心臟在濕冷的馬路迴翔。

深夜二時。

林奔從夢中模糊的呻吟裡，逐漸醒了過來，黑夜靜靜的、冷冷的。他起身，寒冷襲了過來，他的腦中紛雜了太多不清的意識，飢餓的感覺卻很實在。扭開了燈，室內空洞著一股淒涼的味道，濕霉的牆腳沁出水珠來。

「小梁不在。」

他看到桌上擺了一束野花，冬天竟還有這種花吶！顏色很灰

沉，但總是花的。小梁在那兒找到這把東西的，他注視了會兒這些花朵，用手掌撫了撫它們。

（人總是不能生活在夢魘裡的啊！她也許明天開始，就學會了到好的服飾店去買一件美麗的衣服，塗一些脂粉，用冷淡的眼光去看人。我已經看出她逐漸變了，臉孔不再那麼寧靜溫柔了。明天是指一直累積前進的明天，青春是有盡頭的，她將和住在這附近的大學生一樣了，像食品店的罐頭一般，一樣的外皮，一樣的內容，沒有人需要負責任，她將向所謂幸福展現她的身體了。）

「明天怎麼辦呢？錢喲！冷，餓！唉——」

他頹然的倒在床上。這時他夢見那些野花在低地裡兀自的搖著，不知那時候它們已經生長了，和雜草愉悅的生活在一起，風靜靜冷冷晃過它們。

雨在接近清晨時停了。

早晨十點，阿雄和一名年輕的警察走了進來，老闆娘一臉惶恐的跟在後面，焦急的揉著手。

「你是林奔嗎？」警察問。

「林啊！小梁死啦！騎摩托車被人撞死了啦！唉啊——」阿雄扭曲的臉堆向林奔。

警察進來拉了一張椅子坐下，把帽子脫下放在桌上，一把把桌上的野花掃到地下去了。警察拿出一本青色的簿子。

「身分證我看看好嗎？」

「林啊！小梁死得好慘啊！」

阿雄看到林奔削弱的臉孔，冷漠得毫無表情，不禁覺得奇異了起來。

「你和小梁認識多久，你知道昨晚他騎了偷來的車子去勒索計程車司機嗎？」

「不清楚！」

林奔戴上眼鏡，疲憊的望望散落在地上的花朵。

「你們這棟公寓什麼人都有，學生、通緝犯、流鶯，喔！你不是這個大學的學生嘛！你到這幹嘛！」

「我休學了──我不必服兵役，我來這兒找工作。小梁是被司機撞死的，還是──」

「他是自己騎車撞計程車的，司機本來想開車逃走，他把摩托車舉起來往上衝，前輪撞進了擋風玻璃，司機整個臉、手都毀了，現在還沒脫險。他自己摔死了。」

「當場就死了嗎？」

「好像不是，他的同伴一看到都嚇跑掉了。」

「小梁是我到這兒才認識的，這裡環境太差了，我沒有興趣去注意他的事，他太年輕了。死了也就算了，不是嗎？我覺得你們還是去注意那些流鶯和賭博比較好些。我明天就離開這裡，放心我不會惹麻煩的！」

「嗯，你們這裡是不是還有一個叫盧信新的？」

「新仔啊！」老闆娘驚惶的脫口而出。

「他早就跑啦！」阿雄眉毛皺成一團，他為林奔的冷漠困擾著。

「小梁死了啊！這小鬼雖然討厭，至少還有點感情啊！」

「謝謝你相信我，警察先生。」

好不容易出現的陽光，水漿般青白的映了一塊進來，照在地上逐漸枯萎的野花上。極遠的地方模模糊糊傳來幾陣像輪船呼叫的汽笛聲，林奔覺得他等待許久的陽光，現在早已顯得不重要了。

警察看看這個瘦弱的人坐在床上，墨鏡框底下的眼珠茫然又昏亂的不知在思索什麼？這迷亂的臉孔使他不悅了起來。

一隻灰撲撲的鴿子，搧著有力的聲音飛過四樓的窗戶，林奔起身走到窗戶旁邊。天空稍微轉成健康的淡青色，那鴿子疾迅矯健的

身影，快速的向那擴展成遼遠的天際飛去。

發表於《三三集刊》第17集1978年12月

這是發表的第一篇作品，當時二十三歲，

為淡江大學中文系三年級的學生。

姜天陸

瘡・人

作者簡歷

　　1962年生，原台南縣下營鄉人，嗜讀小說與詩。文學作品曾獲聯合報短篇小說、台南市臺語詩類等多項文學獎，出版有短篇小說集《火金姑來照路》、《瘋·人》；少兒小說《在地雷上漫舞》，以及文史《南瀛白色恐怖誌》等書。

耕莘與我

　　民國76年底，我加入耕莘寫作會，接著又進入寫作高級班，這一段時間，我遇到了文學領域最好的師長和朋友，他們引導我進入現代文學的國度，啓迪了我對文學的認識，打開我的文學視野。我也在此初嘗文字書寫的樂趣，開始了跌跌撞撞的小說寫作。

　　之後，因工作與生活遠離耕莘，就再也沒有遇到比耕莘更具有活力的寫作團體，更遑論要麇集這麼多才華洋溢的師長與朋友，經營這麼長久的歲月，耕莘已是全台無雙，這是一群堅毅不拔的人所創造的傳奇，一則對人文理想堅持的典範。

　　但願耕莘這盞照亮文學心靈的明燈，永遠不滅。

瘡・人

一

逝者如斯，如寒晨我們翹首所望。

那年冬季，每日破曉，總有十一、二人疊羅漢攀緣天窗，藉著尺見方的鐵窗，翹望死刑犯五花大綁穿越坎坎坷坷放風水泥場押上軍卡車的情景，窗口狹隘僅能羅列頂層二三人目，其餘彎腰屈身，匍倒在地的牢友，貼耳靜聽，捕捉死囚沉重腳鐐撞裂水泥粗地剎剎鏗鏗和卡車引擎訇訇催動死魔舞蹈的悸動。

我們殘忍窺伺的是獄友終死前的最終臉相，如此殘忍逼視，緣由我們渴求苟活：同案的死刑犯會先執行槍決，尋找同案被押往刑場，卻是自己最痛苦的保證──同案若有人押出死決，無異反證自己幾日後便會定讞活罪，不論無期徒刑或有期徒刑。當然，我們心中最企盼的莫過於同案諸人都從輕發落，無人被五花大綁押往死域跑馬町，只是每日清晨，我們都驚駭的聽到死神假獄卒口令催喊人名。

自那年鬼見愁的鬼月始，我從故鄉下營派出所，輾轉囚過舊稱區署押房的麻豆警局、新營刑警隊、情報處、而終止於此軍法處，我受夠了灌辣水、夾指頭、倒吊、猛擊背髓的酷刑，現在又面臨驚悚的生死定讞。每晚閉眼小憩，總默禱這是一場誤入鬼域噩夢，盼睜眼醒來時，能躺在故鄉溫暖的硬床板上，但是天朦朧亮時，心頭卻已壓了重錘，不得不又睜眼望著長廊盡頭，忐忑等待獄卒打開鐵柵鋃鐺敲響催死腳步。

是大除夕前日，天微露白我們都已睜眼凝聽，凜冽的清冷使我身慄脖顫偎緊貼身的旁人。「免驚！」有人在我耳後輕聲，我回頭看是滿髮灰白臉頰猴凹的蔡老：「今日免驚了，明日是大除夕，會讓我們度過這大年初一的。」眾人點頭，蔡老凹頰順了順口水，繼續道：「古代專制時代殺人也只有秋決呀！現在是民國了，難道快過年了還槍斃人。」

大家交換了由驚畏轉成祥和的眼神。

我心想也是如此：我們都是隨時可以三顆子彈碰碰剌裂腦殼的小蟲子，難道狗官們還急於這年節三天嗎？舒了一口氣，我擠到牆角坐下，睡意撲頭漫腦而下，我聞到空中糕香微顫，煙霧裡阿母兀自添薪，籠蓋撲撲吐出糖焦煙香繞樑而舞。「過年了！」我興奮的喊，躍起身，全身顫慄，憲兵的腳步聲噠噠噠的敲著踩壓在我心口上，同房眾人都僵立冰柱，濁重的呼吸氣息如擺盪的火。忽然兩名憲兵已到了我們押房前，牢房的鐵鏈卡啦卡啦哀響，鐵門欸欸打開，我的心頭猛的一抽。

「蔡木石！開庭！」

牢內陡然冰封死寂，我們都張口結舌如冰中死魚停格在晨光薄膜中。

「蔡木石！開庭！」又一聲嚴厲的催叫。

大家轉向蔡老，他正緩緩彎身以輕微彷若怕驚嚇螻蟻的慢動作摺疊衣物和書稿，一書一衣交相嵌疊了尺高，再用一件粗布長袖綁綑，雙手忽地顫抖起來，拎拉不住欲打死結的長袖袖口，僅僅鬆垮交纏著兩袖成一團包袱。然後他艱難顛顫，拎起包袱，緩緩撐住雙手如太極拳手般推動起身，危顫顫將包袱遞給近身的老牢友，用細微的針刺聲：「轉……轉……給我老伴……」眾人靜默，不知如何啟口安慰，蔡老伸出手來，一一握緊我們的手。

當他走到沈南方面前時，沈南方笑了，握手時，沈又嘶喊他瘋

子口號：「反共大陸……呵……蔣總統萬歲萬萬歲！」

　　「南方……」蔡老拍拍沈南方肩頭：「回魂後要記得我！」轉身向我，用力握住我的手心，一股溫熱的力道如電顫擊，只瞬間蔡老鬆手，猛然轉身步向押門，一近押門，兩名憲兵餓虎般撲上擒捉他，拖拉出枷，碰轟一聲，憲兵已扣押上蔡老手銬腳鐐，「走！」輕喊聲響，腳鐐割地聲便開始在監房間迴盪著，割鋸著我的心口，直到除夕半夜，我還被那哀鳴驚醒，在墨魆不見五指的黑牢裡，響盪無數窸窸窣窣蜿蜒而成銀銀鐺鐺的沉重腳鐐聲，我奮力睜眼，只見昏暗的囚牢內塞滿或站著或坐著打盹和側躺著睡覺的牢友，那腳鐐聲又鏗鏗鏘鏘拖地而來，蔡老已至眼前，斑紅的右眼睫上方兩窩皮肉翻裂出的血塊窟窿。

　　「痛嗎？」我怯聲問。

　　蔡老靜默，只死白眼睛注視我，忽然窟窿處鮮血噴出，趴一聲向我撲壓下來，我驚跳躍起，腦殼刀割般痛，半年前，在麻豆區署押房被木棒猛敲的後腦勺，開始翻天覆地的扯痛。

二

　　大年初一，果然劊子手被年神嚇熄了火；初二清晨，憲兵也無扮黑白無常。那日午後，我們幾人疊羅漢上天窗曬曬日頭，外頭日光暗淡，天地灰撲撲的裹了喪衣，水泥地外圍牆上碉堡內武裝荷槍的兵仔倆名輪流打盹，圍牆上碎玻璃鐵蒺藜自日據「陸軍倉庫」時張牙舞爪銹利至今，上天窗的人都失望而下，大家意興闌珊不想再疊羅漢時，頂層近天窗的兩人突地興奮嚷叫：「兩隻瘦野狗！」

　　「無聊！下來吧！」下層狗趴的人喊著。

　　「等等……後頭的灰狗還猛嗅前面黑狗的臀骨。」

　　「下來吧！哪隻狗不嗅別狗的屁眼！」

「啊！趴上了！插了！」

「哦！」下層狗趴的人輕叫，大家有了興趣：「輪流上去看看。」

「插了……這麼猛。」

不久，狗趴在底的我也輪上天窗，果然監所圍牆外土石路上兩隻瘦枯野狗交媾其間，趴在上頭的公狗吐舌鼓腹往足下另隻猛戳，下面那隻母狗被壓得吐舌曲膝狗眼朦朧狗臀翹得更高，塵土揚飆，後頭的公狗嗥嚎唁叫，插力更猛更快，如狂奔獵風的馬……突地砰訇一聲，硝煙竄起，母狗被打翻沙塵中，腸裂血噴，肚腹碎肉濺滿四處，血泊中母狗抽搐嚎吠，公狗還猛插數下，待意會母狗已倒，悻然欲拉出逃跑時，背脊上一槍刺刀已猛力插入，公狗扭頭掙扎狺嚎，前頭一面麻布袋罩上狗頭，狗身後一名憲兵將刺刀一提，狗被捧進麻布袋，鮮血噴染憲兵臉頰。兩個兵仔拖走公狗，血地上母狗碎裂身軀猶翻滾搖扭，汪汪低鳴。

「連狗仔相幹也在殺！」和我同上天窗的牢友許譙了，下頭狗趴的牢友聽到槍聲嗅到煙硝味，驚嚇中急催我們下來。

那子彈轟穿我心口，讓我鎮日不自在，尤其是那隻瘦狗骷髏般的嘴臉不時在眼前張嘴涎水鳴嘔，我想像自己被子彈打翻身軀腹胸冒煙腸肚外滾嘔嘔低鳴的狗狀，到了正午我疲憊不堪站著打盹猶捧緊肚腹，怎料背後忽碰轟一槍破我肩窩窟窿一洞，當我正驚視自己皮翻肉綻膏血黏流的大洞時，鐵鏈卡啦卡啦割我耳膜，桿門開縫，一名髮山濯濯彎腰低頭的瘦子被塞進來，桿門碰轟一響，瘦子駭抬起頭，竟滿是瘡膿赤肉腫臉爛瓜驚得我暗叫鬼也，這瘡人在塞滿人身的押房就如此被卡貼在押門鎖鏈銹斑上。我們押房是粗木圍桿五坪不到足可關雞鴨二十五隻卻塞不下我們二十五人，站著都磨破肩擦傷踵，何況半夜有人要躺身睡覺，大家恨不得學會壁虎功黏貼牆上就可大酣一睡，可憐真有多人長期擠不上躺位黏趴牆上或桿木杈

上打盹，如此弱肉強食爭奪躺地連達爾文都不忍足睹的一段時日後，府城江姓老者才出面斡旋大家分成三組：一組躺睡時另一組須坐著，第三組得軟垂癱黏連卵孵亦不得晃，否則撞到他人脊髓尾椎破了卵頭誰也不能怪誰；蹲坐組則麕集壁角木製糞桶四周打坐如釋迦牟尼屎尿中悟道；站立組大都趴桿一排或吊頭桿木欄間，恨不得有白鷺鷥單腳夜眠的功力，否則常踤踏得躺者們滿身腳印。

瘡人該分到那組呢？大家一時都不願收編他，一來蔡老死時，三組人馬都已八個，二來當日我們看出瘡人貫身都膿爛腥腐，誰也不願半夜和一團黏膿抵脊而眠，雖說彼此相濡以沫，但瘡人確實令人心中起嘔，此乃人類自然反應非關愛憎。因此，瘡人的分組便是大家心中疙瘩又不敢提出的問題。

黃昏時眾人皆醒，慣例的寒暄歡迎新囚時刻，大家的手都縮得緊緊不肯伸出來握瘡人，最後江老伸出手：「你是什麼案件？」瘡人怯怯的伸出濕腐黏瘡的五隻手指——尾端已腐出白骨，答：「讀了一些書。」江老的手掌握住他的手掌，瘡人慘呼，兩人都急縮手，瘡人攤手，血手和尿黃膿水已汩流滿掌。

晚餐後第一組八人側身塞滿地面，我們第二組、三組十六人則擠身牆角、桿木間或躺者之頭顱間縫先站著打盹，瘡人獨自貼身靠通道桿木，正對欄外通道上三盞淡白燈光，燈下鼠群正招搖通道搶食十五間牢房四百餘人難得遺漏的酸腐殘餼。

「你信仰社會主義！」是谷老頭擠靠瘡人旁。

瘡人微微頷首。

「那麼你會容忍這群老鼠，牠們是無產階級！」谷老頭語帶挪揄。

瘡人沉默。通道上的鼠群咬成一團，有兩三隻小鼠被扯翻鼠身，露出肥厚鼠腹。我在柵旁噓聲趕牠們，牠們不理睬，還打鬥翻滾到柵外我足旁，一副莫奈牠何的鼠樣。我朝鼠群呸了一口痰，鼠

們卻更嘰嘰吱吱的翻身咬囓得忘我，有一隻大老鼠，還用牠蠅頭大眼瞪我一眼，我幹罵一聲，腋窩忽然奇癢無比，不禁懷疑秋末牢內藏在衣褲縫補處的上千蝨群是否復活了，這癢逼我搔得黌夜難眠，到下半夜，擠上木桶拉屎時，地上坎坎坷坷塞躺近十五、六人，有五、六具人身是一面睡眠一面手扞腳踹壓在腹肚上的頭顱或腰臀。瘡人則蜘蛛般壁趴在枴木上，頭塞入枴柵間，露出如鱷魚凸塊的瘢痕背脊。

三

　　就天公生日那早憲兵竟無拖人上跑馬町槍決，大家都笑執政狗官殺人無數還想瞞天公慧眼，牢友這早也都打拼學習——我拜師同牢郭老前輩學漢字已三個月，同房有學日文、英文、法律、算術等等，只要有人肯教就有人學之問之，有位竹北客家鄧姓農人入牢時大字不識半個已學會寫家書，被頌為語文天才可惜已魂歸冥城。

　　近午時份，苗栗客家人喚湯峰古的被押出開庭——其實是被押去聆聽判決的，回來時，手上抓著一張紙，大家騷動，早有人問刑期，湯氏滿臉無奈答：「好像二十年！法官的北京話我聽不懂！」

　　「恭喜！恭喜！」眾人猛拍他肩胛頭，紛紛借看判決書，有人道：「狗官沒判你死刑，這是喜事，何況也不是無期徒刑，是二十年，更是大喜！」

　　這時有人探問判決書上兩名被判著手叛亂死刑犯和湯氏關係，湯氏愣住，才有人用客家話又問一遍，湯氏茫然道：「好像是在苗栗同房押過的人，是同鄉不一定認識吧！」大家又問被判無期徒刑兩名從犯，湯氏回說是鄉中士紳，僅點頭之交何敢攀識？眾人哀嘆這客家農人被狗官冤枉了二十年徒刑，遂由郭老先生逐字逐句研讀判決書，一時牢內肅然，大家心中忐忑，揣測自己未來的生死命

運，有二、三位真正涉共或信仰社會主義者已面目凝重沉思不語，其他人大多張目結舌滿臉木然，我自己亦不曉會被判何罪？刑期會如何？生死又如何？

郭老唸完判決書，想不到谷老頭子悠哉悠哉風涼話道：「只要你是清白的，政府英明，會還你清白，像我，啥也不怕！」

沈南方不忘他瘋子口號：「蔣總統萬歲萬萬歲！」

「你閉嘴！」谷老頭不屑沈南方瘋言。

「就算明晨被槍決，也算是活過一生了！」郭老如此安慰我們，我每晚臨睡前，也會如此安慰自己。

我們始於母親溫暖的子宮，卻可能終於鋼硬的子彈；始於嚎哭，終於嚎哭。死與生的距離，有人短得猶能記得襁褓時母親胸腹的溫暖——那人就是十八仔。

「我過年滿十八歲。」他每次向新囚如此介紹：「大家喚我十八仔！」他是個大學生，同學組了讀書會，班上細胞亂咬時，卻把他咬進了，他熬不過酷刑，自白書認了參加組織，被按了叛亂政府的罪名。

年輕的十八仔天公生隔日和大他半世紀的谷老頭幹了一架。

起因於馬桶。

原來我們屎尿都拉於木製尺高的圓馬桶上，由室友按年齡順序抬出去倒，每日輪一人，這件事是一件大事，因大家或半年或百日禁錮於斗室裡，除了偶爾三五日一次擠塞到放風場透氣十分鐘和三、四個月才開庭出監一次外，雙腳是踩不出監門的，因此，倒屎尿是一件和拉屎同等尊嚴的奢侈散步：捧著馬桶的牢友，腳步踩得貴重緩慢，擠出牢門，先在通道上藉故置放馬桶張臂舞足一番，直到獄卒催促，才牛步踩踏出監。一出去，牢友的眼睛常被艷陽刺出淚花，膚孔也被陽光愛撫得顫顫慄慄，一路上，各牢房派出端捧馬桶的囚犯們，成行如朝聖膜拜真佛的虔誠信徒，人人眼眶內汪汪淚

水洗滌四方風景，碧空如畫，蒼雲如絮，遠山如眉，微風如醇，令人如醉如癡，似夢亦幻。大家忘了路途，忘了糞屎，忘了塵世，直到達糞坑前，倒了屎尿。獄卒催促回程，牢友們仍心馳神盪，肌膚吸納著風之騷味，雙眼逡巡著光之幻影，兩足捕捉著土之柔媚，酣醉酊酩之間，被推進陰暗監房，如夢驚醒。

「瘋子！」，獄子常如斯呔喝。

捧著馬桶的牢友，總如捧著希望的夢。

馬桶如夢！我常如斯說。

不！是屎尿如夢！有室友如斯說。

馬桶如青春。有牢友如斯說過。

馬桶如屄！說這話的人咬牙切齒，是一名山東來台的流亡學生。

我們倒馬桶的順序始於谷老頭終於十八仔，結尾再接起頭，接得榫頭榫眼平安無事，偏那日早上十八仔輪值倒屎尿卻生病了，大清早趴跪在馬桶前嘔吐，起初吐得黏黏稠稠，繼而湯湯水水，終而乾嘔剛吐，欲把腸胃吐出才會止似的。十八仔本來掙扎的欲捧馬桶出去，誰知雙手抖得連圈住馬桶都無能為力，當下，十八仔遂要請一位好友頂缺去倒馬桶，爭執於焉開始，谷老頭子認為此例不可開，十八仔應自動棄權即刻輪回排序於頭的他本人接替，十八仔堅持此權由他自由調配。

「你這共產黨！」谷老頭子先開口辱罵：「早該槍斃了。」

「你憑什麼說我該槍斃，你又為何被捉進來？」

「我是革命軍人，抗日有功，殺匪無數，功業彪炳，我是被誣陷的，沒幾日就會無罪開釋，哪像你這賣國賊？」

「賣你的爛鳥！」十八仔用台語回應谷老。

谷老撲上十八仔，倆人拳揮腳踹扭打不放，牢內一時擠塞得肩腰卡住動彈不得，只聽到沈南方瘋子喊不停：「蔣總統萬歲萬萬

歲！」兩人仆倒在人群腳下翻滾，眾人退讓推擠險踩踏上兩人，待
牢友們扳開兩人，十八仔已癱吐白沫。此時咕嚕聲響起：「我是醫
生。」眾人被這咕嚕聲驚住，眼前瘡人已撲到十八仔面前，他解開
十八仔衣襟，翻轉他的眼皮，接著他咕嚕大喊：「衛兵救人，有人
休克了！」

眾人驚嚇齊朝監所大門方向大喊救命，半泡尿久，通道盡頭鐵
門打開尺縫，一名衛兵探頭張望問道何事？瘡人忙擠到枷柵旁大
喊：「有人快死了，快救人，死了人我會告你，軍法判刑的話你會
關到我們裡面。」

可能最後一句話讓衛兵嚇一跳，大鐵門打開，兩名衛兵衝進通
道，開了枷門，抱出十八仔。

「叫軍醫打強心劑！」瘡人喊：「他的心跳快停了。」

「我殺日本狗時你還未出生咧！他媽的屄敢跟我作對！」谷老
朝通道呸了一口血水。

「蔣總統萬歲萬萬歲！」沈南方也向衛兵屁股大喊。

四

沈南方究竟如何涉案，他自己也道不明白。據鄰牢和他同鄉者
說南方是鄉紳世家獨子，日據時還曾留日本內地某大學，台灣歸祖
國才返鄉想一展鴻圖，卻因聽收音機被捕入獄，警察和特務起初可
能想敲詐沈家資產，所以對南方日夜酷刑，豈料他是嬌嫩子弟，撐
不住幾日夜的恐怖酷刑，便屎尿失禁言語無倫精神異常，警察擔心
用刑證據外露，反而不敢釋放他回家，只得辛苦教他一句「愛國」
口號備為偵訊回話專用，再北送情報處，把逼瘋人的責任往上推
卸。情報處也不放他，就如此送到軍法處。沈初來牢房時就時時蹲
在馬桶旁，眾人命令他每小時都得蹲上木馬桶一回，避免他屎尿漫

灑，他每次屎尿齊下時會高喊「蔣總統萬歲萬萬歲！」惹得谷老頭子屢次要揍他：「大便時不得喊偉大領袖！」

現在谷老頭子捧著臭氣熏天的木圓馬桶，也不管桶緣涎淌眾人落彈不準的黃尿，如捧著神主牌般虔誠肅穆，警衛打開枺門尺寬，谷老頭快步側身出去。

「如果不是他和憲兵班班長是同學，早拗斷他手臂了。幹！」有人咒罵著。

牢內又有了熱絡的對話。

「你涉了何案？」有人輕問瘡人。

瘡人的頭埋塞在枺柵格內。

「這瘡……有藥醫嗎？」又有人問。

「我是醫生，也不知道是什麼病名。只知道發炎會死。」

「是被捕後被傳染的？」

瘡人搖頭，喉頭咕嚕響著：「有人因案在岩洞中躲了近半年，裡面都是腐臭的玉米、花生、鼠屍，那人染了這怪病，我為醫他而染上了。」

「你因此而涉案？」

瘡人頷首，接著便沉默著。望去只見頭顱脖頸的尿黃膿水油亮涎漫。

五

我們不知道要被這狗監拘禁多久？也許半年，也許一年，隨軍法官認為定讞就有人被拖出去碰碰打槍有人送監獄或火燒島關個十年二十年。等待審判的日子——尤其是死刑犯是被拖出宣判後即刻槍決。人人心口壓著巨石般過日，自覺輕罪如知匪不報應可活命者會盼歲月快來速去，早離開這鬼域發監執行；自覺重罪如加入共產

組織恐怕難逃一死者則盼光陰緩步慢行，珍惜殘存生命。可是，大多數的牢友們，卻都和我一樣拿捏不準自己犯何罪軍法官欲扣何罪在生死間擺盪的無辜無奈犯者，只能忐忑度日，任憑歲月刀割劍剁。

逝者如斯，如我們每晨翹首所望五花大綁的三人或五人。

就有一個深暝，沈南方對著漆墨如井的夜女打著手槍，躓步在昏臭的馬桶旁嘷嚎噴射，狂巔的高潮引出淚水，他趴在土牆上嚶嚶抽泣，哭得大家心口唏噓，難以成眠。我也不禁想到自己莫名其妙的黑色命運──為了餬口的兩甲佃地和地主糾紛，請求三七五減租委員會協調竟因此牽扯進叛亂組織，從此妻別子棄老母不顧，輾轉度過這半年不見天日的黑牢歲月還不得定讞，我的生命真賤於野狗螻蟻，只要執政者一個眼神就可槍決。還能記得父親在日本總督府時代，熱衷參加農民組合和台共的抗日活動，在麻豆區署押房曾多次被拘留關押二十九天，當他聽聞台灣回歸祖國的消息時，還熱淚盈眶的告訴阿母：「我們的子孫不再被殖民者任意欺凌監禁了。」阿母也興奮的相信父親這荒唐的預言。

也許再過兩個時辰，催命的鎖鏈銀鐺響起時，憲兵會厲聲喚我的人名。同牢長者分析過我的案子，因我曾拿出五十元給鄉公所三七五減租委員的案首，又曾參加開會，可判為加入共產組織又繳黨費了。加以我曾請弟弟去找過案首，這可判是吸收黨員，因此，我可能是死刑、無期徒刑、二十年刑期三者之一。

或許，我的生命就要被這些瑣碎的「見了某人」「拿給五十元」「開了會」炸成大窟窿了。

「誰來和我比手槍射遠。」忽然一名陳性牢友站到桿柵旁，朝通道拉下褲襠說。

我嚇了一跳，這名平日斯文的府城讀書人怎麼了？

「我來！」黑暗中有人出聲，馬上有人接著：「我也來！」然

是後咕噥聲，瘡人竟也說：「我來！」

四個暗影在枷柵上蠕動著，濁重的呼吸聲如振翅的繞耳牛蠅，嗦嚎聲響起，一隻摳緊枷木的手臂筋肉暴起，接著又是嗦嚎啊嗯，然後才是喉頭哽住的咕咕哼叫聲，是瘡人射了吧！

瘡人黏在枷木上，肩頭抽動，腦勺已爛成一團黃糞，連一根毛髮也無了。

六

十八仔回牢那日正好我輪到白天睡覺，甫闔眼就被喊出，押去第二次開庭，法官說了許多嘰哩呱啦的那時我尚不懂的北京話（我在牢中苦讀二十載漢語，才有今日這篇文字），我只想望一眼庭外龍柏樹尖火燒的天空，最後法官站起身似乎是要唸判決書主文，我驚嚇中集中全力聆聽，開頭就是「江國勝、陳坤共同意圖以非法變更……顛覆政府……各處死刑……公權……」我被「死刑」兩字嚇了一跳，心忖江國勝是我故鄉一位極古意的年輕小學教員，日據時公學校畢業後本躬耕三甲多地，因為會講一些北京話才被延聘為小學教員，真不知他要教書又要忙三甲多地的農事怎會有時間去顛覆他偉大政府？陳坤是鄉公所「三七五減租委員」，才三十出頭，人講義氣做事公正，子女有六個最大約十歲最小尚襁褓中，他雖讀了些書，但孩子那麼多，大概也無暇無膽去顛覆政府了！反正狗國狗官狗政府的狗判決就是狗屎。幸虧我的罪刑才二十年，真鬆了一口狗氣，回到牢內把判決書攤開請郭老師讀，大家簇著聽，讀到我被判參加叛亂組織刑期二十年時，眾人無不向我握手「恭喜」，有人還抱我要沾些福氣，我能苟活，令牢友們生氣蓬勃。其實我啥也沒幹將白白被關二十載，大家還羨慕我道是祖上積德，真豬狗不如的一群人。至於我同案除江國勝、陳坤是我數面之緣外，其他人竟都

是在北送前暫押新營共囚一房才有一面之緣，真不知我們如何組成特務口中的叛亂組織。

這日太興奮睡意全消，牢友們將我視為訪談主角，將我出庭問話回話仔細推敲，連半年前被捕時筆錄問話過程，內容也一再反芻，他們拿我的判決書，咀嚼我的答話，尋找活命仙丹，急躁又亢奮。

這時我注意到木坐牆角的「十八仔」竟膿瘡滿臉，我示意牢友，有人貼耳輕聲道：「他被傳染了。」然後暗指瘡人，瘡人依然像巨大黑茸毛毛蟲一隻緊貼栅栅。

到了午後，冬陽溢下天窗，斗室亮得暖烘烘，我被這難得暖光燥得汗濕內褡，勉強盹了一下，卻被幾聲撞擊聲吵醒，睜眼看，牆角十八仔正用額頭猛撞牆壁。

「怎麼了？」有牢友問。

「痛！」十八仔猛搖頭：「神經撕裂的痛，萬針猛刺腦殼的痛，比牙痛勝百倍的痛！」

我轉向瘡人，瘡人頭顱正向柵間鑽撞，雙拳猛捶栅木，看來也是痛得難以忍受了。

是陽光引起的刺痛嗎？有人喊衛兵救命，許久之後，通道盡頭的監門打開，衛兵探頭問了幾句話後關了監門。

瘡人全身抽搐著，如故鄉起乩的乩童，他猛力將頭顱撞塞入栅木，栅外的雙拳瘋狂捶打栅木。十八仔忽然自牆角蹂踩過躺著的牢友，到通道栅旁，猛揍瘡人肩頭，怒聲嘶喊：「為何會傳染給我？我只有十八歲呀！」

瘡人艱難的發著咕嚕喉聲。

「天啊！我才十八歲！」

瘡人甫挨幾拳的肩頭已裂開而滾漫黏稠黃膿，他已變成一隻散發腐肉臭味的大蛆。

七

　　自認抗日剿匪有功的谷老頭定讞十五年讓他足足憤懣鬱卒拒食了三天。時逢驚蟄，昨日還徹夜嚴寒冷顫人身，今日卻酷熱炙人如爐，瘡人的臉肉腐爛剝落已成骷髏，十八仔則十指成枯枝白骨，倆人鎮日黏靠通道枒木上躲避陽光，卻難逃每日午後春日煎熬總要哀嚎一陣。他們倆人和我們之間已劃出一道鴻溝，五坪大的牢房內，我們二十三人擠塞靠馬桶大半部，他們倆人則萎縮在靠通道枒木的小點上，中間有一尺是互不侵犯的界線，當瘡人上馬桶時，這條界線便跟著移動。

　　我們已無法忍受午後的蒸爐酷熱，監房是封閉的水泥建築，內隔十五間押房蹲滿四百人，太陽灶火烘燉人身，汗臭、屎尿臭、瘡膿腐臭、鼠臭、菜渣臭混成一氣悶熬我們，我們脫得一絲不掛，輪流綁起大布搧風仍搧不熄灶火，每日舉目所見都是灰白的挺著幾節枯骨的汗濕淋淋男人。

　　牢友們日日烈火中掙扎，有人等待發監，有人等待定讞，而大家幾乎都懷著同樣心思，這種心思卑鄙無恥得令我們不敢啟口，可是眼神卻流露出祕密，那就是：人人渴望瘡人和十八仔的死刑執行。我也覺得他們倆人是我身上某處的膿瘡，發著膿臭，涎著膿水，隨時會蔓延全身，使我周身腐爛，這種感覺隨他們的哀嚎呻吟吼叫更令我毛骨悚然。

　　終於某個清晨，憲兵打開枒門喚出瘡人姓名，我的心頭竟一陣興奮──我真的無法悲痛。瘡人無行李可收拾便和十八仔握了手，我們其他人都緊縮偎在牆角，轉身低頭偷瞄瘡人步出牢門結束這場草率的生死訣別，當瘡人的沉重腳鐐聲鋃鋃鐺鐺的拖在坎坎坷坷的水泥地上時，沈南方瘋子口號激昂響起：「蔣總統萬歲萬萬歲！」

我在幾位牢友臉上看到輕微笑意——我驚覺自己嘴角的痕紋也如此吧！

不幾日，我就發監執行。我幸運平安的度過二十年艱難的牢獄生活，出獄後，我也成了瘡人——身上並無膿瘡，卻是甚於膿瘡的匪諜和政治犯圖騰，世人惟恐被我傳染而畏我如虎。我起初很憤懣和生氣，但當我想到瘡人訣別那日的情景時，對於人們的冷漠不仁便有了寬容的理解，終究，人們之於我的冰冷尚不及那晨我之於瘡人的無情。

楊麗玲

揹起一口井逃生

作者簡歷

　　曾任職報社、電影及廣告公司，現專事寫作、遊藝現代水墨、油畫。曾獲耕莘文學獎、聯合文學小說新人獎、中央日報文學獎、台灣文學獎、國軍文藝金像獎、公視百萬劇本推薦獎、國家文藝基金會小說創作暨長篇小說專案補助等；已出版《分手的第一千零一個理由》、《戲金戲土》、《翻滾吧阿信》《艋舺戀花恰恰恰》、《山居‧鹿小村》……等三十餘部作品。

耕莘與我

　　文學的母親，妳的名，叫「耕莘」。

　　相信對許多人來說，這句話應是挺貼切的？至少對我是！

　　許多人的生命轉折或許來自於清楚的生涯規畫與追尋，然而，在接觸耕莘之前，我既非文藝青年，也從未想過到寫作，因男友代為報名，被推著去參加耕莘寫作班，豐富的課程打開了我的視野、結識許多文友，寫了生平第一篇小說、獲獎、刊載於報紙。意外的鼓勵，改變了日後的一生。

　　當年，父親原是不同意我寫作的──那叫亂來、不務正業。於是曾瞞著家裡，辭掉工作，每天仍帶著便當假裝上班去，騎著50CC的摩托車躲向街頭角落，戴著安全帽禦寒，趴在摩托車上讀書、寫稿、吃冷便當，不敢亂花錢，月底仍如數交出薪水，以免被揭穿，以少少的積蓄支撐著流浪的寫作生活。

　　年少輕狂的耕莘歲月，有點荒唐？但非常開心，這段小插曲，過去鮮有人知，說出來與耕莘朋友們分享。

揹起一口井逃生

■至善企業內部密函附件（一）
○管理員陳廷保筆記（A）

哼！派吾人來此鳥不飛、狗亂叫、一家老小死翹翹之境當差！搞啥屁？乃真衰到窟窿底下十九層之衰！以吾人驚天地、泣鬼神之才華無處揮發，或恐連神也要捶胸頓足、黯然神傷！

有啥法子？誰叫吾人乃陳俊彥之子，而吾人之老子欠他妹子（乃吾人之姑子）錢，他妹子乃命令姪子（吾人是也）來此當看山寨門的狗子！

媽的，男子漢大丈夫未揚名立萬，紅得發紫，乃已先被子成一團。唉！欸何時才能開天闢地，闖下一番大功德呢？

所幸！吉人自有天相。來此荒涼之境之途中，在垃圾堆旁撿到一本《蛙的祕密》，此恐乃奇遇。書上說：「台灣的兩棲類可分為有尾目和無尾目，其中屬無尾目的有蟾蜍科兩種，樹蟾科一種，樹蛙科八種，狹口科四種，赤蛙科十三種，共計二十八種！」乖地嚨咚將！經敝人在下居此已三天有深刻觀察，此座臭荷塘竟活著——套句書中說的——幾乎竟將台灣常見的蛙類悉數涵括。

鐵定是曠世奇聞——。

連溫度熱呼呼的人類，高等動物都甚且極難和平共生，這群亂七八糟蛙（書上乃言明蛙是冷血的）卻——，卻——共生。書上還說：「不同的蛙類所適合或喜愛的生態環境不盡相同，例如：莫氏樹蛙常被發現於太平山的半山腰，翠樹蛙則生活在翡翠水庫的山區裡……。」

鐵定是一派胡言！

不過，更鐵定之鐵定，吾人終可揚名立萬了！

書裡說：「通常新理論或新品種等，都以研究發現者為名！」吾人乃已訂定一件偉大之研究——題目叫：「環境汙染對蛙類生態之甚大特殊意義」或：「蛙類淨化汙染之極大特殊功能」。

吾人計畫成功後，乃必然驚動全球。

※施行步驟（吾人將已然用最精密科學態度）

- 嚴厲荷塘汙染，寫筆記記蛙的這個抗變力和淨化環境之功力。（兩種力都很要緊）
- 拆掉「嚴禁傾倒垃圾」的牌子，拜託附近人類多多傾倒。（但一員定然不准超越五公斤）
- 買秤秤垃圾，乃免估計失誤，被佔據便宜。（錢叫姑子付）
- 寫信叫小弟，把其買口香糖中獎之那個望遠鏡，拿來借吾人使用一番。（或可請他吃一份冰淇淋）

一、重荷之重

懨懨六月。

幾朵乾癟的牽牛花懶懶地攀在矮牆上，藤蔓糾錯地纏進牆隙，又從另一邊泥洞鑽出來。

荷花逾期未開，連苞也不曾挺起一個，倒是低賤的布袋蓮不知從那裡竄出來，與許多廢棄的保特瓶、塑膠袋、易開罐、爛紙板、破玩具、果屑肉皮……，擠推著沉浮在水面上。

幾隻腹部開花、綻出棉絮與彈簧的沙發，斜斜地擺淺在青苔遍生的岸邊。

「呼！再也撐不下去了！」哀聲四起，處處可見各式各樣蛙群忙著吐舌、捲舌，吞嚥蚊蟲，肚腹鼓漲如球。

不知何時起，牠們即在此繁衍、聚居。

雖然有關文明建立了的記載是最近數千年的事，但牠們確信自己是蛙類中最古老的一支！

「事關重大，必須從長計議！」戴著烏邊眼鏡的長老蛙嘎啞著喉音，端踞在會議區的巨型荷葉正中央。

左右兩隻護法蛙嚴肅地點點頭。

底下兩片中型荷葉上，分別盤踞著八隻參議蛙和四隻眾議蛙，個個表情凝重。

更底下，是當差的數百隻勞動蛙，正忙著清理會議區內的水域，奮力捕殺蚊蟲，杜絕任何汙染入侵，誓死維護塘裡僅存的三株荷葉不衰敗。

「豈可輕率?!咱們是有歷史、有傳統的——。」

「沒錯！但是不能苟安哪！」眾議蛙長喞起一片資料葉，「時代潮流顯示：從完全水棲生活過度為完全陸地生活，是蛙類責無旁貸的天職——。」

「演化很重要，但總得一步步來呀！咱們的法統正道，才是指引未來的明燈！」參議蛙長扶一扶金邊眼鏡。眾議蛙們交頭接耳。

「無論如何，我們在身體結構、功能、外型與習性上，已和遠古祖先大不相同，為了抗議人類對環境的汙染，並勇於自我挑戰，必須——。」

「必須加速演化腳步。」一隻眾議蛙為了助長聲勢，搶接下去說，「唯有遷移，摒棄這片汙穢惡心的荷塘！」口氣斬釘截鐵。

長老蛙揚揚眉梢，打了個呵欠！

片刻沉默。

「忘本忘源哪！老天都不會原諒你們！」參議蛙們忽然悲憤地叫道，「從一座荒廢的古井開始，到人類闢建了這片福地，世代蛙類子孫承蒙多少恩澤?!」

「生於斯、長於斯，建設的文明社會豈可毀於一旦？

遷移?!怎對得起歷代先聖先賢?!哼，況且。」參議蛙長嗤聲冷笑，啣起一片乾皺的歷史花，「史上所載：先民企圖跳出井外，到蠻荒地所遭遇的種種困阨，你們都忘啦?!」

兩隻護法蛙若有所思地望了打起瞌睡的長老蛙一眼。

●永恆幻念中釘死一口老井

月光軟軟地流進斑駁頹圮的枯井，幽深的井壁內側青苔一路爬滑，潮腐而黏膩往下延伸—，底部是半澤淺沼和消長後的溼泥地。

偶爾有葉片、雜物、碎屑⋯⋯跌落，溼泥地蔓著一小片雜草，幾根枯腐的竹子躺著，長出顆顆豔麗的菌子。

一隻蟾蜍獨踞在此。

咕嚕一聲，瞬間彈出舌頭，迅速捲回，兩隻停在竹上的蚊子已入腹中。

春寒料峭，才從漫長的冬眠轉醒，環視周遭卻恍如隔世，像遠行後回來，昔日景物雖然依舊，卻已明明被橫隔在一段空白之外。

輕聲鼓鳴——，回音盤旋、震盪於壁間⋯⋯。

懶洋洋地趴下，翹著黑褐色的大眼珠，凝望奇詭而圓長的穹蒼。

雲絲薄白如絮，單調得難以成形，僅有幾顆星鬼閃鬼閃的。

牠猛然地往上一躍，強壯的後腿配合前肢的力量，從一點蹦向另一點，宛若巨型跳豆，在筒裡迅速飛彈！沒一會兒，又索然地停住。

用扁而鈍的嘴鬆動發潮了的床舖，層層枯葉散發腥味，牠聞了聞，又意興闌珊地趴下。

突然——，一長聲間一長聲嘹亮而清越的蛙鳴響起。

牠偏起頭，凝神，按按腸腹和喉端，感覺莫名的憤怒漸在賁張。誰竟敢撒野?!暴睜起睡眦的凸眼，猛吼一聲。

世上竟有其他蛙類？驚顫似電鞭向全身。那聲聲無比高亢尖厲的頻率，無視任何存在，掩過牠向來自豪的咆哮，如暴風雨狂肆滾延，震得頭皮發悚發麻。

一定是幻覺。牠悲切地甩甩頭，因此而失眠，遲重的眼皮搭拉著，原被恐懼激揚的鬥志與勇氣，因長時間一無所獲的備戰而萎洩，半浸在沼畔的肥碩軀體，正受嚴重的乏力感以強酸腐蝕著……。

叭噠——

有重物落下，濺起慘白的水花。

牠尖叫，反射地彈向角落，喘著氣狂抖。

那是兩隻體態優美而嬌小的樹蛙，即使重摔落水，依舊恩愛地緊緊相偎。雌蛙不斷從體內排出濃厚的膠質體液，然後趴在上面的雄蛙也幫忙著，一起用後腿拍打，到體液變成白沫狀，再共同將精、卵產在泡沫中。

他痙攣一下，扁錐臉扭曲著，閉上凸眼，憂鬱而煩躁地鼓鳴起來。

■至善企業內部密函附件（二）
○管理員陳廷保筆記〈B〉

最近深深看了好幾本書，鐵定地，吾人已比往昔日愈有學問。只是蚊蟲也日愈奇怪的多。

所幸吾人聰明預先有望遠鏡，不必親臨現場。

荷塘已經完美的計畫汙染，只有右上角像尿壺嘴的部分，還乾淨地長有三株荷葉，起碼數以千百計的小雨蛙爭著鑽來鑽去。

又吃蚊子又吃昆蟲，鐵定地蛙有淨化水質功能。但是深深地令

吾人不滿，每到晚上，就有蟾蜍一隻、古氏赤蛙兩隻、貢德氏蛙四隻、翡翠樹蛙八隻排排蹲，在荷葉上亂吼亂叫，完全不負起淨化責任，卻擾清夢。

書上說蛙鳴是為求偶，可吾人極大忍耐地用望遠鏡看特久，發現不很必然。書乃專家寫成，豈會有錯？經步步推斷，確認蛙的生殖力，已然被環境汙染改變。

或恐吾人的生態亦隨智慧日愈進化，居此一月零三天，從未有交配之實，卻已起碼數以二十多天計未曾翹起。

省下相當花費，乃可更多買些書。

胡適先生說要成功，先那麼栽。吾人孝行感天，極大容忍地聽老子及姑子安排來此，並絕處逢生，立志從事困難研究，鐵定地很快會出人頭地，甚乃，要解救天下蒼生。

不知老子最近病體有否健些?!若然知悉吾人已改過向善，即將事業成就，或恐此生無憾了吧?!

※繼續步驟：

· 加速研染，以便儘速可獲研究成果。（重要）

· 日愈書讀得多，日愈問題出現得多，更要多買些書參考，研究報告乃可更寫得好，不像吾人僅念小學沒畢業。（甚甚甚重要）

· 吾人並決定不再看武俠小說。（重要）

· 加高東面圍牆，並補破洞，乃他處蛙進不來，本處蛙出不去，控制好書、上說的族群密度。（修理費該姑子付，甚重要）

· 重點加強，「尿壺嘴區」必然也要汙染成功，切莫做事不完全。（甚甚重要）

二、好與更好的世界

幾絲月光滲過透明的雲彩，青慘地飄在水面上。

危機緊迫。整個荷塘如腐敗的破地毯，窒息的惡臭腥腥酸酸，空氣濃得像溺在爛泥巴裡。

水窪、土坑、塘淺處……，繁生著毫無自保能力的蝌蚪，為免過多穢物阻滯了子女特有的食腸，並免稍不注意，就被昆蟲大把大把吞食，哭喪著臉的蛙群雖已笨重不堪，猶挺著大腹，喘吁吁，撐出僵疲的舌頭，奮勇撲殺。

一群腫脹的勞動蛙也跌跌撞撞，和大夥兒交換了悲切的眼神，即賣力卻困難地趕往會議區，和已經累得虛脫的前批勞動蛙換班。

荷葉上，會議仍在進行，只是氣氛更僵持了！

「蛙類前途不能毀在少數強權手中！」

「從形而上說，咱們都還有族類神話原形的遺傳，誰敢否認這個事實?!」參議蛙長啣起另一朵歷史花。

「屁蛋！那完全是生理範疇，你的推論基本就有問題，要吸神話的毒奶水，不如回到子宮去！」

「哈！咱們有子宮啊?!別作春秋大夢了，祖宗訓──。」

「我操你祖宗十八代──。」眾議蛙搶過歷史花踩碎。

「啊啊啊?!怎可出口傷人咧?!咱們不是不會！＃●＊，只是不屑說！」參議蛙亦憤然搶過資料葉咬得碎爛。

突然，瞌睡被吵醒的長老蛙，猛敲一下議事槌！

震得急欲打起來的蛙們猛猛驚住，只敢狠瞪對方，做鬼臉、朝塘裡吐口水。

「協調一下，協調一下嘛！」發現長老蛙又瞌睡了，護法蛙壓低聲打圓場，「吵翻，誰都沒好處──。」

「這樣吧?!雙方都別堅持己見,各提幾個方案討論。」另一隻護法蛙擦去額頭的汗。

雙方各自密談片刻。

「我們不妨再築一口井,重過無憂而安全的生活!」參議蛙長首先得意地笑了笑。

「築井?有沒毛病?!」

「咦──?!你看人類自己建房子、又自己築墳墓,咱們為何不可?!不是要加速進化嗎?這才是有意義、有建設性的進化!」

「聽來似乎有道理,但是自己鑿個井跳進去,感覺總是怪怪的──。」眾議蛙長歪著臉苦思!

「不怪!當你是井蛙,我是井蛙,大家通通是井底之蛙時,就什麼都不怪了!」參議蛙長笑得臉都皺成一團。

「可是已經習慣荷塘的寬闊生活,能再適應得了封閉的生活嗎?」眾議蛙長搔搔腦袋。

「也不一定封閉呀!咱們可以齊力築一口大大的井,全族都住進去,不更其樂融融?」

「那麼大的井要鑿在那裡呢?」

「也不見得就要多大呀!如果每隻蛙都各築自己的井,意義相同──。」

「那不就又封閉又孤獨?」

「唉呀!寬闊或封閉完全存乎一心,孤獨也並不代表寂寞嘛!」

「不管大井、小井,總要找地方吧?!嗯,恐怕結論還是得遷移──。」

「欸欸欸!你們眾議蛙可真頑固,不是說好協調,怎麼還堅持遷移的舊話咧!」參議蛙長突突地暴起雙眼。

●永劫回歸

激情之後，兩隻樹娃好奇而興奮的四處蹦跳，潛入沼澤裡嬉游，咬散草、葉，彼此逗趣。

蟾蜍在一旁，搓頭搓腦地，猛嚥口水。覺得該發發威風，或至少表達身分及主人的立場，卻感到十分困難，終究只愣愣盯視自己巨大而笨拙的前肢。

「你單獨住這裡?!好可憐哦！」

牠難為情地扭了扭，至少比對方加起來三倍大的身軀暴在月光下，肥厚的背上肉瘤凸起，粗糙的頭顱尷尬地勾著。

「挺好的環境咧！不必四處覓食！」雄蛙笑嘻嘻地捲吃一隻水薑，「你會這樣跳嗎？」然後神氣地蹦到蟾蜍頭上蹼掌敲幾下，又彈進水裡。

有趣極了，從未玩過的遊戲！牠隨著跳進沼中，撞撞雄蛙的肩，拍拍雌蛙的臀，互相鬧著、打著、踢著……。

雌蛙伸伸懶腰。

「該回去囉！要不要一起？地面更好玩！又開闊！」

雄蛙也呵欠連連！

牠抬眼看了看晶亮圓長的藍空。

一片葉悠悠飄下，穿過濛濛光幕，落在淺沼畔。

「呃──。留著吧?!在此定居既安全又舒適。」暗褐色的瞳孔在白晝顯得黑深莫測，岩石般的皮膚上，鱗峋著鋼刺刺的鐵疙瘩！

忽有一大片雲翳掠過，井底剎變陰沉。

「不了！我們還是該走──。」雄蛙猛打寒顫，向雌蛙丟個眼色，即以四肢膨圓的趾端，吸附著井壁攀爬。

「這裡才是完美的天堂！」它叫──，躍向井壁，像部龐大堅硬的坦克，後腿一蹬，再一蹬！兩隻樹蛙旋被撞倒、跌落，衝起紛然水花。

「你！幹麼啦?!沒權利這樣──。」雄蛙一次又一次摔翻，狼狽地掙扎。

井外似乎起風了，雌蛙衰喪地趴著，感覺地面彷彿傳來某種震動。

不久，雨就斜斜射進來，牠憂鬱而嘎啞的鼓鳴，邊噬著涼涼雨絲，邊將耳後及背上分泌的毒液，厚厚地、一層又一層地，噴抹在井壁上。

兩隻樹蛙無處逃，便也住著。

很快地，卵粒金黃的卵囊，已孵化成許多圓胖嘟嘟的小蝌蚪。

「這樣生活多快樂！瞧！他們好滑稽啊！」蟾蜍漸漸變得愛說話，並且說著說著就陷入瞌睡！

樹蛙卻日愈沉默，時時望著難以企及的天空。

暮春，小蝌蚪一一長出後肢；初夏，四肢已發育完全，僅留一截黑尾巴，惟當嬉鬧時，才勾起童年回憶……。

這期間，樹蛙已逐漸習慣井底生活，卻仍時常感到來自地心的奇怪震動！

而蟾蜍已相當衰老，即連井壁都撼搖了，也只更蜷縮些罷了！

「有辦法逃了耶──，只要這樣──。」

突然，一隻甫蛻變成的小小蛙嚷著，不斷唧水噴洗井壁，毒液和了水一滴滴滴落……。

氣氛頓時僵了數秒。

小小娃們興奮地著。

老蟾蜍卻瞌睡依舊。

雌雄大蛙互望一眼，旋即表情複雜地轉開。

「再看看吧──，孩子們仍嫌稚嫩──。」

發現竟異口同聲，夫妻不禁會心一笑。

「我們早已長大！可以去探險了！」小小蛙們嘟起圓錐狀

的嘴。

母蛙歎口氣，用勁一蹬，藉後腿趾間的蹼膜踢水、優游前進，順便吞吃一隻水蚤。

「騙人啦！以前總是偷偷說——。」

「囉嗦！玩笑也當真?!這裡既舒適又安全，」父蛙咆哮，「誰也別枉想溜去地面上！哼！」並且及時撲吃了一隻恰巧飛經的蚊子，頗覺舒暢地拍拍肚皮，趴在草堆上。

■至善企業內部密函附件（三）
○管理員陳廷保筆記（C）

情況或不妙。

吾人之生態極大進化後，所賴以自豪之萬能雙手雙足，乃開始十分之癢，前天甚乃全身長出數以無法計的紅痘、綠痘、水痘……，更日愈抓破後愈癢並痛。

國父說：「有志者事竟成。」吾人必該甚極大忍耐，要為眾人類表率，以蛙之鐵定的淨化汙染能力，使未來世界純淨零汙染無邪惡，而乃世界大同。

情況卻更更不妙。

書上說：「蛙類大約自二億年前，三疊紀時期步入演化舞台。」二億年前，吾人尚未出生，如今翻遍資料，亦找不到蛙類帶進演化舞台的三疊日紀，難怪研究一直甚難成功。

前幾天乃想去台北更買多些參考書。出門時穿過荷塘，才發現蛙死甚多，那些頭肥肥尾巴細細，長得像逗號的黑蝌蚪，都死翹了！

書中寫：「蝌蚪無論在淨水或濁水中，均能將存於水中的有機體，鉅細靡遺地濾食乾淨！」蝌蚪死了，研究要如何是好？

昨晚，和平共生的蛙群，竟乃撞來撞去，咬來咬去。在「尿壺

嘴區」荷葉上亂吼亂叫的蛙也是。

又：吾人要去台北，搭上公車竟被無禮趕下，被罵好臭，吾人聞來聞去並不以為然，乃極大忍耐步行到台北。書店竟乃又不讓吾人進入，不賣書給吾人。吾人之極大忍耐失去了，破口大罵。許多人類已然來圍觀，小孩子拍著手笑：「好！好！學青蛙叫！青蛙叫！呱呱呱——。」吾人雖十分之生氣，但看見一直都很害怕的警察來了，乃趕緊從人縫溜走。

吾人沒有書可讀，學問無法再日愈的有進步，吾人如何解救人類呢？唉！於是吾人重讀昔日帶來之武俠小說解悶之情事，乃當可原諒。

※改變研究施行（遵奉武當派法門精煉之）

- 題目改為：「特殊水域對環境汙染的極高超免疫力」，從「尿壺嘴區」之一直特別乾淨看來，若非得風水、方位之助，必乃天地靈氣獨有所鍾之處。
- 將「尿壺嘴區」鐵定改名為「仙窟」，吾人將全身浸入「仙窟」七七四十九天，極其忍耐痛苦後，乃可得道，出關解救人間疾苦。

三

烈陽成猛地獰笑著，腥風原而黏膩。

曬乾了的蛙屍、水泡腫了的蛙屍狼藉橫陳，惡臭惡臭惡臭腐爛再腐爛……果皮、菜肉、破布、鍋、碗、鞋、糞……纍疊纍疊纍疊……。蚊蠅蟲蛆虱虻蟯蠆……飛爬飛爬飛飛爬爬爬飛飛飛飛爬飛爬飛爬飛爬飛鑽咬飛爬啃咬飛鑽飛飛飛飛飛飛飛……

會議區的場面火爆。

參、眾議蛙們愈爭愈擰。

「呵──。」繼之，議事槌突然重重一敲。

原來是長老蛙醒了，伸伸懶腰，扶起落在嘴邊的眼鏡。

「討論到哪裡──?!務必注意程序問題！」

「對！雖然開會已達五十九次，但先有蝌蚪或先有蛙的程序問題，必得先明確決議！」護法蛙向大家使眼色。

「顯而易見，是先有蝌蚪才有蛙，誰也無法否定祖先來自水裡的事實！」參議蛙長得意地冷笑。

「哼！愚昧──，沒有成蛙產卵，蝌蚪何處來?!」眾議蛙長鼓起特有的兩個大鳴囊。

「別以為你們有雙聲帶，音量大就贏！」一隻參議蛙怒吼，舉起膨大的趾端，狠狠地拍打脆弱的荷葉，「蝌蚪是蛙類史上最大的神奇──。」

「啊哈！保住成蛙，蝌蚪要多少有多少！」

眾議蛙嗤笑！隨即揚起頭，聲調變得十分柔和。

「英明聖賢大智慧的長老蛙呵！有關程序問題在歷史中不斷重複，被寫成文字、理論研討著，無數戰爭因之而生，程序本身已被程序挾制，我們必須改革而遷移──。」

「咳！」長老蛙慢條斯里地吐了口痰。

「請自重，切勿本末倒置！改革誠然重要，但若忽略程序就是反體制，反叛罪名可是──。」護法蛙戒慎地。

「算了！算了！休息會兒吧?!」長老蛙咧開大嘴笑，「其實世界不如想像得糟！下來游游水吧！」沾些水拍臉後，即跳下荷葉，濺起蓬蓬水花。「是嘛！這水仍相當甜美咧！群眾就是愛誇張！」參議蛙們首先響應。

眾議蛙們也徜徉在水中。

忽然，堆堆穢物罩頂傾下。

「快搶救！」兩隻護法蛙趕緊將長老蛙駝上荷葉。

蛙們全溺在惡毒的臭氣與糞泥中。

「什麼鬼嘛！快發緊急命令，加派三組勞動蛙前來清理！太不像話！太過分了！……。」

終於掙扎上荷葉，雖然都是一身狼狽，但參議蛙們和眾議蛙們倒是首次同仇敵愾，氣急敗壞地怒吼！

可是來的並非勞動蛙，而是數百隻圓滾滾，卻胖得十分虛弱的平民蛙，頭上綁著陳情抗議的白布條，激動而悲切地圍住會議區。

「我們受不了啦！嗚——，英明聖賢大智慧的領導階層呵！救救我們，救救子孫呵……。」

「會的，會的，請放心，經日夜討論快有結果了！」護法蛙們偷偷擦去額上的汗，一邊忙著清洗長老蛙，一邊又忙著安撫群眾！

「先表決確定程序問題吧?!以免觸犯眾——。」參議蛙長向長老蛙笑瞇瞇地建言。

「表決個屁！八票對四票！我＊＃●你們這些——。」眾議蛙們突然咬牙切齒地衝過去，不顧一切亂踢亂咬。

平民蛙群的情緒更激昂了！也騷動起來，爭相擠上荷葉，如相撲手般，踞腰彈腿，兇殘地捲進混戰。

「夠了！」一聲暴喝！

長老蛙大吼。猛敲議事槌。一支軍隊蛙即從荷葉後威猛地蹬出來。

大夥兒都給震住了，默默相扶持著退回原處。

「會議繼續！」長老蛙冷峻地敲下決定性的一槌。

●瞬間的印痕

日落後，習慣早睡的蛙們相擁酣眠。

神智昏聵已久的老蟾蜍，忽然意識到自己正在夢中。

幕幕鮮活影像抽捲而過。

一群蛙在討論生命與生存的問題。

先有蝌蚪或先有蛙？定居重要或是該遷移？蛙類繁衍的意義被意義堆疊，重量在意義裡下垂──。從原始的，四處游盪、覓食……，到第一隻蛙在演化的舞台上定居，文明始被建立了，繁榮與制度在密閉的牆內發展……，而卻有什麼被拗折……，生命之重荷陷在一口井中，跳出井外仍有井……。

是遷移與否的爭論？或是蝌蚪與蛙的矛盾？井蛙與它的井。意義在重複纍疊的重量裡化成煙幕。生存與生命何著為重？要生命或要生存？井蛙們設想跳出井外的種種。

老蟾蜍冷汗涔涔。

詼詭譎怪的影像愈捲愈快。

一口荒廢的半枯的井。

一隻蛙坐井觀天。

一口井。深邃。幽暝。晦暗。封閉。

一隻蛙費盡精力跳、跳、跳跳、跳跳跳跳跳……跳出深邃跳出幽暝跳出晦暗跳出封閉終於跳出井外。

一條飢餓的蛇恰巧經過。

駁斑剝蝕頹圮一口井的終局。

一隻蛙甫自井底跳出。銀色月光下，神祕的世界突然開闊，冷風尖嘯，刺進群樹之眼，夜來香幽幽怨歎……。牠瞪大慌懼的圓眼，試著蹦一蹦，大地的脈搏馬上傳出強而有力的回應。

牠得意極了！興奮地鼓起鳴囊與肚皮，用勁一吼！向寂寂群山宣告：美麗新世界已被佔領。

日出時，在碎花飄流的溪畔，卻發現水牛哞哞。

跳出井的狹隘與荒涼。

一隻蛙終於躲過蛇的追殺，匍匐在田埂旁喘氣。

曙光漸露……，微熹中，有隻蚱蜢正在啃噬稻葉……，

牠悄悄潛過去，捲出長而黏的舌頭……。

　　暮色中，跳出井外的一隻蛙蜷在老榕下。

　　宇宙間魅影昏茫，牠蜷得更緊些，憶起安適平寧而快樂的井底生活。

　　地面上危機四伏，威脅隱匿在每個隙縫中。烈日、暴雨、狂風、雷電……，無常變化的日子，使原本細緻柔潤的背粗糙了，奔波覓食，亦令四肢失去了婀娜，而長期緊繃的神經，因此逐漸衰弱……。

　　牠緊偎峻偉粗壯的老榕，雙頰輕輕磨搓著樹根上的青苔，不禁悠長低切地鼓鳴起來——，夜愈來愈黑愈沉……，牠迷失了尋回老井的路。

　　圓月白亮亮地罩住井裡井外。

　　經過一段流浪生涯後的蛙，發現自己竟又重回原處。

　　壁苔依舊潤潮，淺沼冷冽如昔，舊友們豔羨地圍著，爭聽一則則歷難的傳奇。

　　讚歎！掌聲！驚呼！……，直至夜深，終於，只牠，睜著凸眼環視周遭。

　　井底竟是如此荒涼，奇怪的霉腐味蒸騰，井蛙們打著呼，看來既俗鄙又跪弱，仿彿一捏就碎。

　　牠搖搖頭，雄壯地鼓鳴，跳幾下，試著舒活筋骨，首次驚覺井底地狹窄。

　　無聊地捕吃幾隻蚊子。夜更深了，端詳淺沼裡自己的影像，又看看周遭與睡相愚蠢的井蛙們一眼，才愉快地趴下，也睡著了！

　　雨過天晴。井底蜿蜒著一道彩虹。

　　曾經，牠跳出井外，不久又回來。但是，感覺完全變調了！水不如回憶中地甜，食物淡白無味，就連老友亦不似過去般貼心。

　　連日來，牠時而憂傷時而暴怒，脾氣愈來愈古怪。

　　終於，當午後陣雨狂鞭，井蛙們神經質地群起鼓鳴，蛙吼迴盪在道道電閃中，天地顫慄……，牠崩潰了！瘋狂地尖叫，奮起四肢

膨大的吸盤，迅速攀上井壁。

現在雨停了，牠大口大口呼吸草味深濃的空氣，往陽光中跳去幾步，想一想，又跳回來，踞附著井唇，癡癡凝視井底的虹彩。

直至斜陽沉西，虹影逝去，他竟慌措地又跳入井中，恰巧撞倒同也是離去又回來的前一隻蛙，正悠哉地游著水吞吃孑孓。

不多久，牠又喪氣地爬出來。

想想，再跳進去⋯⋯，一忽兒又爬出來⋯⋯。

月亮出來時，牠仍這麼失魂落魄地急於入井、出井、入井⋯⋯出井⋯⋯入⋯⋯。

突然，井壁猛烈撼動，驚破老蟾蜍未盡的夢。

牠極困難地慢慢撐開眼皮。

幽暗中，小小蛙們正悄聲地喧鬧不休。

「只要洗去壁上的毒液就成！」

「嘻嘻，趁老的都睡著時！」

大夥兒憋著笑意，以接力方式，唧水噴洗牆壁。

老蟾蜍感到十分疲憊，慢慢地又把眼睛闔上。

就在快成功時，巨烈的震撼又來了，愈逼愈近⋯⋯，大地彷彿整個被糾破、打翻、從中裂開，一隻怪手猛地刺進地心，搗毀井壁，磚石、泥塊排山倒海般地大片大片陷落⋯⋯。

不久，這裡被開闢成一片美麗的荷塘。

■至善企業內部密函○正文

主旨：茲為管理員陳廷保擅越職守汙染荷塘情事，追查報告暨荷塘土地開發計畫之辦法研擬。

說明：

一、據查，民國78年6月1日，業務經理陳玉玲任用其姪陳廷保為荷塘管理員起，即有計畫進行汙染（如附件（A）

（Ｂ）（Ｃ）筆記所詳載）。

二、論理，正常人當無研究「環境汙染對蛙類生態之極大特殊意義」等怪誕之舉，且筆記內容粗陋膚淺，荒唐愚昧。並自十月後，陳員即無故失踪尋無下落。

三、或恐一切所為，乃陳玉玲經理等意欲圖謀其他，而故佈疑陣，玩弄玄虛，尚待進一步確定。

四、目前土地炒作熱絡，往往寸地難求。然荷塘雖屬近郊，佔地兩仟餘坪，若申請改為建築用地，恐法令嚴繁並投資龐大。因建議「暗渡陳倉法」創造超額利潤。

辦法：

一、先以不同人頭低價收購荷塘附近畸零地。

二、挾本企業優良形象，圍起荷塘立牌「國際至善企業『愛的百貨公司』西北區建築用地」，並聘工人數名假裝整地，造成可信度與聲勢。

三、配合企劃宣傳暨媒體廣告，進行炒作操縱，使投資大眾爭相投入本區，藉以哄高底價。

四、待搶購高潮並時機成熟，即將奇貨可居的畸零地轉手賣出，賺取高額差價。

五、待本區地價達於最高峰，再暗尋買主，或整或零，將荷塘售出。

六、其若本區在有效運作後，成為確可投資之地，則四、五兩點將不執行。公司已握緊大片高價地皮，可靜待升值或享有超高投資報酬率。

以上計畫，保守預估，淨收益當在新台幣數億元以上。

此呈

董事長

業務副理　夏本　中華民國78年10月23日

四、進化萬歲

最後一批勞動蛙已疲憊而死。

僅存的荷葉枯萎、凋殘了，倒進腐敗的垃圾與汙泥中。議會已遷往塘畔的破沙發上。

「我同意遷移！」長老蛙搔了搔疥癬斑斑的皮膚，「但是一切必須從長計議。」虛弱地敲一下議事槌。

兩隻皮膚潰爛的護法蛙馬上軟軟地點了點頭。

「唯有乾燥的高地，才能永絕汙染與迫害！」兩隻眾議蛙貼著椅背，利用暴出的彈簧搔癢。

「喔！沒有淺泥坑或小水窪，卵與蝌蚪如何生存？太高或太乾燥都不行！」僅存的參議蛙長強張著潰爛的大嘴。

數十隻殘病的蛙，靜坐在一副破舊的玩具望眼鏡旁，垂著淚等待最後決議。

「愚昧！我們必須加速進化，不能一再自限，受無能的蝌蚪控制，必須早日改卵生為胎生！」眾議蛙激動地鼓著兩個皺成一團的鳴囊，聲音啞如乾咳。

「別吵⋯⋯請自重⋯⋯。」長老蛙費勁地連敲議事槌。

護法蛙打了個呵欠。

一列發臭而殘廢的蛙，磨磨蹭蹭地趑趄出來。

眾議蛙使個眼色，靜坐的蛙群裡，幾隻激進分子已奮衝過去，展開恐怖地殺戮。

鎮壓部隊輕易地被擊潰。長老蛙、護法蛙和參議蛙均遭拘捕。

「正義公理終勝一切！我們決議遷往乾燥的高地！」眾議蛙跳上沙發頂端歡呼！

「⋯⋯但，但是──，要怎麼做，才能從，從，卵生變胎生

呢？」一隻雌蛙羞答答地，眨著淌血水的大眼睛。

　　「事有輕重緩急！先辦完遷移大事──，再研究好了！還有其他問題嗎？我們是開明的！」眾議蛙笑容可掬。

　　「咱，咱們可否，不離鄉背井，年紀太大，而，而且已經習，習慣有水……的……。」幾隻老蛙佝著背，嚅嚅地喘氣。

　　兩隻眾議蛙瞇起巨眼，冷笑。

　　「當然！不過──，任何破壞決議的行為，恐怕──。」

　　才拿起斷了柄的議事槌，激進分子們已開始摩拳擦掌……。

　　突然，一部巨獸般的推土機嘡嘡駛近──。

凌明玉

複印

作者簡歷

　　國立台北教育大學語創所碩士。曾任出版社文史線編輯、童書繪本主編。目前為耕莘青年寫作會寫作課程編排與導師。熱衷看電影、日劇,抱著兩隻貓滾來滾去。

　　創作文類以小說為主,兼擅散文與少兒傳記故事。小說多書寫城市疏離人群,探索人性幽微心境,尤以細膩筆觸呈現女性於婚姻、愛情與性別上之轉變與掙扎。散文書寫範疇有城市觀察、看不見的小人物、家族記敘等等。多本少年傳記成果斐然,多記名人故事,以受孩童歡迎之導演和創作者之成長與奮鬥做為題材。

　　曾獲林榮三文學獎、宗教文學獎、打狗鳳邑文學獎、新北市文學獎、吳濁流文藝獎、國藝會文學創作補助等獎項。著作有小說《愛情烏托邦》、《看人臉色》,散文集《不遠的遠方》、《憂鬱風悄悄蔓延》、少兒傳記《動畫大師－宮崎駿的故事》、《我是爸媽的照相機》等書。少兒傳記多次獲得「好書大家讀」年度好書獎。

耕莘與我

　　那一年,剛離開高雄抵達臺北,有如異鄉人找不著心靈歸屬,直至來到羅斯福路耕莘寫作會。初次上的寫作班似乎是「現代文學研究班」,交出第一篇作業是極短篇,當時作品批鬥名為寫作門診,由白靈和羅位育兩位老師分就一篇文章各自提出觀點。時移事往,只記得羅位育老師眨著眼,微微夾雜咳嗽聲說,「嗯,這篇文字有山田詠美的感覺。」山田詠美是誰?全無概念,但暗自舒口氣,自我解讀如此這般寫小說,大概可以。後來,將山田詠美的小說悉數找來閱讀,才發現,誤讀的座標,意外成為某種預言或指涉。或者,那是無法掌握的人生,以及一直無法忘情小說創作的隱喻也說不定。

複印

　　震耳吼聲夾雜著唾沫爭先恐後的登陸在他的頭皮、衣領、呆滯的眼神上。令人作嘔的氣息和著冬日的陽光渣子在頂上盤旋，不知怎麼，他看來像是頂著光環的撒旦，留住我的目光。

　　咳。他順勢喀出一口穠稠的黃痰，偏降在我那雙意大利的麂皮短靴上。

　　「幹──。」周圍的人都飛快彈離座位，拉開喉嚨叫囂。我很滿意這種疏離的氛圍。至少可以冰凍目前舉棋不定的思緒。

　　「明明是安打球，也會被封殺，真是邪門到家了。」使勁揮舞著拳頭、蹬上塑膠坐椅，意氣風發的模樣，一點也不在意麂皮短靴將他滑落於椅下的香菸，一支支輾出了肚腸。

　　除了球場上那位局局被擊出安打的阿草投手和我，依然刻意的保持著沉重的思考，整個空間像是不歇加熱的壓力鍋，彷彿過多的沸騰仍助長著衝刺動力。

　　隨著嘶喊的吼聲，乘著呼出的二氧化碳往上蒸游，整個露天球場自動複印著透過下視丘釋放的，壓抑的，亢奮的，極度瘋狂的，思緒。飽滿若溫室效應的球場，傾倒揮發的意識型態。

　　恍如影印機那道熾熱的極光，傳送著。

・A4

　　A4的影印紙，是耗費張數最多的事務用紙。

　　我在申報事務用品的表格填下隔月必需補充的數量。十八箱。

　　十八。然後一直的凝望著那如花的數字。

十八歲的時候我在做些什麼？

高商畢業，補習，考夜二專，進入這家頗具規模的日商公司，分發到人事處負責影印室的工作。

「candy桑，現在先印好嗎？麻煩這份開會資料。」富有磁性的嗓音。「馬上要，『大至急』五十份。」社長助理矢部，九十度的鞠躬。

「嗨。」

唐小姐就唐小姐，偏偏他也跟著島田課長喊我candy桑。難道他和資訊部門的島田相熟嗎？抑或是男人刻意靠攏女人的方式，親膩的呼喚？這是我和島田間密碼般的暱稱，或許因為情感的放縱，已成半公開的神話，在異國男人中流傳著。不過，我一點也不在意。

彷彿父親睏時的呼聲。矢部先生說話時喉頭有呼嚕聲在鼻腔打轉，令我也感覺喉嚨發癢，似乎伴著他頸上起伏的喉節湧上一口痰般的作噁。不過他耳後倒洗得很乾淨，一顆米粒大小的紅痣乖巧地趴在耳輪上。母親說耳朵上有痣，命好。不過命好也只是他的事。

其實我並不是那種見異思遷的女人，或許是不想就這麼地跟定了濰昕。濰昕還是單日就給我打電話。他說最喜歡單數月，因為到了跨月相交之際可以連打兩通電話。我想男人總把感情視為公式化，如果硬要挑他毛病，唉。

在情慾的高峰消退之際，渾身似解霜的獸體，泛著微溫酒紅的色澤，這樣的狀態下，總會再想起另一個男人。

「嗨，妳這麼快就睡著啦。我覺得妳真是一個像……男人的……女人嗳！聽說有很多男人和你上床後就會被妳甩掉？嗯……我又不要妳負責，幹嘛倒頭就睡嘛。我剛才的表現如何？嗯……。」他的手穿過我的後腦勺攬著。

這人長得不令人討厭，不過就是太仔細些，到處對人陪著小心

的模樣。和島田一模樣一點男人氣都沒有。甫調駐的職員，和原有的族類，倒是頗能融合一氣。

笑。每次在這種時刻，我總是會不自覺的想起灘昕。最討厭別人從背後靠著我，我有些犯噁心想起身擺脫他，但卻發現他手指上的貓眼戒緊緊的纏著我的長髮。捲曲的髮絲像蔓生的海草牢牢攀附於環上，糾結的紋路牽動著我的頭顱，愈是扯它愈是輻射狀地支配著自己的神經官能對它厭惡的程度。

「喂——你懂不懂遊戲規則，偷情時請把結婚戒指脫掉——。」我咆哮著對矢部嘶喊不甚流利的日語，就知道天底下的男人都是一樣的。

他們總是無法停止追逐另外一個女人的樂趣，來攻擊那個什麼都相信他的女人。專情已經成為一種傳說，須要考古的傳說。

我已經忘了後來是怎麼分開他的指環和我的頭髮，只記得那枚貓眼石在暈黃而貼滿幾何圖案壁紙的Hotel房間中不斷地擴大、閃著詭譎的錢光。

然後我不知道自己怎麼啦？也許正確的來說，這是個不能原諒的開始。

我竟然又開始和相識未深的人上床。

踏出Hotel時，只記得陽光很刺眼，車子被拖走了，找到皮包裡有灘昕公司發的招待球券，所以就來了。反正那車子也不是我的，丟給島田去傷神吧。

投手丘上的救援投手正屏神凝思，球賽的成敗，與我無關。他傾著微胖的身軀，蹲在塑膠坐椅上大口噴著菸。下排有人耳朵夾著行動電話，眼球緊盯著投手給捕手打的暗號，嘴唇加增了賭注的金額。

我想女人大抵是摸準男人在沒有把握為她做些什麼時，也不吝於對你說些至死不渝的誓言，待你為他捨棄一切，他又迫不及待與

你劃清界線。我的母親是這樣的女人嗎？將愛情細分成小額的籌碼，隨意的下賭注？

女人大約都是如此薄情的嗎？還是我比一般女人更為愚笨，竟然無法天真的去相信男人的誓言。大笑。

他向我投來一個疑惑的注視。或許接著會拋來一串咒罵，就為我正經八百的端坐著尚在抽菸的安逸。坐在這擾攘的棒球場，為的是想沉澱自己紛亂的心情？

然後我不能相信這一霎閃過的思維。

我就這樣凝望著他腮邊的鬍渣，想，和他上床。

・B4

B4的長型影印紙，通常印些附圖表的說明性文件。

而性，通常是不需費言說明的，總是想要的時候就做了。對我而言，無法填補的空虛，遠比繁瑣的工作更為無奈。

會計部的渡邊先生常稱讚我的晨操做得很起勁，好像跳著美妙的華爾滋。渡邊桑笑起來五官聚集的神情，透露著難解的深沉，配帶此類表情的男人通常是別有意指。

「真的嗎？」我也不吝分送青春的媚顏嗔語，順手灌溉萌芽的貪慾。

渡邊桑總是和我嘿嘿的齊笑起來，做為早晨序曲的句點。

他像是廉價任人踐踩的車前草，肥大的葉片左右搖晃著，而我彷如頹累的早啟花朵，大腦皮質下瞬息間閃爍著一張張重疊的面容，那種窺視花容的姿態。

經常在某個喧囂的十字路口，某個晦暗的地下道，某個人聲雜遝的廣場，突然從錯肩而過的人群中發現一張似曾相識的容顏。他（她）們的眼眉、顴骨、笑意、輪廓支解著我的意識狀態，在記憶

裡不斷的蒐尋拼湊成我所相識的人們。已分手的情人、未上床的情人、正在同住的情人，已分手的父母、父親的另一半、母親的另一半，甚至就是複印自再也熟悉不過的每日在鏡中觀詳的面孔。

　　就算在這個鼓譟的棒球場上，竟然發現身邊這蓄有落腮鬍的男人，方臉上和父親一般的希臘直鼻，弓膝的姿態，彷彿夏日吃罷午食，蹲屈於溝邊休憩吞吐煙霧的怡然，我猜想中那是尚未婚配時，青年的父親。

　　我不由得對他露出親近的笑，不可否認罪惡的淵藪，通常是由笑容開始的。

‧A4

　　兩好三壞，兩人出局，二三壘有人。投手垮著一張A4尺吋的撲克臉，九局上比數五比六，他正苦思著這最後一記球的去向。

　　「喂，妳賭哪隊贏？」一截白胖的菸頭，呈拋物線的向度彈中我的短靴。

　　我遙指正彎著腰在場邊收拾球具的黃衣球員。

　　他眼眉高聳的一挑，大約是誇我有眼光吧，鼓舞似的又對我送了一大口煙，

　　薄荷味的涼菸。

　　他的面貌不甚清俊，彷彿相識的五官卻一一兜攏我的記憶。或是說，我的潛意識此時正飛快的翻閱著A4的檔案，企圖從身形、氣味，相符的巨集中，解析出使自我信服的理由。

　　「真沒勁的菸。」他睭了睭我扔在座位旁的菸盒，一點也不為竊取他人的物品而感到歉意。

　　我倒出菸盒裡的殘菸，瀟灑的往地上一拋，料不到短靴也認同我的看法，居然重重的親吻細長身軀的菸們，直至混沌一片。

忽然自責起一向執拗的習慣。

不能否認灄昕喜歡抽這種女人才抽的日本菸是受了我的影響。

我們習慣在交換彼此體溫後共同分享一支涼菸。那種淡淡的薰香著陸在皮膚表層後混合著體味，若是湊近聞它：會發現所有的毛細孔都散發著一股食物的酥烤味兒，舒服得令你不由得沉吟地墜入那氣味交織的感官世界中。

習慣真是一種可怕的東西。尤其是已經上癮的習慣。

習慣灄昕和父親相同的走路姿勢，習慣灄昕和父親一樣喜歡把指節扳得啪啪響，習慣灄昕慢慢地靠在身後……那是種漫天覆地的安全感受，就像嬰孩蜷仆於母親的胸脯上酣睡，即使忽地一翻轉，母親的雙手也將之緊圈於無需擔憂的境地。

或許灄昕也是如此對待他的妻。那我從不忍傷害她的好女人，乖順相夫教子的傳統女人，做為第三者雖不具批判立場，但對灄昕這種典型的工作狂來說，在我推測，我和他的妻，都不是他工作的對手。

時光，在歡愉的時刻，總是只留下一片光亮的影子，無所追尋。而等待的每個晨夕，卻似慢速行進的火車牛步的緩移著，往後逐退的風景，依舊交錯著昔日的影像。

那日，只記得真是繁亂的工作日。即使是拉熄燈後拉上窗簾的三坪大空間，只覺得整個影印室充滿碳粉與輻射的氣味，空氣幾近凝結。和灄昕再度協議分開的冗長時日，行事異常的紛亂。

島田靜靜的貼近身後，他的手蠱惑著我的軀體，軀體似遍佈觸手的水母剔透的抖動。午寐時刻，正在狹小的影印室中，複印著一場獵取而來的情色之戲。與他人無異的撫摸，那急欲掌箍乳房的手指，仍徐徐移行。思維已和軀體分道而去，一張張熟悉的面容，復而貼近，復而疏離。

對於習慣，我究竟是試圖擺脫過的嗎？

‧A3

A3的影印紙，通常是極少使用的事務用紙。因為複印之後，必需要對半折疊成A4尺寸，方能放入一般的檔案夾內存檔。故A3紙的運用，除了影印設計圖表之外，若A4紙張告盡尚未補充之際，我會將A3紙裁開，權充A4紙的代用紙張。

而愛情不同於親情，可以權充替代的。

當女人對婚姻漸次的隱褪了炙熱的期許時，由她身上分裂而去的，那酷似自我的形體，日漸仿冒出夙昔的身型與處事行逕之際，她便不再在乎愛情能否滋取絲毫的養份。她的心早已分飛而二，真心尚且棲息於委身的男人，私心則翩然地追隨子女而去。

A3式的父親，無法取代A3式能以自身分裂的母親，但卻能包容A4般蠶食雙重親情的女兒。

我不知道我的家庭是怎麼啦？或許抽離出我這個獨生女，父親和母親便各自擁有和樂的家。同時兼具雙性親慈的父者，常領著中學時懵懂的我到棒球場觀賞球賽。印象中的他，總是目不轉睛的盯著球場上奔跑的球員，然後不間歇的喝著啤酒、吞吐煙霧。

而青春期的女孩，自然極力渴望著異性的注視，對於周遭揮汗看球的同齡男孩的興緻總是高過球場上那從來我也不想看懂的球賽。

看球，尚能吸引我的象徵僅存愛戀的質素。而父親呢？

之後在我二十八歲時曾詢問剛續弦的父親，他似乎已遺忘了這段記憶。思考許久，然而他還是下意識的掩飾不安之態，搔搔半花白的頭髮說，打發時間吧。當答案出現，很想回答父親，我很贊同棒球場是個打發時間的好地方。

而現時我又重返球場，於是往昔的鮮明回憶，便依隨著壘包上

移動的人影，迅速的沉浮於時光的曠野，赤裸裸的逼得我不得不直視它。

另一格底層的回憶，化身為氣味，不停的鞭笞著末稍神經。

腦門後方常飄揚著菸草的薰香，還有父親的特有體味，神似煎餅的酥烤味兒，彷彿換季時必需曝曬的衣物，制約著額前葉皮質的某一段儲存的區域。

少年時的夜晚，在一幢裝潢中的新屋，父親緊偎在身後的體溫真實地提醒著我，除卻父親這個頭銜他是一個壯年男性的身分。

啊，我已然成長的雛身，讓我彷若可以代替母親做些什麼？那時十三歲的我無法思考。但是隨著父親越來越近的鼻息，一股濃厚的罪惡感迫使我弓著身軀一吋一吋地移向冰冷的牆面，直至新上的油漆腥味充斥著整個被窩。

「對不起，爸以為妳是媽媽。我醉了！」背後傳來細如蚊鳴的聲納，這不知道是父親第幾次向我道歉了。各式的藉口使得父親在我心中越加卑微。但他是那時我僅能倚靠的親人啊。

父親在事業失敗後，母親並未像以往傳統中的女性一般，毅然地和丈夫共渡難關；反而拋夫棄女不知去向。大家也就忘了因父親豪賭而揮霍殆盡的家產，開始責難起母親來。父親自然也跟著在我和親友面前編派著母親的不是。

只有在夜闌人靜之際，他那原始的希冀妻子歸來的渴望才會不自覺的流露。

那幾年，我們像逐水草而居的牧人，隨著父親每次裝潢的房子而遷徙，即使是那樣拮据的過著日子，卻還是可以有夢想。我覺得自己在那段時間老是從灰姑娘變成公主，不久又從公主變成灰姑娘。我多麼希望父親每次絞盡腦汁量身訂作的屋子，能夠就這麼住下去。

而希望總是伴隨著刨刀捲起的那片薄薄的木花屑，就這樣輕飄

飄地在空中盪了好久，然後再緩緩地掉落在一堆軟綿綿的木花屑上……。

所有年少的回憶就只能在這個用木花屑做成的填充抱枕中，反芻。

每一捲木花屑都是我苦澀的青春，母親所無法分享及參與的記憶。每一捲木花屑都是我的願望：長的、檜木捲，短的、松木捲，每一捲除了留下日漸淡去的原木香味，還有父親愛用的丹頂髮油味兒。嗯，酥烤味兒。

「喂，球賽結束了。妳不走啊？」身旁的男聲傳過來。

球賽結束了。球賽的進行總是和我的思緒競走，仍然無從得知球賽於何時靜止，如同和父親看球時，我們也是各自想著旁的事。

．B4

B4的藍色影印紙只剩下十張，那是寂寞的數字，自幾個月前始終維持這個數字。

藍色影印紙和白色影印紙的關係，像不像異國聯婚的結晶，外型相似膚色相異的產物。想起遺留在體內矢部大日本男人的精子，雙腿之間有股濕熱的暖氣。

十歲。母親離開我的年紀。

母親或許非我心中編織的那類A3式的母者。但潛意識裡，卻仍得承認自己宛如魚拓的無奈。複印著母魚的肌理身形，張著單薄的身子，居然又拓出一張如影隨形的子魚。

早夭的子魚，由魚拓中漸次的掩藏隱沒。只因那自以為無法完美複印生命的母親，子魚便從未嘗過優游的甘美。

這是複印的宿命？

我也不是個好母親。我強迫自己一定要忘記子魚的模樣。

從子魚離開後吧。不知道從什麼時候起我開始感應到我並不是獨自一個人。我總是不停的在發現另外一個我，就在我吃飯的時候、接吻的時候、看電影的時候不停不停的侵入腦波轉述著她的想法。

我總是害怕和別人不一樣。

最好有一個中央意識控制中心強制地左右每一個人的認同感，就這麼隨波逐流、和平地渡過一生，不曾發生脫軌與誤點。

但是當我發現有人也和我一樣迷上吃酥烤食物，老是愛上有婦之夫，聽相同的音樂，喜歡靜靜地坐著發呆，突然同時說出相同的話，甚至一起露出同樣的神情……我甚至開始懷疑，是否還有一位同卵異生的手足，想要努力尋找那片失落已久的拼圖。

我不能容忍這個獨一無二的自身像是細胞分裂，不歇地繁衍滋生。

‧A3

A3影印紙，宛如孕育幼兒的母親，張開雙手的寬大胸脯。一但稚兒必需切斷相繫的臍帶，她仍忍痛扯裂身上每一絲血液接連的纖維，而且含著笑眼，看著複印自她體態的子女飄然遠去。

當母親選擇離開黃口之兒，她是怎樣的心情？她想追求什麼樣的生活？她如何可以遺忘，在她熟悉的角落因她而降生的骨血單薄無助的成長？

當胸前的重量逐漸增加，十四歲的女孩不懂裝點這如花盛開的青春，任由這豐美的果實跳躍成同儕私語的笑聲。當某個秋瑟的早晨，中學的藍裙沾染上楓紅的淒涼，那無知的女孩蜷在床上裝病，窩了一天一夜，她覺得自己最好就在那一刻永遠的死去。

小女兒的心事彷若樹木的年輪，永恆的烙下痕跡。即便日後那

為人母者刻意的尋了來，一日一日的拉攏問暖，一字一句的叮嚀等候，卻仍鑲嵌不上那記憶膠卷裡曾惡意缺席的每一個時刻。

我恣意任性的要求母親，不要頻頻相見，習慣這種陌生疏離的氛圍存在於曾血肉相繫的兩個女人之間。

前天是單數日。母親不停地給我打電話。她老愛顛覆雙方既有的約定，或許她始終認為身為母親，何必事事聽命於子女。

整捲答錄機的帶子滿滿地都是她細尖的聲音。

「名字筆劃不好，要改。房子的方位缺水，要擺個水族箱，養兩隻紅龍更好。這床的位置不對，難怪身體不好。這大門要改成偏朝南……。」不知道又到哪兒算命去了。要算命，自己算算也就罷了。何必每次都要把我給拖下水。

我和濰昕也許就注定這樣了。我自己的命，還有誰能比我更清楚。人只有在低潮時才會開始怨憎命運，低潮是誰造成的？還不就是自己。

我常想，母親算了一輩子的命，有時候真懷疑她的人生除卻為算命奔走的時間，及調查父親另一個家庭的芝麻小事，還剩下什麼？

如果算命真能為她填補一些無力挽回的事實，預言未來可駕御的幸福，她又何必一回又一回地置身於這個必須依靠他人擺佈的命運。

而她為何算不出當年的離家，追隨她所認同的真愛之後，她所獲得的歸宿是否與她失去的宿命成正比？

濰昕的電話還是沒有來。一定是母親佔線太久，濰昕怎麼地也撥不進來。

有種男人可以同時讓兩個女人各自為政、互不侵犯。畢竟母親這把年紀自不是省油的燈，不似我這般總在夾縫中擺盪。

笑。

「喂，妳笑什麼？叫妳幾次都不理人啊。球賽結束了，一塊吃飯去吧。」

「啊，人都走光了。」

空盪盪的球場，只留下觀賞者發洩的情緒渣滓，與競技者嘔出的一大片權利欲望，滿坑滿谷的雜遝於每個角落。

球賽果然又結束了。

輸贏依舊與我無關。而剛剛和我分手的某一段人生回想，就讓它留在這裡吧。

「要不要一起走哇？」他不耐的摩挲著鼻樑，發出窸窣的聲音。

「你自己走吧。」我聽到自己堅定的抉擇。

「呃。」他有些狐疑的眼光在我臉上停駐了一會兒，躊躇著半晌，終究離開了。

· B4

走出棒球場，正是城市中人們返家的時刻，街道上任車爭鳴，他們都急著回家。而我呢？想不出哪個家迫切需要這樣一個我。

整個世界像是一座超大型的複印工廠，不停的顛覆相同屬性的基因排列組合、組合排列出學名不同，俗名相同的，另外一個我。

我可以尋找一種誤差嗎？我真的不喜歡自己太像別人或不像別人，而喜歡介於像與不像別人之間。

即使，我早就發現原來另外一個我是複印自……

※本文獲第十屆中央日報文學獎短篇小說首獎，收入九歌出版《愛情烏托邦》一書。

張友漁

誰在橋上寫字

作者簡歷

　　張友漁，花蓮玉里人。有時勇敢、有時膽怯、有時煩躁、有時寧靜、有時任性、有時退讓、有時捨得、有時又捨不得、有時只有九歲、有時看起來又像八十歲、有時覺得自己應該去修行……不是很確定自己是怎樣的人。出版了三、四十本童書、小說，《我的爸爸是流氓》、《西貢小子》、《阿國在蘇花公路上騎單車》、《再見吧！橄欖樹》、《悶蛋小鎮》等書。

耕莘與我

大約是1991年吧！我在耕莘寫作會打混了三年，
在散文組認識了《誰在橋上寫字》小說裡的主角，
江阿稻，其實就是阿道·巴辣夫。
阿道是一個充滿故事的人，我告訴他我曾經騎單車環島喔！
他說他大學的時候就穿著脫鞋戴著斗笠騎著一輛阿公牌單車環島了。
那時我們都在上班，他穿著帥帥的銀行警衛制服，我是打字員，
我們的辦公室只隔著兩個街口，一起吃過幾次午餐。
後來阿道變成一個很有名的詩人，我也開始寫作童話和少年小說。
有一次，我住在台東海岸邊「來吹涼風」民宿，
小書架上有一本1993年10月1日的誠品月刊，
翻頁，我遇見了阿道的詩《彌伊禮信的頭一天》（彌伊禮信是年祭的意思）
讀著憂傷的詩，想念阿道。原來我是被安排到這兒來遇見你的。
親愛的阿道，還寫詩嗎？還跳舞嗎？

誰在橋上寫字

民國47年夏天。江阿稻八歲，國小二年級。

那還是個相當貧窮的年代，不僅是太巴塱部落，台灣居民也普遍過著吃地瓜飯的日子。

太巴塱部落裡的村民，除了在山坡地耕種小米、地瓜之外，就是將木頭燒成木炭，然後用牛車載到光復鎮上去賣。在運送的路途中由於路面巔簸，木炭經常從搖搖晃晃的牛車上彈跳下來，所以當時從部落通往鎮上唯一的一條石子路上，除了一堆堆的牛糞之外，就是大大小小的木炭或炭屑了。

這天，阿稻蹦蹦跳跳的經過太鞍要上學校，發現白色的橋牆上有人用木炭寫著八個大字：「中國不好，共匪很好」，平常調皮搗蛋，讀書不用功，所以大字也不識幾個，阿稻並不認識這幾個斗笠般大的字，他覺得這幾個字好漂亮，於是，阿稻拾起一塊木炭，在橋牆上依樣畫葫蘆地跟著寫了起來，歪歪斜斜的字跡寫滿了右邊的橋牆，還延伸到橋面上。寫完右邊換寫左邊時，一群小朋友也走上了太鞍橋。他們在橋上駐足觀看。

「阿稻，我要告訴老師你在橋上亂寫字，你會被叫去升旗台罰站。」一個小男孩走到阿稻身後說著。

寫完了，阿稻拍拍手，將手上的炭灰往褲子上擦，然後走向剛才說話的那個小男孩跟前，揪著他的領口用警告的口吻說：「如果你敢跟老師講，你就給我小心一點。」

有一個大個子警察騎著腳踏車上了橋面，腳踏車突然脫鍊了，警察在一群孩子面前踩空了一個踏板，差點兒摔跤，他有點惱羞成怒的對著眼前盯著他瞧的孩童們吼著：

「要遲到了還不快去上學！」

大個子警察蹲下身想修理車子，卻在蹲下去的剎那，突然像在半夜看見鬼一樣嚇得跌坐在地上。

「這些字是誰寫的？」他嚴厲的問眼前的小朋友。

阿稻握著拳頭，用充滿威脅的眼神掃過每一個小朋友的臉，彷彿在說：「誰敢說誰就得吃我的拳頭。」

「誰寫的我沒看到啦！快走喔，要遲到了。」阿稻第一個衝下橋，其他小朋友也一窩蜂的跟著跑起來。

「阿稻，你完蛋了，在橋上寫字被警察看到了，你會被抓去關。」

「你們都不准說，誰說了我就揍誰。」

阿稻心裡也有幾分的害怕，畢竟警察的權威要遠遠的大過爸爸媽媽以及學校的老師。

阿稻到了學校沒多久，就有同學跑來告訴他，要他趕快到辦公室去，有警察在等他。

同學們都對他投以同情的眼光，阿稻在同學的目送下，腳步沉重的走向辦公室。他邊走邊想，在橋上寫字也沒有什麼大不了的，頂多被潘老師罰站或掃廁所，要不就挨幾個藤條，咬著牙就熬過了嘛！可是，當他一走進辦公室，他就不這麼認為了。五個制服警察表情嚴肅的走進辦公室，校長神情嚴肅，潘老師淚流滿面身體微微顫抖，一臉無辜的看著他。

「你就是江阿稻？」其中一個看起來很有威嚴的警察問。

阿稻點點頭，他感覺到雙腿微微顫抖著。

「橋上那些字是不是你寫的？」警察提高聲量又問一次。

到底是誰告的密？阿稻心裡揣測著，卻承認了：「是……是我寫的。」

突然，周圍的氣氛變得緊張起來，彷彿每一個人都脫不了嫌

疑。其他班級的導師都撇開頭，假裝在改本子，視線卻始終停留在原來那一頁。

阿稻心裡害怕的要死，他無意識地看看校長和老師，想從他們那兒得到同情或是支持什麼的，卻發現校長和老師因為他那短暫的視線而嚇得臉色發白。阿稻不明白他們為什麼也這麼害怕？校長和老師也會有害怕的事嗎？

「你不要害怕，我們會保護你，你老實說是誰叫你在橋上寫字的？」騎腳踏車那位大個子警察把手搭在阿稻的肩膀上溫和的說。

「就因為他們是孩子所以才容易被人利用了，我們必需找出那個指使他這樣做的人。江阿稻，你說，是不是他叫你這樣寫的？」警察的口氣越來越不耐煩了。

阿稻看著已經哭得喘不過氣來的陳為仁，心裡覺得非常的不安，他對著警察說：「不是他啦！」

「那你之前怎麼說是他叫你寫！」大個子的口氣已經出現不耐煩了。

「我……我亂……亂講的啦！」

「這麼大的事情你怎麼可以亂講？到底是誰叫你寫的？」大個子警察突然嚴厲起來。

阿稻看見警察變了臉色就緊張又害怕的開始胡說八道，一會兒說是市場賣魚的魚販，一會兒又說沒有人指使他，是他自己想寫的；過沒多久又把曾經追著他打的雜貨舖那個外省仔老劉給扯出來。折騰得警察們四處奔波。

「你這小兔崽子，滿口胡說八道，我當年打共產黨的時候，你都還沒出生咧，共產黨害我妻離子散，我恨死他們了，我怎麼可能是匪諜呢？警察大人，你不可以聽這個小娃兒胡扯啊！想當年，我打共產黨的時候，身上挨了多少搶子兒啊！這些我都不曾抱怨！你們現在居然懷疑我是匪諜……」

老劉邊說邊把衣服掀到頸子，讓大家看身上的彈痕。

阿稻看著老劉涕淚縱橫、口沫橫飛的為自己辯駁，又把那些已經說了五百萬遍的他當年打共產黨的英雄事蹟又說了一遍。阿稻第一次看見老人哭了，原來，每個人都這麼害怕被關起來。

傍晚，阿稻被帶到太鞍橋上。橋的兩邊停滿了腳踏車以及一整排的吉普車，吉普車車頂上紅色的布幔映照著黃昏的暮色，那景致好壯觀哪！村民也逐漸湧到橋頭觀望著，阿稻整個人興奮起來，全然忘記了害怕。村民們都說這些警察是從台北下來的。有些人脖子上掛著相機，拼命對著橋上的字拍照，也有人對著阿稻猛按快門。

有一位先生問阿稻：「小朋友，誰叫你寫這些字的？」

「沒有人。我自己要寫的。」

「你為什麼想寫這些字？」

「我只是覺得那些字寫得很好看。」

「小朋友，你知道這些字的意思嗎？」

阿稻搖著頭說：「不知道，我只認識『中』和『不』。他也很想知道那些字是什麼意思啊！為什麼就這八個字會掀起那麼大的一個風波。他反問橋上那些記者。有一個記者蹲下來試圖說明什麼：

「它的意思是說……是……是在說國家的壞話，而替共匪說好話的意思。你懂不懂？」

「你是說那句話就像撿到的共匪的傳單一樣嗎？」阿稻湊近記者的耳邊悄悄地說。

「對，對。」

「那撿到傳單有五角錢，這個字是我先看到的，我可不可以領五角錢？」

記者傻眼了，他不知道該如何接話，乾咳了兩聲，轉身去和警察說話。

有幾位警察提了幾桶水，開始用稻草梗刷洗橋牆及橋面。

　　第二天早上，阿稻上學的時候，他發現許多人的態度都變了。上課時，他將國語課本上的每一個人像都畫上鬍子和雀斑，潘老師竟然沒叫他起來罰站，下課時，沒有人跟他搶鞦韆，潘勝利還將他心愛的鞋子借給阿稻穿，全班二十九人也只有潘勝利有鞋子穿。從來沒有真正擁有一雙鞋子的阿稻，穿著這雙不太合腳的鞋，一會兒跑操場，一會兒翻跟斗。中午，阿稻和潘勝利一起放學回家，阿稻腳上仍穿著潘勝利借給他的布鞋。他們經過太鞍橋，發現太鞍橋煥然一新，不僅密密麻麻的字不見了，還重新塗上了白漆，在午後陽光的照射下，太鞍橋呈現一片亮晃晃的。阿稻將鞋子踩在白漆上，沒多久，橋牆上就出現了一排歪歪扭扭的鞋印。

　　「你看這些字已經洗掉了。我就說洗掉就好了嘛！有什麼好大驚小怪的。」

　　阿稻在橋上翻了兩個跟斗，那雙不合腳的鞋子，一隻隨著阿稻的跟斗脫離了他的右腳騰空飛起，然後「撲通」一聲掉進湍急的河裡，一溜煙就被溪流沖的老遠。

　　潘勝利抿著嘴，紅著眼眶目送著他的布鞋遠行。阿稻左腳仍穿著另一隻鞋，他愣在原處不知如何是好。溪流嘩啦啦的往下游流去，他們不發一言的愣在橋上看著溪水。

　　「你的鞋子可能已經流到大海裡去了。」

　　阿稻突然冒出這句話——卻讓潘勝利的淚水終於滾下來了，他像潰堤的河水一般的放聲大哭，一發不可收拾。

　　「我要跟我媽媽講啦！你要賠我一雙鞋子。」

　　阿稻脫下左腳上的鞋子一臉抱歉的遞給潘勝利。

　　「你不要跟我爸講好不好？他會打死我的。我每天摘桃子給你吃，好不好？」

　　「我把鞋子弄丟了，我爸爸也會打死我，那一雙鞋好貴……我要跟我媽媽講啦！」潘勝利接過鞋子，一路哇哇大哭著回家。

　　阿稻垂頭喪氣的往回家的路上走著，這下子又免不了一頓鞭打了，這情況要比在橋上寫字嚴重多了，在橋上寫字洗掉就好了，爸爸不用賠警察錢，現在把人家的鞋子弄掉一隻，一雙鞋子這麼貴……

　　今天的晚飯仍然是地瓜和芋頭，只是多了一道地瓜葉菜。回到家，阿稻就一直沉默著，他知道待會兒就要挨打，沒吃多少東西就走出廚房。

　　「阿稻，你怎麼了，今天怎麼吃這麼少？」阿稻的母親說。

　　「他的臉色很差，是不是生病了？」阿稻的父親也察覺到了。

　　「不知道，待會兒幫他看看。」

　　晚飯過後，潘勝利果然和他的父母親出現在阿稻家的門口。潘勝利哭得一對眼睛紅紅腫腫的。兩家的大人一番交談之後，阿稻發現大禍要臨頭了，因為爸爸的臉色一下子垮了下來。

　　「阿稻，你給我過來。」

　　阿稻的父親怒吼著，順手就抓起倒在牆角的竹子，那支竹子是專門為阿稻準備的。阿稻怯怯的遠遠站著，雖然挨打就像日常便飯，但是那種疼痛仍然叫他刻骨銘心。阿稻的父親見阿稻動也不動的杵在原地，一股衝天之氣剎時湧到腦門，他跑向阿稻一把抓住他的胳臂，竹子就密集的烙在他那兩條黑黑瘦瘦的腿上。

　　「你這孩子真氣死我了，你到底要給我惹出多少事你才干休，在橋上寫字惹出那麼大的麻煩還不夠，你還把人家的鞋子弄丟了，一雙布鞋要十五塊，我做一天工才二十五塊，你叫我拿什麼賠人家？你們還要不要吃飯？你可不可以停止給我惹事？我今天非打死你這個孩子……」

　　「不要打了，不要再打了。」潘勝利的父親拼命的拉住阿稻的父親。「我今天來，不是要你們賠我們一雙鞋子的。」

　　阿稻的父親聽到這句話終於放下竹子，阿稻裸露在衣服外面的

手和腳已經瘀痕累累，他咬著牙，忍著痛，就是不讓自己哭。

「這孩子太壞了，不修理不會學乖。」阿稻的父親忿忿的說。

「我今天來是來告訴你們，事情過去就算了，我想阿稻把阿利的鞋子弄丟了，心裡也一定很難過，我所以來是要阿稻別把這件事放在心上，一雙鞋子而已嘛！是不是？」

潘勝利又哭了起來，他拉了拉父親的衣角，他父親對他使了一個嚴厲的眼色，要他住嘴。

「那怎麼可以？」阿稻的父親說。

「沒關係啦！」潘勝利的父親皮笑肉不笑的說。

「你去拿一袋小米給他們。」阿稻的父親對著阿稻的母親說。

「不好意思，我們家什麼也沒有，這袋小米算是一點補償啦！真不好意思。」

潘勝利一家人抱著一袋小米準備離開阿稻的家，潘勝利的父親腳步遲疑了一下，忽又轉身走向阿稻的父親，悄悄的耳語一番：「你可要告訴阿稻，不要在警察大人面前亂說話啊！橋上那些字我一個也不認識。」

潘勝利一家人走後，阿稻的父親沉默的坐在門前的泥台階上，阿稻則在不遠的地方數著手腳上的瘀痕，二十一條，比潘朝陽十八條的紀錄多了三條。

第三天中午，阿稻又被帶到警察局去。這回警察不再表情嚴肅的盤問他。反而招待他吃了一頓從來也沒吃過的白米飯和切肉。部落裡通常是以小米或地瓜當主食的，白米飯是奢侈品呢！阿稻邊吃飯邊往外瞧，他的父親、母親、阿姨和叔叔都在警察局外頭等他，他們不時拉長脖子探頭進去看看裡面的情形。阿稻希望這麼好吃的飯菜應該讓爸爸和媽媽也來嚐一嚐，可是，警察只請他一個人。

吃飯的時候，警察還是問了一些昨天問過的事，還問他最近和誰最要好，有沒有看見陌生人在村子裡出現。

　　第四天上午第二節課，學校又來了許多警察，小朋友們從來也沒有見過這麼多的警察，著實讓這個隱藏在山林裡的小學掀起了不小的騷動與恐慌。警察發給每一位老師及學生一張白紙，包括校長在內都得在紙上寫一遍「中國不好，共匪很好」，以便和橋上的字跡相比對。學校因此還停了課。警察走後，校長把全校的師生集合在大操場，很感慨的說了一番話，意思是說有匪諜在村子裡出沒，想利用小朋友的純真與善良做一些破壞國家形象的事，希望小朋友們千萬不要被利用了。

　　這件事就這麼不了了之了，究竟是誰在橋上寫字？沒有答案。到底有沒有人唆使阿稻在橋上寫字，卻只有阿稻知道，阿稻也曾坦白承認，可是大人們都不相信他。他們認為阿稻一定是受到脅迫、恐嚇，要不，就是拿了誰的好東西，他們認為小小年紀的阿稻也懂得什麼是信用，以這點來看，他們覺得阿稻也有可取之處。

　　事情過了半個月之後，阿稻又在太鞍橋惹事了。

　　阿稻和一群同學上山偷摘了別人家的桃子，他脫下長褲，將兩支褲腳的洞打了個結，將摘下的桃子塞滿整條褲子，然後將兩條褲管掛在脖子上，阿稻穿著四角小內褲一群人浩浩蕩蕩的下山，躲在太鞍橋下分桃子，因為分配不均，七、八個小男生打起了群架，阿稻揮拳將同學的鼻梁打歪了，流了好多的鼻血，同學的父母一狀告到阿稻家裡，偷桃子的事件因此爆發開來，阿稻的父親不僅要賠人家把鼻子矯正的醫藥費，還得付錢買下所有落了枝頭的桃子，從父親扭曲的表情看來，阿稻知道自己這回又要創下比二十一條瘀痕更高的紀錄了。

　　一群吵吵鬧鬧的客人走後，阿稻的父親果然抓起細竹片吼叫著：「阿稻，你給我過來！」

　　阿稻拔腿就跑，上回挨打的傷口都還沒復原呢，這下再打下去一定皮開肉綻。阿稻的父親氣急敗壞的在後頭追著邊罵道：

「你這個壞孩子，在橋上寫字叫警察懷疑我是匪諜也就算了，你弄丟阿利的鞋子讓我賠人家一袋夠我們一家吃好幾天的小米也就算了，你今天不學好還偷人家的桃子，把人家小孩的鼻子給打歪了，你這個孩子太壞了，為什麼歪鼻子的不是你？我辛苦工作的所得，都拿去賠給人家了，我們一家人還要不要過日子？你給我站住，你還跑，今天非打斷你的腿不可……」

他們父子倆這麼大山坡小土坡的追上跑下，阿稻雖然手腳靈活，終於還是跑不過高頭大馬的父親，眼看竹片就要揮下了，阿稻使盡全力的大聲說：「你不要再打我了啦！你再打我，我就要去橋上寫字。」

這句話像鞭炮一樣乒乒乓乓的彈落下來，在阿稻父親的腦裡轟炸開來，他停止追逐，像一個戰敗的拳擊手，既要忍受身體上挨了拳頭的痛還要接受失敗的創傷，阿稻的父親神情落漠的垂著雙手轉身往家裡走去。

嚐過免竹鞭的滋味後，「我要去橋上寫字」從此成了阿稻的護身符，就是從那次以後，阿稻那兩隻黑瘦的雙腿，再也沒吃過鞭子了。

「到底是誰在橋上寫字？」到現在都還是太巴塱部落裡大家津津樂道的話題呢！

徐正雄

飄浪之女

作者簡歷

筆名八爪熊，1970年生，泰山高職補校畢，半個農夫，半個街友，偶而是文字工作者。曾獲耕莘文學新詩、小說首獎，漂母杯文學獎、林園文學獎、大武山文學獎、三重文學獎、北縣文學獎、中央日報文藝營小說獎、聯合報年度新人展……等阿里不達約四十多個徵文獎項，文章散見中國、聯合、自由、更生、蘋果、福報、華副、金門副刊各大報。著作有《八爪熊打工記》、《尋找天體營》、《開朗少年求生記》、《打工大王》、《飄浪之女》、《斷電、走路、閉嘴——三場生命實驗》等五本，平日喜歡四處旅遊、當義工、嘗試新鮮事物，喜歡自由不受拘束。

耕莘與我

我在耕莘青年二十多歲時進入，那時我和耕莘差不多年紀，剛退伍在一家KTV端盤子，是個只看影視版獨鍾《民生報》的傢伙。

來來去去的喧嘩，只讓我看見滿地狼藉的寂寞，繁華掏空我的心，使我空虛不已，我想改變自己，用學習一種陌生新事物的方式，當時剛好在報紙上看見耕莘文教院寫作班招生訊息，便報了名，為此轉了行，到隔壁五星飯店過著比較安逸穩定的生活，依然還是端盤子，低賤卻生龍活虎的工作，讓我有豐富的題材。

耕莘，教我如何把那些不堪變成大家心靈的菜，那已是民國83年的事了，轉眼之間，我竟也寫了二十二年。

飄浪之女

一

　　去年，也就是民國98年的3月，我的母親去世了！享年七十七歲。

　　告別式之前，我都盡量保持冷靜，畢竟我是大姊，母親下來就是我了。我像木頭一般，跟著道士天天在母親靈前誦經，一切的情緒好像都在掌控之中，可是告別式那天，當禮儀師要我們上前去見母親最後一面時，我的腳居然不聽使喚的發軟了。

　　我全身顫抖的來到母親的靈棺旁，忽然間，我像被抽去骨頭似的攤在母親棺下，身體雖然不能動，思緒卻在快轉。四十多年來，我一直以為自己是恨母親的，要不是她把我嫁給那個男人，我的人生也許會有所不同？但我的以為是錯的，原來，四十多年來，我的恨早已被時間侵蝕，那個龐大的恨，早就剩下一付空架子，被母親的死一推，便轟然倒下，化為一陣混濁的風，什麼都沒有了？

　　母親死了！什麼都沒有了！連我的恨也沒有了！那，我的人生還剩下什麼呢？突然間我懷念起我的恨，至少那個恨讓我和母親的生命緊緊綁在一起，減去那個恨，我和母親之間居然一無所有！

　　直到母親過世，我才知道我有多麼不想和她分離。直到母親過世，我才知道五十七歲的我仍然是個孩子。那一刻！我拋開長女的矜持，重回五十七年前呱呱落地的初生時期，像個嬰兒般，不顧形象的嚎哭起來，因為，這是我最後一次擁有人子的身分，此後，我便是真正的孤兒了。

　　我在母親的靈棺旁，決定要把這五十多年來所受的委屈一次哭盡，不管弟妹們如何勸阻。但母親卻無動於衷，她始終雙手交錯，安詳的躺在靈棺中，似笑非笑，她的臉，隱隱透出一股慈祥，那是我此生見過最美的母親了。

　　我的母親——蘇陳阿唇，她是我這輩子見過最愛美的女人。

　　打從她三十三歲不去工廠上班之後，一直到她七十七歲往生，這四十四年來，她每天早上起床第一件事，就是打扮自己。因為經歷過日本人的統治，母親在化妝上面也受到很大的影響。她總是打上很厚很白的粉底，從現在看來，大概只有殭屍片才會那麼做。為了方便畫眉，數十年來，她沒有一天讓眉毛長出來過。人們表面上讚美她，一些比較沒口德的人，會私下叫她「日本女人」。

　　化完妝的母親，總喜歡拿著她的假珍珠包包去逛菜市場，因為沒有錢，包包裡面總是塞了幾張擠壓成一團的舊報紙。若真要買東西，母親大部分都是賒帳，那隻包包，裝飾的成分居多。有時候想一想還真有趣，我的父親——蘇焕仁：一個滿嘴三字經，靠買破爛維生的男人，他這輩子只活了四十九年，卻終生以酒和賭為信仰。將父親和我那極力維持表面虛榮的母親放在一起，真是一個絕妙的組合。

　　如果你硬要問我，比較喜歡父親或母親？那我會說：「其實我比較喜歡那個常把我打得遍體鱗傷的父親。」

　　父親雖然缺點不少，卻帶著較多的人性，不喝酒時和小孩還算親密。反觀母親，她雖然看起來高雅美麗，卻顯得冰冷，離小孩們比較遙遠。或許，母親是被貧窮給嚇到了吧！每天將自己打扮的像貴婦一般，是她逃避現實或補償自己的一種方式。

　　母親這一生中，有大半時光都處在餵不飽小孩的噩夢裡，除去打掉的兩個小孩不算，這輩子，她總共生了三男二女。由於養不起小孩，生完四妹秀娥之後，她便裝了避孕器，本以為萬無一失，

結果隔了三年，不小心又懷了小弟——蘇結源。知道時已經四個多月，醫生不敢打掉，只好把他生下來。這三男二女五個小孩，加上嗜賭愛喝的丈夫，母親的壓力的確不小。

民國66年1月23日，我的父親蘇煥仁，因酗酒得到肝癌往生了。

這時候小弟才十五歲，尚未成年。大弟蘇光榮剛退伍。而我已出嫁十年。在家裡閑了十幾年，五十七歲的母親為了貼補家用，到新莊思源路一家「美英電子工廠」當清潔員，當時這家工廠的警衛喪偶多時，一看到高雅的母親便心生愛慕，開始追求。這個大母親八歲的男人，不會罵三字經、不太會喝酒，至於賭；也只有過年偶而和家人打打麻將。因為是將官退休，他的嗓門和經濟能力一樣好。雖然他的子女都很怕他的威嚴，但是他對母親卻十分溫柔呵護，還經常下廚燒飯給母親吃，所以，很自然的，他們在一起了。

這個男人，像是要彌補母親這輩子在愛情上所缺而出現。

不管我們子女怎麼看待這段戀情，這個男人對母親真的沒話說！他一個月固定給母親一萬，常常買東西送母親、還帶母親去香港旅行。這是母親此生第一次出國旅行，也是最後一次。他們的黃昏之戀維持快二十年，後來雙方子女也都認同這段關係，直到十幾年前，一天早上，那男人早上起床穿褲子時，心肌梗塞暴斃而亡。

死後，這男人的子女打開遺囑，才發現他們的父親預留了五萬元要給我母親。這男人，也曾在我困難時借我三十萬。也許他永遠無法取代我父親的地位，但他對於自己的角色，實在詮釋的難以挑剔。

十多年後，母親也死了！如果，這男人和我父親都在另一世界等待母親的到來，不知道我的母親終究會奔向誰？

記憶中的母親是冰冷的、固執的，和我的丈夫；也就是她親自欽點的女婿水火不容的。但是在她過世前幾年，她整個人變得柔和

許多。她不再和我的丈夫吵鬧，讓夾在中間的我左右為難。我的娘家就在我夫家的樓上，因此，整個上午，她會陪我在菜市場賣蒜頭。那幾年，她慢慢變成一個有血有肉的溫柔母親，而不再是從前那個冰冷頑固的女人。

最後那幾年，她不想麻煩子女，有病就自己到西藥房抓藥吃，胡亂吃藥造成她的身體衰落；胃甚至破了一個大洞。她最喜歡買一種感冒糖漿，幾乎把那當飲料喝，可能裡面有什麼止痛麻痺的成分，或已經變成一種習慣。過世前那陣子，感冒糖漿似乎不管用了，於是，她將感冒糖漿混著消炎止痛藥一起服用，因此，送醫時才會那麼難以治療。

母親斷氣前那幾天，我獨自坐在加護病房望著她，她口戴氧氣罩，我戴著口罩，這口罩彷彿將我們隔成兩個世界，我清楚感覺到，母親正一點一滴的離開我，彷彿她每呼吸一次，她的靈魂就少一小塊。儘管虛弱，她在病床上卻還很有力道的讓全身不斷震動，我可以清楚感受到母親的痛苦，從晃動的床沿，通電一般，透過我的手，傳送到我的心裡。偶而，她會忽然睜開雙眼，像知道了什麼事，每次都把我嚇了一大跳，有幾次我忍不住會想，如果母親是在某個清晨，起床穿褲子時忽然暴斃，或許那也是一種幸運。

無論如何！母親終於跨過生死線，投入死神的懷抱，若人死後真有靈魂，相信母親應該會滿意自己最後一次，由別人幫她上的妝。這次的妝，就像她生前一樣，塗著又厚又白的粉底。由於母親已經不會動了，這眉毛比母親生前自己畫的還對稱。比較令人意外的是口紅，這麼多年來，我未曾看過母親塗上這麼鮮艷的口紅，感覺像在雪人嘴裡放上一顆櫻桃。

知道母親愛美，這種妝是可以接受的。另外，我和四妹秀娥，還特地為母親準備了整組的化妝品要燒給她，有眉筆、粉底、口紅、香水、腮紅、髮型固定液……。此外還有假牙、戒子、項鍊等

等飾品，希望母親在另一世界，也能打扮的美美的。

永別了！我的母親我的恨。

二

母親的死，讓我覺得自己所剩的時間也不多了，我忽然產生了一個念頭，就是把自己的一生給記錄下來。

我這一生，總共有三個名字。

出嫁之前我叫「蘇綉雲」。出嫁之後我叫「徐玉鳳」。在舞台上的我，則叫做「麗華」。

現在，就先來說說「蘇綉雲」這個女孩。

在談到我之前，我想先介紹一下父親的家族成員。我父親的父親，也就是我的阿公，其實並非阿祖親生。因為女阿祖嫁過來多年都沒有懷孕，只好去台中分一個男孩來養，說也奇怪，之後女阿祖便連生了兩個男孩。

我父親的母親，也就是我的阿嬤，嫁給我阿公之後，總共生了五個兒子和八個女兒，因為小孩太多，有五個女兒給別人當童養媳。我父親是長子，原本在耕者有其田政策實施之後，可以分到一些可觀的田產，卻因為不喜歡種田，婚後跑到台北「收酒矸」；就是撿破爛，因為如此，阿公很生氣，不要說田產，連一間房間也沒有留給我父親。

41年次的我，就是出生在這個龐大的家族裡面，而這個家族，就在彰化秀水鄉埔崙村。

婚後不久的父親，不顧家人反對隻身北上謀生，將新婚不久的母親留在秀水。父親不在身邊，讓當年十九歲的母親很沒有安全感。母親說：我誕生那一天，雖然是家族長子的頭一胎，因為是女孩，所以整個家族冷冷清清，根本沒有人理她，產婆接生完之後，

又累又餓的母親只好自己下床，到菜園拔一些紅鳳菜炒麻油吃，算是做了月子。

母親常說：「女孩子沒路用，十個女兒也抵不過一個兒子。」一年後我大弟——蘇光榮誕生了！他是我們這一輩最先出生的男孩，長子的長子，將來是要繼承家業，延續香火的，因此整個家族都非常高興，母親也因此吃了幾天的麻油雞。母親說她嫁到蘇家兩年，直到大弟出生才覺得自己的生活穩定下來，之前的日子，彷彿賣到別人家當傭人一般，每天都過得戰戰兢兢。

父親偶而回來秀水，但是待不到幾天又回台北，這些年來，大弟和二弟陸續出生，七歲之前，我一直待在家裡幫忙母親照顧弟弟，直到七歲時，村裡同年齡的小孩都去上小學，我才向母親要求讓我去上學。母親去跟我阿嬤說，阿嬤說女孩子上什麼學？母親只好作罷！

但是我不死心！我跑去祖厝找女阿祖，女阿祖個子不高，說話卻很大聲，平日總是拿一根拐杖四處串門子。女阿祖對小孩很好，常常會帶我們這些小孩去果園摘水果。當時女阿祖已經七十多歲，牙齒還很好，女阿祖最喜歡的水果不是軟軟的木瓜，而是硬硬的土芭樂。

女阿祖除了牙齒硬之外，她的脾氣也很硬。遇到不公平的事，她會出來主持公道，我向女阿祖拜託！請她說服我阿嬤：讓我和其他小孩一樣去上學。阿嬤是女阿祖的媳婦，自然不敢違背婆婆的命令，我這才能如願去上學。

我還記得，當年我上的第一課叫做「開學樂」。可是人算不如天算，我「樂」不到一星期，父親就從台北寄來一封信，要我們全家北上找他，於是，我牽著兩個弟弟，母親用扁擔背了一些家當，帶著那封信，我們到台北找父親。

從此，展開我飄浪的人生。

　　剛到台北的時候，我們一家住在六張犁，那裡有很多墳墓和資源回收場。父親因為收破爛的關係，在那裡租了一間木板房，我們一家五口就擠在兩、三坪大的房間。由於是違建，所以沒水沒電，幸好那裡常下雨，父親買了六個鐵的大水桶，用來接雨。為了省水，平日我們很少洗澡，大多用濕毛巾將身體擦一擦，所以水都夠用。至於沒電這件事，對我們來說也不是什麼困擾，只要一家早早就寢就可以解決！若真需要照明，就點個蠟燭。

　　父親終生都在做「資源回收買賣」。而母親，當時在我們家對面一戶有樓房的外省人家裡幫傭，外省人知道我們家很窮，總是讓母親帶飯菜回來給我們吃，有時候，外省人還會給母親大塊大塊的滷牛肉，這在當時都是非常昂貴的食物。

　　由於父母親整天都在外頭工作，所以母親出門後，會將我們三個小孩鎖在木板房，裡面放一個「尿桶」就算「套房」了。我們姊弟三人，從早上被鎖到傍晚，直到母親幫傭回家，才會將我們放出來活動。

　　我們在六張犁住了一年，這一年，也就是民國49年，母親生下了我四妹——秀娥。

　　說起四妹秀娥就讓人嘖嘖稱奇。

　　我聽說佛教高僧——虛雲老和尚在母親肚子裡住了十三個月才出生，而我四妹在母親肚子裡多住了兩個月。由於母親懷孕十二個月還不生產，幫傭的外省人雇主擔心母親會出事，就把母親給辭退了，這一來，不但少了一份薪水，而且也沒有免費飯菜可吃，讓我家經濟陷入極大的困境。

　　為此，我們又回到彰化，陪母親待產。

　　四妹在母親肚子裡住了十二個月，出生時頭髮已經齊肩了，這妹妹出生的不是時候，她遲到兩個月，讓母親丟了工作、讓姊姊哥哥沒有飯吃，母親決定將四妹送人。

　　母親在彰化做完月子後，我們又回到台北，這次我們沒住在原來的六張犁，而是住在現在的承德路，大同公司對面的美軍顧問團旁邊。

　　當時，我家前面有一戶踩三輪計程車的人家，結婚多年都沒有生，母親便將四妹送給他們，儘管父親和我都不贊成，但是家裡窮，又能如何？那戶人家，為此送來三十個豆沙餅，算是買斷了四妹的一生。送走四妹之後，母親到一間衛生紙工廠當作業員，我們繼續被鎖在木板房。不過我始終心有不甘，由於四妹養父母家離我家很近，每天傍晚，母親工作回家將我們放出來後，我便衝到四妹養父母家去看她。

　　有一天傍晚，我像往常一樣跑去看四妹，那天四妹一個人坐在養父母家門口，我見四下無人，一股衝動便將四妹抱回家，回家後母親很生氣，但父親卻很歡喜。我和父親同一國，都希望將妹妹留下來，母親拗不過我們，這讓她很為難！因為四妹養父母送來的豆沙餅已經吃完，當時那可是很貴的食物，母親又沒錢賠人家，可憐的母親！每次經過四妹的養父母家就被罵一次，一次比一次難聽，而那又是回家必經之路，因為這樣，我們只好搬家。

　　第三次搬家，我們搬到現在大龍峒的大同街，靠近鐵道旁，也就是現在的承德路三段二四七巷，對面就是成立於民國49年5月30日的大龍峒車站，不過，這個比我晚誕生的公車站，因為捷運的關係，已經在93年7月1日廢除。

　　搬到大同街之後，母親已經不再將我們鎖起來了，這有好有壞。壞的是弟妹們都會亂跑，有一次四妹還掉到佈滿油漬的大水塘裡，當時天色已黑，水又髒，我找不到四妹，看見水裡一個黑黑的東西在浮沉，一把拉起居然就是四妹。這水塘的油，都是附近一家做硬幣的工廠排出的，幸好我發現的早，四妹才沒淹死。至於好處，就是我可以跟隨鄰居小孩到各菜市場撿菜回家煮。如果我要青

菜就去延平北路二段的「太平市場」。若要魚就去廣州街的「中央市場」。想吃豬肉就去昌吉街的「屠豬口」。

撿蔬菜算是比較容易，因為市場總有菜販剁下來，成堆成堆過老過醜的外葉。撿魚則要趁魚販們粗魯的拖著一箱一箱魚時，趁魚兒不小心從邊緣跌落，再快快一把撿起。大隻的鯊魚、海鰻是不可能，但小尾的狗母、肉魚，或人家不要的海豚骨，卻是有可能成為我家桌上的美食。不過最困難的食物算是豬肉了！為了幫家人加菜，我不敢熟睡，半夜聽到豬隻哀嚎總教我興奮的跳起床，衝到廚房拿面桶直奔「屠豬口」。

屠夫殺豬之後，總會將豬油、內臟吊在一旁，另外還會有一大桶豬血。我會用面桶去偷舀豬血、用小刀去偷割豬油和內臟，像我這種女孩在屠豬口不少，大概有二十幾個，我們不但互相認識，更是一群好姊妹。

沒辦法！失去了外省人的免費飯菜，我必須想辦法活下去，以前的窮苦人特別多，那些魚販、屠夫也不見得比我們好過多少，將心比心之下，大都睜一隻眼、閉一隻眼，默許我們這種接近偷盜的行為。

有了新鮮食材之後，父親自己做了一個小「灶」，每天早上，我會用這個小灶將撿來的菜煮好，午飯的菜我會早上一起做好，再用籃子吊在樑上，以防貓狗老鼠偷吃。因為房子會漏水，後來我們又搬了一次家，不過仍然住在大同街上，一直到我結婚為止。

（選自徐正雄長篇小說：《飄浪之女：我那溫泉鄉的那卡西媽媽》，
寶瓶文化出版，2010年）

許正平

煙

作者簡歷

　　許正平，1975年生。台南新化人。台北藝術大學戲劇所戲劇創作組碩士，目前就讀於清華大學中文所博士班，並兼任中正大學、高雄大學、玄奘大學、國立戲曲學院講師。寫作文類橫跨劇本、小說、散文，曾獲聯合報文學獎、時報文學獎、台灣文學獎、台北文學獎等獎項。

　　劇場編劇作品「生活三部曲」：《旅行生活》（2000）、《家庭生活》（2000）、《愛情生活》（2008）等，結集為劇本集《愛情生活》（2009）一書。

　　其他編劇作品尚有：《花園：三則現代與聊齋》（2004）、《海鷗》（台語劇本修編，2012）、《安平小鎮》（劇本修編，2013）、《水中之屋》（2013）、《阿章師的拉哩歐》（2015）。另著有散文集《煙火旅館》、短篇小說集《少女之夜》、電影劇本《盛夏光年》等。

耕莘與我

　　那真是對文學求知若渴，怎麼樣也要想辦法搆著一點邊的時代。那時，在南方高雄念大學，遺憾著，畢竟未能去成台北那個什麼都有的文化中心，便積極在漫長的寒暑假裡安排，往北去，參加短期而密集的文藝營隊，譬如聯合文學文藝營，聆聽每一位平日只能在紙頁上交往的作家現身說法。記得耕莘的文學課多是學期制，那年卻突然辦了為期兩個星期的暑期班，不能錯過的，便邀了宿舍隔壁寢愛詩的學弟順聰一起參加。記得好清楚，北上的前一天，夜宿嘉義順聰家，還起哄去逛了此生至今唯一一次的民雄鬼屋。到了台北，仍是寄居順聰在新莊輔大附近的親友家，兩個星期就這樣天天轉公車到公館的耕莘上課，那時新莊的馬路上好多狗屎。就是那樣了，那樣熱切，那樣鍥而不捨的愛著文學的年輕時代了，如今想來，便是這一路長征的開始。

煙

　　我從未經驗過這樣一座城，或者說，它只是一個鎮。

　　島之南，縣治所在，縱貫線上也算是快車經常停靠的車站。然而，走出火車站，明明高樓一棟連著一棟，特別是一家接著一家的旅社、賓館、飯店，奇怪的，卻幾乎荒無人煙，看不見爸爸來載女兒、男朋友來等女朋友等等這一類溫馨接送的場面，連車輛都稀少得可憐，只見計程車成排羅列，半天載不到一個人客。

　　彷彿一個搭建好的電影場景，卻因不明緣故導致演員集體缺席了那樣。空蕩蕩的大路筆直往前消失在遠處。遠處，層層疊疊的樓宇後面，突兀地升起一縷枯瘦的淡灰色的煙，靜止的畫面中唯一的動作。我感覺那裡彷彿才是這個超現實虛擬場面以外的真實世界，那裡有人，正在焚燒著什麼升起些什麼，作為向我召喚的信號。

　　有人從背後靠夭地重重拍我一下。喂，蘇愷，在想啥？是Jobi。

　　當兵同梯，Jobi。我還記得，剛下單位的同樂會肝膽相照時刻，從屏東萬丹來的他自我介紹說，最崇拜最愛Bon Jovi，大家可以就叫他Jovi。

　　我不太知道一個出身美國紐澤西州的搖滾樂團歌手和一個來自屏東的傢伙是在什麼樣的因緣際會下發生關聯的，至於屏東，我只聽過萬巒豬腳。萬丹？那是什麼鬼地方？

　　輪到我了。我是蘇凱信，住在台北，二十七歲，對，因為一直在念書，所以比較老，我沒有綽號。像是偶然與巧合，或者更像是命中注定，那時在我們難得可以收看的電視畫面上，居然正好播出烏克蘭航空展上俄羅斯蘇愷二七戰機在飛行特技表演中意外墜毀，

濃煙如好萊塢戰爭電影特效四處竄飛。

Jovi大叫，蘇愷二七，就叫你蘇愷二七好了。從此我有了綽號，我還記得那是2007年9月4日，災難發生隔天，統計指出墜機意外導致八十三人死亡，是人類有史以來死傷最為慘重的航空展意外。

可能因為本島人發音部位和語言習慣問題，大伙叫著叫著Jovi久而久之變成Jobi，音短短的，語氣是男孩轉不成男人般一種帶著調侃的可愛。而我虛長的年齡也在日復一日的相處過程中，漸漸被忽略弭平，蘇愷二七，簡稱蘇愷。也或許因為我的綽號由Jobi命名，我們並且成為可以稱作哥兒們或麻吉的那種關係，bodybody。只是，那恐怕不是因為Jobi與蘇愷身上存在著多少共同的相似處，還是什麼心靈上的契合無間。

一切只因為我們同在一起當兵吧。我想。

走出車站半個小時之後，我和Jobi已經置身那些一棟接著一棟的賓館裡的其中一家。愛華大旅社。Love Hana Hotel。中文店名底下還附註翻譯，英文夾雜日文的怪奇組合。我們的老地方。

浴室裡傳來嘩啦嘩啦的水聲。所謂浴室，不過是在床鋪和衛浴設備之間加裝一大片落地玻璃，中間部分則以霧面處理。因此，我可以清楚明白地看見淋浴中的Jobi光裸的膀子和健壯的蘿蔔型小腿，胸部以下膝蓋之上則以一種曖昧而欲蓋彌彰的馬賽克效果呈現。

我躺臥床上，抬高枕頭以靠背。酒紅色玫瑰花窗簾半開半掩，過午的陽光在地板和床單上印出一道斜斜的亮金色，鬆滾過Jobi散落在床上的衣服，一件Net T恤和不知名品牌的牛仔褲。而我是暗的，在陽光分割裁切過後的界線另一邊。床單、枕頭和地毯全都發散出一種像是在不見天日的地方待得太久悶出來的一股潮騷味，還有淡淡腥臭。床頭櫃上放著一只尚未拆封的杜蕾斯保險套。

打開電視。

Jobi圍著印有紅色旅館名字的白色浴巾走出浴室，搶過遙控器，撲坐床上，像按電玩遊樂器一樣對著電視瘋狂發射起來。新聞台、電影台、都會台、台灣台、幼幼台，畫面彷彿不斷來回穿越任意門般快速跳接，直到切進日本台的時候，我對Jobi喊停，我要看。《北海道風情畫》，日本地方旅遊節目，每集找一位藝人帶領觀眾領略北國各地的民俗風情、吃食特產。時在秋天，這回來到一個叫做知床半島的地方，照例入住某知名老溫泉旅館。穿和服的親切老闆娘，榻榻米房間，推開木頭格子門，就看見夕陽伴著楓紅落入鄂霍次克海，泡過溫泉，旅館老闆已經準備好用當季食材料理的昆布鍋⋯⋯

「看得到，吃不到啦！」Jobi叫，隨即切換頻道。

螢幕上傳來咿咿哦哦的女聲，水手服已拆卸一半的AV女優頻頻求饒似的喊やめて示意男優繼續挺進。然而，儘管音調和姿態如浪似嘯，卻誰都看得出來，她在演，在工作，一切都是虛構的。這就是Jobi要的，他把音量加大，一點也不害臊。他說過，來這裡，誰不是為那個來的。我看見，他的一截小腿曝露在斜刺的陽光中，於陰暗房間內，其上毛髮閃閃發出光芒。往上，浴巾鬆軟包覆，而幾乎就要脫落了，只要他再稍稍轉個身，挪移半寸，那被隱藏的器官就會明明白白展示出來，這一切，使得我們在部隊裡早已坦誠相見且見怪不怪的身體恍然幻生出一種異樣的感覺。

叩！叩！叩！有人敲門。

有一種刻板印象，認為像我們這種從小在台北土生土長的小孩，一旦離開市區，就彷彿來到異國，對任何眼前看到的事物都像進大觀園般驚異不已，認為那些不跟我同一國的都叫做「俗」，台語講「聳」。

我要大聲辯駁：不是這樣的。念大學的時候，我也曾經和同學

死黨幾度出遊，騎摩托車、搭火車、乘國光號，去到「南部」。那些和侷促台北相較起來遼闊得多的天空、田野、山林和海邊，茂盛蓬勃缺乏整修的路樹、沒有盡頭的公路、曬得較為黝黑的人們、貨車開來路邊擺起隨時就可以賣的水果燈具或兒童玩具，還有隨時停車隨時就有的7-11，都讓我有一種世界原本該是這樣的親切感。特別是每次有機會住到民宿，是的，我喜歡那些穿T恤夾腳拖的旅店主人，他們各自發明的不中不西或說中西合璧的料理，他們也不等你詢問就迫不及待告訴你哪裡好玩好吃這些那些。當然，我也愛那些和友伴們共擠一床大通鋪，徹夜不眠聊天喝酒玩牌狂歡的同盟時光。我甚至夢想，等退伍後存一筆錢，或許也可以找個安靜僻遠的地方，自己來開這麼一家，從此過著快樂無爭的日子。

然而，台北聳，我想，Jobi就是這麼看我的。碩士！有時候他這麼叫我，但他接下來的語氣卻分明是那種，哇靠你連這個也不懂，還算是個男人嘛。第N次點放的時候，他便一副走馬上帶你去見識一下好康的既酷屌又哭爸的表情。

那是我們第一次走進愛華大飯店。磚紅色磁磚牆面，樓高五層，每層開出四扇圓拱形對外窗，十字型鋁條將窗分割成對稱的左右上下，咖啡色玻璃看不透屋內什麼碗糕，說是大飯店，還更像某個年代流行過的一般民居建築。Jobi說是比他早兩年當兵的哥哥告訴他的，當然，並不是他們兄弟同在一處當兵，而是說，憑男人的本能、天性、直覺，當你靠近那裡，你自然就嗅得出那種味道，甚至深深明瞭你已身在其中了。

我絕不是指Jobi已經是隻識途老馬，事實上，我一眼看出他也是個生手，這不折不扣絕對是他的初體驗，從他check in時發抖的語調和指尖，電梯上樓時不時往頭頂監視錄影機瞥上幾眼的輕微焦慮感。他問我：「蘇愷，剛剛我不小心拿軍人身分證給他登記欸，屎啦，會不會被抓啊？」他居然緊張到連開門這樣簡單的動作都

能把鑰匙掉在地上。而當門外第一聲敲擊響起，彼時端坐在床上的
Jobi簡直就像是當年升空後爆炸的美國太空梭一樣，彈跳起來接著
重重跌坐地面。

　　小花沒等我們應答便直接開門走進來。滿地煙硝與Jobi還來不
及拼回原狀的殘骸中，小花出場。她看見我和Jobi，有兩個人，愣
了一下。喔，另一個等一下就來，她說，走到我和Jobi之間，拍拍
床墊，坐下，shining shining，bling bling。自我介紹，叫我小花。小
花看起來好幼齒，我追加一枚眼神問Jobi，嫖到未成年的就完了。
小花彷彿一箭射穿我的心思，馬上接腔，老娘做三年了啦，夠老
了，我才不是為著十萬塊給我老母推下海的哩，又不是演連續劇還
是唱KTV。小花說她是老娘的時候，有一種少女的俏皮淘氣。

　　我想倒杯水來喝，然而窗簾縫隙間的日光打亮玻璃杯上的陳年
黃垢，我把手又收回來。厚重暗沉的簾外有直升機轉著螺旋槳嗡嗡
嗡嗡飛過的聲音。

　　漫長的，等待另一個女孩出現的時光。

　　有一搭沒一搭地，我和小花閒聊起來。小花二十，家住此縣城
北邊與之接壤的另一個鄉鎮，已經是另一個縣界了，縱貫線上的蠅
頭小站，卻有機場供飛機起降。這樣離鄉背井，小花認為這樣的距
離已足夠稱之為離鄉背景投入花花世界，沒辦法只為賺這種錢總要
給鄉親父老留點顏面，雖然她認為面子也不過就薄薄一層皮，秤來
算去也不會比她賺的錢貴重。知道我的年紀以後，小花開始叫我阿
伯。阿伯，恁細漢仔真閉俗喔？小花指的是Jobi。

　　的確，平常唬爛一大堆的Jobi，在小花進到房間之後，卻奇異
地沉默著。一開始，他只是瞪著大眼睛有點像是被強迫帶到訓導處
的學生，以無言抗拒著整個硬要他承認的罪行。然後，他從牛仔褲
抽出七星，點燃，嗶啪呼哧吸出聲音來，一遍一遍把白色煙霧蜿蜒
曲折地吐進已嫌滯重腥膩的房間空氣中，那模樣比他平日清晨躲在

營區廁所最裡間偷抽煙要我幫他把風時要誇張而不自然上千萬倍。他緊張。

小花轉身直接以手、以唇挑逗，或說挑釁Jobi的臉和身體。豹一般突然間，Jobi彈開手中半截煙灰，用更強的力道予以回擊，像是看準獵物便奮不顧身，猛然將小花抱住，欺壓在床上。一切措手不及。但小花知道怎麼處理，我看見她有如練過特技的體操選手，用身體的纏繞扭轉包覆，試圖化解Jobi的堅硬魯莽，以及堅硬魯莽所可能帶來的傷與痛。然而，顯然Jobi就是要來真的，衝到底。小花以眼神示意，我趕緊將床頭櫃上那一枚杜蕾斯拿給她，她順勢拉過我的手，親吻我的額頭，我的耳朵，要我加入。我就這樣完成了我人生中的第一場三P，而另一個女孩始終沒有出現。

從那時開始，我也才漸漸發現，在這個看似空蕪荒涼沒有人的城鎮裡，真正的生活其實隱藏在那些髒灰醜舊的磁磚壁和水泥牆背後，在那些陰暗不透光的玻璃門的另一邊，有時它會露出一截久不見陽光的肉白大腿，有時則是一抹嵌著銀牙閃光的豔媚笑容，煙味，香水味，以及其他種種不可名狀的氣味混雜在一起後的怪味。那是我從未見識過的另一個「南部」。暗紅色的，染著尿黃污漬的，地毯與床單。窗簾和壁紙封圍成一個黯淡的世界，上面盛開一朵一朵顏色華麗卻又年老的小花。那裡，沒有辦法開著轎車掩人耳目，想到達，只能硬著頭皮走進去，很簡單也很複雜。休息兩百元起，住宿四百元起。

「小花？為什麼叫小花？很像小狗的名字欸！」Jobi問道。

「你喜歡的話，叫咪咪也可以啊！」小花回答。

「那不是貓的名字嗎？」

「嗯，那就看你是喜歡狗，還是喜歡貓囉？」

那是一個陰雨天，幾番來了又走的暴雨打濕整個世界。我將上半身隱藏在暗紅髒灰的窗簾底下，下半身則繼續曝留在旅館房間

裡。隔著窗簾，可以聽見Jobi和小花斷斷續續的聊天，打開窗戶，入目盡是城鎮裡參差不齊的鐵皮屋頂、水塔與電視天線，眼下柏油路上，在渺無人跡的荒曠場景中，來回獨行著一隻毛色黑亮的瘦狗，淋得濕透。有一種異樣之感，窗簾外我是自外於整個不見光房間的竊聽偷窺者，然而卻又明明早已露出破綻，曝光的下半節身子隱約興奮著即將融入的情節發展之中。

應該是大麻的魔力開始作用了。我想，於是，撤出窗簾，面對眠床，小花背對著我，跨坐在Jobi身上，正脫去黑色胸罩，也是她身上穿著的最後一件衣服。那瞬間，小花過於白皙的裸身簡直就像是幽黯海洋中的螢光水母般，在黑暗空間裡發出妖豔炫目的光芒來。而後暗去，在視覺暫留的視網膜底層，我看見的卻是稍早之前我們呼大麻的情景。我看見Jobi從那個黑色鑲金邊的煙盒裡倒出菸草，鋪在一層薄薄的紙片上，熟練捲起。Jobi將捲好的菸用食指與中指夾好，在床緣敲了敲，這動作或許根本不必要，純為了向小花耍帥用的，然後他從牛仔褲後面的口袋裡抽出打火機，嚓，點燃，菸頭紅了，像星星，像螢火。

Jobi比平時抽七星還慎重幾百倍地吸上一口，然後緩慢而小心地從鼻孔呼出來，白色煙霧立時捲繞空氣，牽纏出一股辛濃氣味。我看著那些從Jobi鼻腔內爭先恐後噴湧出來的氣體，彷彿目睹它們已在他體內跑過一回了。Jobi把菸遞過來，我接住，菸屁股在Jobi吸過以後留下的痕跡淡淡的，有樣學樣，照吸一口，吐出，那些通過我體內的煙便和Jobi的body body，融合無間了。

Body body，是的，自從我終於「禁不住誘惑」接受Jobi遞給我的菸草，你一口我一口，我才覺得他真正當我是哥兒們了，那種一起做了壞事，誰都別想轉頭走人輕易脫身的感覺。於是他偷偷透露給我，大麻是他哥哥退伍以後和朋友合夥經營的。好賺的咧。我一直都以為，大麻是一種在中南美洲之類的地方種植，專供有錢人或

知識分子使用的作物，沒想到我們的「南部」也有？Jobi白了我一眼，意思是，台北聳，我知道。那麼，Jobi又是把那些迷幻草藥藏在何方，以致於每次點放他總能避過安檢魔術師般神奇地把它們變出來呢？Jobi賣了關子，沒有回答，只是聳聳肩，一笑，反正他就是有辦法。我有時候不免懷疑，Jobi口中那位既可指點他享樂祕密通道又能經營販毒事業有成的厲害哥哥究竟是何方神聖，啊，會不會，其實哥哥從頭到尾只是一個虛構出來的人物，事實上，Jobi就是哥哥，他自己根本就是個老江湖？那麼，Jobi為何會需要一個哥哥呢，Jobi渴望一個哥哥嗎？

　　但，不管了，像星星，像螢火，我們正漂浮在沒有盡頭的太空。我走向小花，從背後環抱撫摸她，螢光水母般的身體。我感覺自己也開始發亮了。小花俯身親吻Jobi胸腹，昏暗中，Jobi發出低低的吼聲，像貓被理毛時舒服溫馴的聲響。她拉我躺下，讓我和Jobi一左一右並置於床上，用她對付Jobi的方式對付我，於是我也開始發出那種小貓似的聲音。輕輕地，小花在我的眼皮上呼出一朵煙霧，煙霧長出意志，捲曲逸散，朝四方擴張，翳入天花板，滲進壁紙和地毯，整個房間便被飄飄然托起，進入一種無重力狀態，比跳躍更高，比飛行還輕。我斜側著頭看Jobi，小花也對他施以相同魔法，Jobi顯然是個老手了，再也不復初來乍到時的青澀，他用眼皮吸收小花吐出的煙霧後，再從嘴裡吐出，並且對準了小花的嘴，將之重新灌注入她的體內，如此，不需要堅硬的進入、實體的交合，卻也彷若完成一場完美的做愛了，Jobi是王，Jobi就是哥哥。Jobi轉頭看我，電光石火，眼神相對的瞬間，燦爛輝煌的爆炸，兩個異質的黑暗宇宙在小花做為傳導物質、溝通電波的億萬光年時間旅行後，接合了，成為無分彼此你我的一體。瞬間，我竟然迸生去吻Jobi的衝動，我渴望我的煙進入他的體內，而他的在我的裡面洶湧循環不休。

　　可是下一秒，或者還不及一秒的長度，Jobi已經翻身躍起，離開了我們的宇宙。他將小花壓在他陽剛黝黑的身軀底下，天地彷彿也跟著翻轉過來，雷聲隆隆，窗外雨勢加劇有如一場星際大戰，甚至推開窗簾在房裡侵土占地，我亦隨之霍然坐起，然而，我感覺到有一股從虛空中誕生、壯大的風勢朝我吹來，遠遠地，用時間啃食萬物的速度在微如塵屑的瞬息之間撼動我，將我吹走，推進宇宙最黑最暗的深處。我就在自己孤獨的宇宙裡，觀看著這個房間內雷電交加的性愛劇碼，並且逐漸意識到，不知道從什麼時候開始，我便已經被設定好坐在這裡，保持這樣的姿勢，旁觀所有情節的生成與寂滅了。小花親吻我的脖頸胸口，我舔舔小花的耳朵，但我從未真正進入過小花；我擁抱小花，小花亦擁抱我，但我和Jobi從未相互擁抱，赤身裸體的時候，我們總是技巧性避過彼此。

　　小花向我打手勢。

　　我便熟練地拿起床頭櫃上的杜蕾斯，穿越億萬光年遞給房間裡的她，然後回到我的黑洞裡。就像是久而久之我們都開始遵守的不成文規定，我們的三P關係，這一切只是因為情勢使然不得不然，一開始，我是為了陪伴Jobi替他壯膽而來，等Jobi的膽子大了以後，卻無法輕易毀棄哥兒們的道義。但命運早在所有的情理法之前便先一步決定好我們，在該分配給我的那一位女孩永遠缺席而Jobi已先一步上了小花之後，我便只能成為這一場性愛輪迴中的輔助工具，或者，尷尬的存在，或者，或者還有些別的什麼，什麼別的，或者或者，我為什麼不先行離開？

　　於是大麻。還好大麻。煙霧蒸騰繚繞之中，讓我們暫時忘卻彼此皆是各不相干卻又被迫共處在一狹小時空中的無奈，無奈的存在，存在之空無。因為空無，在大麻中，沒有分別，我們以為我們是一體的，我們忘了存在，而只是存在，我們就是整個，就是世界本身。

　　然而我又怎麼能忽略那具正俯伏在小花上面的血肉之軀，他正動作著，往前加速著，飆著，那是一個由幾何線條、物理機制組合起來的有機物，生命，在我之外的，存在，與我有所分別，擁有我所不能擁有的，我所不能碰觸的。我激動起來，我並非虛構，我將手往下方探去，終於我也碰觸到一種外表堅硬內在湧動的真實，我緊緊掌握著它，這真實若有一絲一毫的所謂意義的話，那意義也是稍縱如游絲的，我必須，絕對，緊緊捉住它迸現的一刻。雷電風雲，然後降下大雨。來了，Jobi釋放了它，而小花張開一層薄薄的膜，阻絕了它的入侵。我看見小花的眼神，而她也看著我，我知道，小花明白這一切，小花是宇宙之母，斂目低眉，便看見了每一顆星球、每一個星系在出生的那一刻起，將永遠孤獨。她明白，明白而不安慰。

　　愛華大旅社，Love Hana Hotel，成為我們的老地方。每一次放假而懶得舟車勞頓回去那個不到二十四小時就得閃人的家的時候，我們就來這裡，付上兩百、四百，找一間房，把身體丟進去，尿尿，大便，然後洗乾淨。看電視，電影台、都會台、台灣台、幼幼台、體育台、鎖碼台。喝酒、吃食、呼麻、睡覺。call小花來做愛。做愛。做愛。

　　為什麼一定是小花？

　　有時候，恍然以為，日子無妨可以這樣一直過下去，無需等待所謂退伍，無需面對退伍以後所謂現實，其實我們不需要家人，我們用不著什麼未來，那麼，我們也許就不會老。只不過，安穩無聊中偶爾會生出一些疑問，看似重要卻又好像並不重要的，譬如，為什麼一定是小花？

　　「為什麼一定是小花？」我想起不知道第N次小花不能來的時候，我對Jobi說那找別人吧，Jobi卻回說不用了突然覺得累，便倒頭往床上一躺。那一次，我們結結實實毫不浪費睡完幾百元的時間，

沒多花錢。後來有一回，我們人已進房，櫃台call電話來說小花臨時有事不能來哩，要不要叫別的小姐，Jobi對話筒吼了一聲幹伊娘便掛，我這才意識到不知不覺間只能是小花了，並且將之化為疑問句，問Jobi。

「啥？」Jobi不知是聽不懂，還是裝傻。

「我是講，你是按怎一定要找小花，不是小花你不要？」

「屎啦！哪有？恁爸有錢還怕找無查某來開？」

Jobi理直氣壯辯駁完，卻剩下良久靜默，遲遲沒有付諸行動。我等著。然後，他附在我耳邊，把台語轉換成國語，房間明明沒有別人，卻用蚊子般的聲音說，啊你不覺得換來換去很像狗，路邊隨便找一隻就可以做，而且現在那個病那麼流行，萬一中鏢怎麼辦？隨即他大力拍了一下我的背，音量隨之誇張成起床號的廣播放送似的，不知道是要虧我還是自我解嘲：「蘇愷！你讀書人看不出來這麼色喔！」

我當然不相信Jobi掰的理由，但是我習慣了，習慣了一定是小花，必然是小花。反正我的女孩已經永遠地缺席了。再有後來，小花沒有出現的時候，看著電視機裡的咿咿哦哦，Jobi竟然就掏出手槍自己打起來，好像無視於我的存在，好像在軍中洗澡時既已裸裎相見過所以自然見怪不怪，或者男性之間對這種事本來就該理所當然。我自然沒有對此表示任何大驚小怪，就按照Jobi以為我該表現的那樣，不過我也沒有跟著Jobi一起打起來。

Jobi打手槍的時候，我並不留在床上，我總是起身，走到窗邊，掀開窗簾，看著窗外，有時，在所有鐵皮屋頂、水塔與電視天線的盡頭，我會看見一縷煙，有人在焚燒著什麼，煙裊裊曲折地升入南部廣漠荒寂的天空。沒有風的時候，煙會呈現一直線，筆直而毫無歪斜地插入天色之中，不過那不太可能，我從未目睹過。

也有什麼都不做的時候，那時我們離開旅館房間，小花帶我

和Jobi搭上區間電聯車，兩三站十來分鐘就到達小花口中所說的故鄉，北迴歸線經過的小鄉鎮，鎮上還設了一個紀念館以為標誌。小花領我們去看那個宛如外星飛碟突兀地降落在地球上的建築體，她說剛剛蓋好的時候這裡是個長雜草養蚊子的地方，只差沒鬧鬼，這幾年來卻開張了咖啡座、販賣部，還精心規畫了廣場、戲水區、室內室外展示區，弄得富麗堂皇，好像被北迴歸線烙印的土地是多麼重要的一件事一樣。

的確，北緯23.5度，太陽在北半球直射時所能夠到達的最遠的位置，每年陽光直射北迴歸線的那一瞬間，北半球便正式進入夏季。北迴歸線通過之地多是沙漠，阿拉伯沙漠，撒哈拉沙漠，墨西哥沙漠，我們的島因此堪稱是沙漠上的綠洲，田陌縱橫，物產豐饒。Jobi生硬地，背誦地理課本般唸出導覽解說牌上的文字。

然而，烈陽正當中，從清光緒年間立的北迴歸線遺址，到近年修建的第一至第六代地標一字排開，這其間卻無一個人影，連一個前來戶外教學認識這個在天文地理生物等地球生態上皆有所謂重大意義的分界的小學生身影也沒，樹影矮小，鄰近鐵道上火車過站不停，曾有的北迴歸線車站貨運功能早已廢棄經年，飛碟建築正前方的道路通往機場，只是聽說就連機場也在高鐵完工後即將面臨關閉，就剩下路面上三兩摩托車如沙漠駱駝噓喘緩慢地前進。我試著想像，有一條線在我所站立的地上筆直通過，跨過這條線，就是熱帶，就是南部了。所謂熱帶，所謂南部，應該和北方、溫帶與亞熱帶有著什麼樣本質上或立場上的不同吧，然而沒有，或者我看不出來，抬頭的時候，我只看見從北方延伸而來的天空輕易越過南方如無垠的沙漠般向更遠的遠方綿延而去，真的我一點也看不見，那條不存在的線。

「走吧。」小花說，一點也不值得留戀的口氣。

往南走，那裡有糖廠。可是，糖廠在哪裡？小花帶我們走進的

是一整片人高的草叢，和遼闊如迷宮的雜樹林。我們在迷宮裡穿行遊走，轉頭之間偶爾會撞見一幢門窗緊閉的官式宿舍，或成排連棟破落朽爛的日式平房，當然是沒住人了，住鬼還差不多。糖廠，不是應該有一列列載運甘蔗的小火車，還有高聳入雲的噴吐著有甜味的煙霧的煙囪嗎？我發出疑問。小花懶得回答，但她的眼神說白了，阿娘喂，你說的是民國幾年的事情啊，我出生以後糖廠就差不多是這個樣子了，糖廠不是真的有糖廠，它指的只是一個叫做糖廠的地方，你以為豬母寮就會有豬母嗎拜託。Jobi狠狠在我後腦杓拍一下，讀冊讀到卡胛膀去喔，他嘲笑我。其實我知道的，我知道時間的道理，只是當小花說出去糖廠的時候，我真的恍然以為，原來這個世界上還有這種地方存在，有小火車，有煙囪，我只聽說但從未親眼目睹過它們的消失，所以搞不好它們其實還在原地瞞著世人日復一日運作著。

那裡，小花喊。那麼，真的有，我心想。順著小花所指的方向看過去，一棟巨型建築在落日餘暉中龐然矗立。那裡有賣冰，糖廠出品的冰，冰棒，冰淇淋，各種口味。霓虹招牌亮起，台，糖，超，市。那就像是城市裡常見的家樂福或大潤發一樣，零食區，生鮮區，五金區，日常用品區，人們可以在那裡買到維持生命所需要的一切配備，並且無須訝異，台糖只是一個商標，它也可以指涉加油站，指涉蜆精，指涉萬事萬物。我們在專賣糖廠冰品的冰櫃裡各自揀選一樣，我桂圓，小花紅豆，Jobi則是酵母，Jobi說吃起來就像小時候吃健素糖一樣。Jobi小時候也吃健素糖嗎？健素糖不是跟糖廠一樣久遠的事情了嗎？小花好奇搶著向Jobi挖一口來吃，隨即跟著舌頭吐了出來。

我們在超市前的廣場找了位置坐下，慢慢吃冰。廣場布置成園遊會的樣子，一個布棚連著一個布棚，大紅布條印寫著全國農特產品展銷會，賣的卻不外是南部夜市裡隨處可見的熱狗黑輪臭豆腐烤

香腸和巨無霸霜淇淋，日斜西，攤子都收得差不多了，獨留我們在廣場上舔食冰棒，彷彿舔食著最後的甜美時光，Jobi霸王硬上弓咬了小花的紅豆冰棒一口，小花笑著一直打他，一直打他，也一直笑著。一對年輕的爸爸媽媽推著滿籃推車，牽著一雙幼兒女從超市裡走出來，叮咚，經過門口遊樂器材的時候，哥哥不肯走了，是那種投下一枚十元硬幣就會無厘頭地前後上下搖晃一陣子的電動遊樂器，顯然剛剛走進店裡之前，爸爸就已經先答應過哥哥了，現在他得履行承諾。哥哥既然有了，妹妹當然也要，於是各投十元，哥哥乘著米老鼠，妹妹抱著唐老鴨，一前一後自以為是地飛行起來。我一直以為，機器啟動的一剎那會跟著飄出〈小小世界真奇妙〉之類的童謠，沒想到竟是張學友的老歌，〈吻別〉。

我和你吻別，在無人的夜，讓風癡笑我無法拒絕……

我和你。我和Jobi，Jobi和小花，小花和我。我在想，N年後，Jobi和小花會不會也成為那對年輕的爸爸媽媽，帶著他們的一雙兒女摩托車四貼來到超市，或許不，也許那時Jobi賣大麻賺翻了早已成為大亨開的是BMW，但尿布洗髮精浴廁清潔劑優酪乳醬油火鍋料特價麵包總是需要的，所有維持生命需要的配備就這樣塞了整整一車，哥哥唐老鴨，妹妹米老鼠。該死，那個永遠缺席的女孩究竟是誰呢？

「妳怎麼會想做這個啊？」Jobi突然問，他的酵母健素糖已經吃完了。

小花的冰棒棍含在嘴裡始終沒有抽出來，叮咚，之後靜默。等小花把冰棒棍抽出來的時候，冰棒已經沒有了。國中學姐介紹的啊，小花的口氣好像在說國中學姐介紹給她一帖可以輕易治好經痛的藥一樣，她們說不會很難而且很好賺，真的不會很難，而且真的很好賺哩，小花說著笑起來，拿冰棒棍去戳Jobi的額頭，Jobi躲開了。我現在也都會介紹我學妹她們來賺耶，小花附註。天色就整個

暗了，黑了，黑暗太空中，有紅色與藍色光芒交錯飄動彷彿極光，倏生旋滅。我站起來，路的盡頭看見一台警車，經過了，夜間巡邏。

可是，等了很久，這一次，似乎連小花也要缺席了。手機call她不到，問櫃台也不知去向，小花不來總會先說的。我看見洗過澡只圍浴巾的Jobi裸裎胸膛上，水滴漸漸被空氣吸乾了，卻又漸漸再度冒出來，那是汗，熱，悶，於是發現這次我們所在的房間，沒有窗戶。那麼，唯一的出口只剩下電視了吧，打開，MTV台，節目名稱《妹妹看MTV》，一個馬桶蓋頭的卡通少女專門挑些再也不流行的流行歌來眉批，講些不太好笑的笑話。妹妹正在眉批的歌是李心潔的〈裙襬搖搖〉，99年的歌，哇靠，1999年，李心潔不還是個少女嗎，怎麼轉眼已經是上個世紀的人物了，也就是說，我聽著這首歌跟著搖頭擺腦的青春至今也快溢出十年的時光，搖滾已老。

喂，李心潔欸，聽過沒？我用手肘推一推Jobi。

知道啊，專門演鬼電影那個。鬼后嘛！Jobi連眼皮都不肯抬一下。

媽呀，不過也才區區十年，少女也都盡成鬼了嗎？我心酸地想，不甘心，再推推Jobi。不是啦，她以前，一開始是唱歌的，你看，〈裙襬搖搖〉。我喊。

Jobi勉強撐起身體來，朝電視瞥一眼，我想他什麼都來不及看到，頭一仰，馬上又倒臥在床鋪上，累到爆的樣子。原來，又何必要漫長的十年光陰呢，不用一年三百六十五天，Jobi就再也不復當初小花進場時驚嚇得從床上彈跳起來的Jobi了。只不過，Jobi不識李心潔，又如何能了比那更老更遠的Bon Jovi呢？

於是，自己一個人，輕輕搖晃身體，跟隨電視上的少女鬼后低低吟唱起來。自己一個人。今年夏天你不再愛我卻送我一條花花的裙……裙襬搖搖，我突然開竅，我愛你從來不懂花巧……你是否還

記得你說過，愛我的酷，喜歡我胡鬧，你喜歡看我穿牛仔褲……

Jobi躺著，動也不動，要不是睡著了，那便是，死了。

但他隨即坐起，一把奪過我手中的遙控器。吵死啊，足歹聽吶。

轉台。

新聞台。最新消息，警方破獲一個專門以吸納未成年少女從事色情的賣淫集團。電視上幾個被當作主要嫌犯的男男女女頭低低的，其中一個，好像，小花。鏡頭轉換，對準小花，特寫中，卻突然又有些不像小花了。那女孩掩面啜泣著，反覆著幾句話，我不知道，我什麼都不知道的，我也是被騙的，都是他們逼我的，我不知道，我真的不知道。鏡頭攀近，女孩的臉從螢幕上失焦模糊散去。記者稱那女孩為吳姓嫌犯，所以，是吳姓嫌犯，不是小花囉？警方從吳姓嫌犯住處起出大批大麻，現正深入追查毒品來源中。知道。不知道。

然後是電視遙控器被摔在牆上炸裂的聲音。

幹！破麻！Jobi起身大步往浴室走去，摔上門，我知道他想掩飾他的憤怒，他的不知所措，他的難堪，種種種種，但是房間和浴室之間只隔著一道玻璃，他不能，他無所遁形。我站起來，看著他，他的浴巾在半途上掉落了，因此我可以看見他全裸的背面。他將雙手撐在洗手台上，也許不這麼撐住的話，他就會倒下去。他的頭低低的，整個背脊劇烈起伏。我不知道他是不是在哭。

我在想，我是不是應該走過去，張開我的雙手，從他的身後環抱住他，把他轉過來面對我，然後我會告訴他，他可以哭沒關係。我抱住他讓他在我的胸膛上，在我的懷裡哭，他的眼淚流下來，沾濕了我的胸口，滲進我的皮膚，一直一直進到我的最裡面最裡面。於是我的身體裡也就有了Jobi的悲傷，而不只是煙，不只是歡愉，不是什麼都沒有。

　　我沒有這麼做。我打開門，離開沒有窗戶的房間，穿過走廊，走下樓梯，走出旅館。外頭陽光刺目像硫酸王水要把人融化，沒有風，一絲都沒有，有直升機的聲音轟轟，是轟轟，不是嗡嗡，那直升機簡直就是貼著人的頭頂飛行。我沿著街道走，不在乎陽光是否即將把我融化，融化就融化吧，頂多化為一團煙霧，沒有了就沒有了，在那之前如果可以，我想走出這個城鎮，走到大路盡頭，那些層層疊疊的樓宇後面，我想到達那個縱貫線到達不了的地方，彷彿，不，不是彷彿，那裡才是此虛擬世界以外的真實。我想看看那縷煙，究竟是誰焚燒著它，是誰在向我不斷地打著信號？

　　裙擺搖搖，像隻小鳥……裙擺搖搖，蹦蹦跳跳……裙擺搖搖，讓風吹起我的裙擺自由的飛翔……我哼著唱著叫著，我沒有發現自己正哼著唱著叫著，我只是哼著唱著叫著。遠遠地，像有什麼墜落的聲響，遠遠地，我看見一縷煙，筆直地，似動也不動地，翳入天際。我沒有回頭，而是筆直地，繼續往前走去。

許榮哲

小說時鐘

作者簡歷

小說家、編劇、導演。

台南下營人。台大生工所、東華創作所雙碩士。

曾任《聯合文學》雜誌主編,現任「走電人」電影公司負責人。

曾入選「二十位四十歲以下最受期待的華文小說家」,目前於綠光表演學堂、台灣文學館、台灣科技大學,擔任小說|劇本|電影|桌遊等講師。

文字作品有《迷藏》、《小說課》等十餘種,有六年級世代最會說故事的人的美譽。曾獲時報、聯合報、新聞局優良劇本獎等獎項。

影視作品有公視「誰來晚餐」等,曾獲台灣大哥大微電影最佳紀錄片等獎項。

耕莘與我

1999年,我二十五歲,研究所剛畢業,錢多事少離家近地留在學校當研究助理,心底想的卻是我要離開這兒,成為另一個人,雖然我還不知道那應該是怎樣的一個人。

約略是一個木棉花開滿羅斯福路的時節,我百無聊賴地騎著黑色迅光125從台師大附近的耕莘文教院晃過,意外地瞥見了當年度的耕莘青年寫作會招生簡章。簡章上,像夏夜螢火蟲一樣亮出來的是那些我從沒聽過的小說家、詩人,這些離我比草履蟲仰望織女星還要遙不可及的夢幻稱謂。

正是那一天,我決定以一種一刀兩斷,頭也不回的方式,澈澈底底逼自己離開,成為另一個人。

後來,我在耕莘得到第一個文學獎、第一次擔任文學講師、第一次組織文學營隊,陪著耕莘走過最艱困,也最美麗的一段時光……我真的如願變成另一個人。

世界沒有耕莘,世界依然轉動;許榮哲沒有耕莘,許榮哲如夢一場。

小說時鐘

已經七十二小時了，父親您仍沒察覺異樣嗎？

我悶悶地坐在櫃檯前，嵌著二吋焦距的單眼放大鏡，手拈四號螺絲刀，就著澄黃的檯燈，有一搭沒一搭地拆卸一支報廢的老錶，心底猶豫著要不要把時間再調快或轉慢一些。

會不會完全失敗了？

後來，我還是撇下手邊已然支離破碎的時間，拿起遙控器隨意按轉電視，但無可遁逃的，這個世界上所有大小事都跟時間有關。

此刻，電視正播放一則體育新聞：一路風馳電掣的越野機車，正流利地準備通過最後一個彎道，但我心底的喪鐘卻突地蹦出來倒數計時，因為某個命定時刻已經啟動了——播出這則預錄新聞之前，主播補敘了這麼一段話：國際年度盛事，○○越野機車賽，××在通過最後一個彎道時打滑，摔出跑道，意外喪生。所以我現在收看的其實是一則預知死亡紀事的賽車新聞，亦即不管此刻賽車手轉彎的弧度多麼流暢、壓車過彎的技巧多麼無懈可擊、人車跑道三者簡直柏油過熱那樣幾近完美地溶在一塊兒，以致讓人錯覺那根本就是一幅叫「壓車過彎」，影像處理過後掛在美術館裡讓人佇足欣賞的時間凝止瞬刻……，都已經是一場無可挽回的最後演出了。

這則新聞在主播岔出那樣一段話之後，瞬間成了一篇倒敘的小說，電視機前的觀眾在跑道上預先看到一些高速刮摩過的星火，隨著賽車引擎昂昂亮響，準備壓車通過彎道時，觀眾的心都懸在那兒，心底不自主地喊著，他就要打滑了，他就要摔車了，他就要喪生了……時間開始倒數：五、四、三……

滴答、滴答、滴答……，我是個鐘錶匠的兒子。

　　和父親一樣，我喜歡修錶，厭惡賣錶。

　　記憶裡，父親總給我一種成天嵌著單眼放大鏡，手拈小鑷子，窩在角落裡，就著頭頂一粒懸吊下來亮澄澄的燈泡，埋頭在時間小人的肚腹裡，挖填埋補、施工的印象。

　　每回父親修錶，我便會拿張塑料板凳坐在一旁，雙手支頤靠膝饒有興味地看著父親。母親老糗父親：「死老猴，好好ㄟ頭家不作，歸天玩嘿什麼咪仔……」偶爾，父親會抬起頭溫和地微笑說：「一樣地！一樣地！」然後又低下頭去。

　　父親每修好一支錶，便會要我戴上去「感覺」一下，就當時還是個孩子的我而言，錶鏈皆過於寬鬆，因此每每父親都像套玉鐲子那樣，無須解下錶鏈卡榫便直接往我手裡套。

　　「感覺怎樣？」父親問。

　　「是活的。」我討巧地答。

　　直到一支錶鏈穿不過我的手，那之後沒幾天，我收到一份驚奇的禮物。父親為我量身訂做了一張修錶工作桌，那簡直就是以父親的工作桌為樣本，等比例縮小的工作桌。

　　父親還拿了一套嶄新的維修工具和一支病入膏肓的錶給我。

　　「試試看。」父親笑著說。

　　過沒幾天，我把錶交還給父親。

　　「爸，你看。」我嘻嘻鬼笑。

　　錶上的秒針以一種怪異的姿勢一頓一頓地倒著走，像一隻跛腳的鵝。

　　父親看了先是一愣，隨即像是受了極大的侮辱一般，又斥又喝地抄起傢伙，不由分說地把我給狠狠痛揍一頓。

　　「把俺地時間還來，」父親暴怒地把錶往我臉上砸，「把俺地時間還來。」

　　有些東西是無能改變的。

我遺傳了父親對鐘錶的熱愛，但不包括時間的背叛。

這麼說吧，我時常有一種我其實就是一只活的鐘錶的錯覺，我甚至時不時便會興起和一屋子錯錯落落的時鐘較量的衝動。我之所以自認比這些僵硬的機械強的地方，在於我其實是一篇多線交錯並行的小說，而這裡的每一支鐘錶皆不過是一篇單線乏味沒有變化的小說。

說到小說，其實我也算得上是一名小說家。

不然我不會寫出一篇時鐘小說，不，小說時鐘。

「嘿，小說家老闆──」

「林海？」

半個月前，林海到店裡找我時，我正在和時間較量──一邊在櫃檯前做自己的事，哈氣擦玻璃櫃、拆卸一支客人送修的錶、有一搭沒一搭地瞥一眼電視新聞，一邊在心底倒數：三千六、三千五百九十九、三千五百九十八……，當我倒數到二千二百九十八時，林海走了進來。

「哇靠，你當真成了一名鐘錶行老闆了。」林海邊說邊環顧我一屋子各式鐘錶，他第一次到我這兒來。

「我本來就是一名鐘錶行老闆了。」

彎下腰，我從櫃檯底下拿出一只碗公大的透明罩，小心翼翼地罩在還沒拆卸完，現正分門羅列在一張B4白紙上的鐘錶零件，慎重的程度不輸一場未完待續的高級職業賭賽。

「不，你以前只是一名鐘錶行老闆的兒子。」林海湊眼仔細盯著透明罩裡，模型兵工廠一般，離合器齒輪、發條軸、軸橋螺絲……近百樣，樣樣都精巧的讓人嘆為觀止的細密零件。

林海是我大學辦刊物時的同學，現在是一家時尚雜誌的主編。

那一天，他突然跑來要我寫一篇小說時鐘。

「小說時鐘？」我近乎反射地問他：「篇幅多長？」

　　雖說林海主編的是時尚雜誌，但他們還是會固定刊載一些現代感較濃的小說，我曾幫他們寫過幾篇含沙射影的八卦小說。

　　「二十四小時。」林海說。

　　「二十四小時？等等，什麼意思？」我完全搞混了。

　　林海說，你是小說家吧！當然。我說。那你對鐘錶這玩意兒熟不熟？開玩笑，我不僅是一個鐘錶行老闆，也曾經是一個鐘錶行老闆的兒子，我一出生就跟鐘錶玩在一塊了，你說熟不熟？一支錶從拆卸到組合，我只要兩分又十三秒。

　　他說，這就對了！我們雜誌二十週年慶的時候，想隨書附贈一支既酷又炫的手錶，也就是我從剛才進門就一直在跟你講的小說時鐘。

　　「一支篇幅二十四小時的小說時鐘？」

　　林海搖搖我的肩，接著說：「沒錯，表面上它是一支計時的手錶，但實際上它是一篇小說。」

　　該如何製作一支二十四小時的小說時鐘？該如何用時鐘來寫小說？

　　林海走了之後，時間仍繼續倒數：……五、四、三、二、一，我迅速按下心底的計時按鍵。七秒後，嗚嗡、喔咿、叮噹、乒乒乓乓……滿屋子所有的鐘錶全齊聲怪叫起來。

　　三千六百零七秒，比一小時快了七秒鐘。

　　我心底的鬧鐘被林海突如其來的插敘給打亂了。

　　打亂的，還包括我的生活日常。

　　林海走了之後，一連好些天，我就一個人靜靜地坐在櫃檯前，愣愣地盯著牆上那座裝飾大過實用的巨鐘。小說和「時間」的關係這簡單，但小說和「時鐘」的關係是什麼？

　　牆上的巨鐘是座有二十年歷史的老骨董，頭頂著斗笠的老農夫懷舊造型足足有一個成年人身子那麼大，一隻手臂粗的稻草人鐘擺

來來回回吃力地擺動著，平均一天會比其他年輕小伙子慢上個把鐘頭，而且有愈來愈遲緩的趨勢。

我曾幻想過在那上頭寫一篇小說。

「不是有一種芒雕的技術嗎？」女友李婷在電話那頭說。

「小說時鐘不是那個意思啦！按妳的意思，隨便找篇兩三百字的最短篇，然後請位雕刻師傅刻上去就行了，何必找我呢？」

「那會說故事的錶呢？」李婷很認真地幫我想法子，但她完全沒進入狀況。

「妳還是沒懂我的意思，妳說的都是一些形式上的小說時鐘，我要的是本質上的小說時鐘。也就是說……，也就是說用時鐘屬性取代文字屬性寫成的小說。」

「時鐘屬性？」

「說來時鐘這種東西根本就違逆時間嘛……」

對，違逆時間的東西。

我闖進父親的房間。

父親的房間整齊清潔（或者應該說空無一物），在他決定搬進養老院之前，就已經把自個兒的房間給收拾得一乾二淨了，只留下床底下那只鐵箱子。

所有違逆時間的物事全被父親給監禁在一只冰涼的鐵箱裡，包括那支倒走的錶。

我搬出鐵箱，呵去上頭的灰塵，拿出那一支倒走的錶。

「把俺地時間還來，」父親暴怒地把錶往我臉上砸，「把俺地時間還來。」

我噙著淚，黯著臉把錶給拆卸下來，試著還原時間。我不明白素來溫和的父親為何突然發了那麼大的脾氣，會把好好的一支錶給搞成這副突梯古怪樣，不過是個意外，也因此我並沒有能力將它還原。反反覆覆拆卸、裝填，試了十幾遍之後，又急又累又想哭的我

唯一想到的方法是：將錶反過來，並將錶上的數字對調。

於是，我將錶上的刻度一個一個刨挖下來，然後將12和6對調、將1和7對調……。

鐵箱裡除了幾支標新立異的怪錶之外，還有一本書。

一本叫《抓時間的人》的怪書，書裡提及這麼一段有趣的歷史，它的標題是「永遠失落的十天」。內容大意是：以太陽年計算時間的曆法出現謬誤，因此大不列顛及其屬地通過立法，將1752年9月2日之後的十天從曆法中除去，因而9月2日過後，便是9月13日，時間一下子消失了十天。

對於曆法如何計算又如何修正，我一點興趣也沒有，我感興趣的是當時人們對時間突然消失的反應。

其一：報刊上的論壇文章。

檢察官先生，我在極度困惑中寫信給你，希望閣下能幫我理出頭緒，要不然我一定會發瘋。為什麼會變成這樣？昨夜我睡覺的時候，明明是9月2號，怎麼早上八點我一張開眼，就變成9月13號了呢？怎麼會這樣？莫非我在幾小時之內睡了十天？

有人告訴我這是政府的新規定，雖然我對政府一直尊敬有加，但我還是要說，我總覺得有些事是政府做不到的，如果您問我是哪些事，我要說，消滅時間就是其中之一。

其二：自殺者的日誌。

一日：幾經思量，終於還是下了一個痛苦的決定，並開始著手寫遺囑。

二日：雖然遺囑寫完了，但仍反反覆覆地修改了一整天。

十三日：凌晨，吊繩都已經套在脖子上了，我才意識到如果選在此刻上吊自殺，那我不就是死於一個消失未明的時間點嗎？那我這樣子究竟算不算死了？

這大概是人類史上第一次察覺到時間並不可靠吧，翻到《抓時

間的人》最後一頁，是父親用鋼筆手寫的幾個歪扭暈糊的字跡──
時間真的會殺人。

　　時間真的會殺人？父親指的是錯亂的外在時間嗎？

　　那內在時間呢？

　　已經九十六小時了，父親您難道仍沒察覺異樣嗎？

　　每個人體內都有一只時鐘，我完全相信這回事，並且隨時隨地
可以為它取得印證。像我今早攤開報紙，便看到一則關於某醫院護
士因為看到病人上吊自殺，因而嚇得智能一下子退化至八歲的新
聞。報紙上，這個手抱洋娃娃，看來無比天真的護士自行將體內的
心理時鐘往回撥，撥回到一個生命最平和的時刻。

　　我也有許許多多可以任意往回撥的生命時刻。

　　三點十七分。

　　十三歲，暑假第一天，下午三點，我們相約一起去跳河自殺。

　　那年我國一，一個坐在我隔壁，成績不知怎麼了永遠倒數第三
的傢伙，在發完期末考考卷，素來以殘虐聞名的導師對我們咆哮完
「你們全都去死一死好了」之後，隨即傳來一張揉縐的紙條，上面
歪歪扭扭寫著：我們全都去死一死好了。

　　就這樣，這個成績倒數第三（後來我們都叫他「倒山」）的傢
伙竟然不可思議地募集到九位男同學陪他一起去死，九位成績排名
二十九、三十七、三十九、四十一、四十二、四十三、四十五、四
十六（我）、四十七的男同學之所以願意跳河自殺的最大動力是：
讓老師也死一死。

　　我們一死，老師就完蛋了，嘿嘿……。倒山同學說他已經錄好
遺書了，他還當場放給我們聽。

　　你們全都去死一死好了！你們全都去死一死好了！你們全都去
死一死好了！……錄音機裡傳來倒山同學將導師的氣話偷錄下來，
然後再對拷過來、對拷過去，接力似的，最後錄成跳針一般不斷重

複，突梯古怪卡通化的一段話。

「這就是最有力的控訴。」倒山同學對著大夥激動地說。

那時，不知道為什麼我對死並不畏懼，我恐懼的其實是水，我很想告訴倒山同學，我們可不可以換一種死法，但我終究沒能說出口。因此，相約跳河的前幾天，我還天真地在家裡找來一盆水，悶著頭沒日沒夜地練習在水中憋氣，練習將自己全身上下的孔洞給關閉起來，讓水進不了我的身體。

我甚至還向父親要來一支不會滲水的錶。

為什麼是父親，而不是母親？我的記憶裡完全沒有為什麼那幾天母親不在家的印象，不然我絕不會開口向父親要錶，尤其在他為了一支怪錶而莫名其妙地揍了我一頓之後。時間消失了，像《抓時間的人》一書裡提及的，時間突然頒布了個新曆法給自己，以致於我的記憶日誌裡完全沒有那幾天母親去了哪裡的印象。

好，明天給你。自殺前三天，父親說。

好好，明天給你。自殺前兩天，父親說。

好好好，明天給你。自殺前一天，父親說。

就這樣，在我出門去自殺前一小時，父親才敷衍地從抽屜裡拉出一支有時針分針秒針的大人錶給我。這很貴喔，不要弄壞了。父親分不清是嚴正還是玩笑。

帶著父親給我的不會滲水的大人錶，我出發去自殺了。一路上，我心慌地想迅速學會如何在一眼之內辨識出時間，意即訓練出那種眼一瞥即知現在幾時幾分幾秒的能力，用慣電子錶的我對這種只有指針的錶充滿不安全感。

直到自殺前一刻，我還是不覺得死亡有什麼好恐懼的，我只覺得能和這麼多人一起死，讓我有一種泫然欲泣的壯烈感，我們一定會上電視的。我們九個人站在河岸上排成一列，你看看我我看看你，最後倒山同學說，數到三，我們就一起跳。

　　那一刻，我心底最不安的是：我能否在一眼之內辨出時間。

　　一、二、三——跳。

　　噗通噗通噗通……大夥二話不說，真的同時跳了下水。只有我遲疑地望著手腕上的錶，天啊，三根指針居然同時絞在一塊兒，三點十六分十六秒，我完了。

　　噗通——，我比他們晚了一秒鐘跳下水。

　　我怕水。在水底，我使盡全力將自己關閉起來，我知道自己可以憋水五十秒，因此我在心底默數，到了約略四十秒的時候，我迅速張開眼瞥了一眼手腕上的時間。什麼？才將近二十秒，恐懼的時間果然走得比較慢，我又閉上眼睛，又默數了二十秒，直到我完全耐不住了，才再次張開眼睛一看。完了，不行了，時間才過三十秒不到，如果我這時浮上水面，而水面上恰好只有我一人的話，那麼我不就成了叛徒。不行，我又重新將眼睛閉上，我告訴自己得再忍耐個二十秒，我用僅剩的一點點意志力將身上的孔洞全部關閉起來，然後把體內的時間調慢再調慢，再然後……我昏厥過去。

　　當我醒過來時，另外那八個傢伙圍著我吃吃的笑，嘰嘰喊喊的用手肘推來推去，並且小聲的說，ㄏㄡ，他不會游泳喔，差點害死我們。

　　我看了一眼手腕上的錶，忍不抽抽噎噎的哭了出來，我傷心的其實並不是他們耍了我，而是父親給我的竟然是一隻會滲水的錶。

　　指針永遠停在霧濕的三點十七分。

　　在生命最關鍵的一刻，時間竟然背叛了我。

　　像《抓時間的人》一書裡提及的自殺者一樣，我同樣無法忍受在生命最關鍵的時刻，居然踩在一個消失的時間點上。

　　背叛的時間？我想到一個點子。

　　我拆卸一支運作正常的錶，然後以十分鐘為單位，將這個十分鐘調快1.2倍、下個十分鐘調慢0.7倍、夜裡十二點時讓時間不經意

倒流十分鐘、凌晨三點整的時候讓時間消失十分鐘，然而一整天下來，時間加加減減還是二十四小時。

戴上這支錶的人將會不知不覺地以我設定的小說節奏過活，調快變慢、倒敘插敘、跳接蒙太奇……他們的生活步調將產生微妙的變化，但應該沒人會察覺或發生什麼意外，因為說穿了，對一般人而言這不過是支「壞掉」的手錶。

但對一個小說家而言，這支壞掉的錶搬動了一些看似微不足道的細節，調暗或轉亮了部分眼睛辨識不出的生命色調，雖然表面上沒什麼戲劇化情節發生，也改變不了什麼大不了的人生終局。

如何證明這是一支小說時鐘呢？父親，您是最佳的實驗人選。

父親，在您因為時間感澈底崩潰而決定自行搬進養老院之後，我才慢慢察覺到您遺傳給我的不只是對鐘錶的熱愛，還包括了時間的背叛。

父親，後來林海打電話告訴我，小說時鐘這個想法太瘋狂了，還是寫篇時鐘小說實在些。父親，那時我手底正捏著一支小說時鐘，但我只是陪笑地同他說，對啊！這怎麼可能，根本是刁難人嘛！然後我們都笑了。

再然後，像套玉鐲子那樣，我將小說時鐘往您手上套，一如當年您第一次為我戴上手錶一樣。父親，這次我同樣無須為您解下錶鏈卡榫。

為了公平，我抓著父親您癱垂的手為我自己戴上另一支小說時鐘。

還有十秒鐘，就一百零八小時了……四、三、二、一，我迅速按下心底的按鍵。

嗚嗡、喔咿、叮噹、乒乒乓乓……沒有任何意外地，一屋子所有的鐘錶全齊聲怪叫起來，唯獨老農夫巨鐘仍固執地走著自己的時間。

父親，已經一百零八小時了，您難道仍沒察覺異樣嗎？

李儀婷

走電人

作者簡歷

擅長散文、小說雙修。東華大學創作與英語文學研究所畢業，是台灣六年級最有史詩敘述魅力的小說家。慣以男性的觀點述說故事，擁有最能撼動人心的魔術師美譽，是當代最被期待的小說家。曾任《男人幫》雜誌編輯、四也出版社副總編，現為耕莘青年寫作會駐會導師，走電人電影公司總監。

耕莘與我

2000年認識進入耕莘，擔任輔導員，此後每一年的耕莘活動，我成了固定班底，但每年耕莘的活動，總讓我有一種走在電線上的危險感，就彷彿走電人一樣，因為輔導員的人數遠比參加活動的成員多太多。這樣的情況，直到2005年，我提議舉辦以「搶救新秀再作戰」為名的文藝營，耕莘青年寫作會於是創造出第三次的文學浪潮，如今，每每走進耕莘社團的辦公室，就像回家一樣溫暖熱鬧了。

走電人

在十三歲之前，我還是個男孩。

那時，我阿公經常指著我全身髒兮兮又破爛爛的衣服，說，「我做走電是工作，沒得選，但是汝一個好好的女孩，卻跟男生一樣整天爬電線桿，不像話。」

我不太清楚我阿公到底想說什麼，因為阿公每次罵完之後，他就會想起他的衣服或工具還掛在村裡的某根電線桿上。阿公會用大手把我的頭一轉，指著村裡某一根電線桿，「看到嘸？」我點點頭，然後阿公就會像是拍打小馬那樣拍打著我的小屁股，說「緊拿下來。」阿公說，不趕快把掛在變電箱上頭的東西拿下來的話，電線很容易短路，要是造成整村跳電的話，他就有得忙了。

於是，我又去爬電線桿了。

阿公是個看起來讀過很多書的人，但是他的身上卻有一股聞起來刺鼻的焦味，村莊裡聞過的人，都說，「那是電ㄟ味」。

每天，阿公都腰掛修電工具的腰包，胸前綁一條粗麻繩，然後像猴子抱大樹那樣，利用麻繩一勾一拉，俐落的把自己帶到電線桿的最頂端。

阿公如果不是在村頭的電線桿接電，就是在村尾的電線桿上剪電。每天老舊更新的電線總是很多，所以阿公在電線桿上走電的時間，總是比在地上走路的時間長。

如果村子裡所有的電線桿上都找不到阿公時，那他肯定是順著村裡電線桿上的電線，走到別的村莊去了。阿公說，做這一行像巡田，只要有電線的地方，都該去巡一巡看一看。但是奇怪的是，阿公走的電，都是私電，沒有一條是經過安全局蓋章保證安全的。

　　阿公住的村落很熱，在屏東靠山的鄉下，阿公說，要不是他做的是走電的工作，這個地方根本不是人住的地方，因為每次別的地方在下雨，這個地方不是出大太陽，就是刮起會咬人的風，把人的皮膚和農作物都咬得燒焦。我問阿公，在那種會把人燒焦的風底下，就適合在電線桿上工作嗎？阿公的回答很妙，他嘿嘿笑著說，就是因為這裡的太陽很大，電容箱才容易被太陽燒壞，這樣他就不怕沒有工作可以做了。

　　這裡除了熱，就屬鳥屎最多。

　　在我們這個村莊裡，除了有海鳥盤據，也是賽鴿的必經之地。鴿子從別的城市聽到比賽的槍響，啪啪飛出海，然後在海浪最高的海際線折返回來。我不知道那些鳥是怎麼把這麼複雜的飛行路線，記在葡萄乾似的腦子裡，也不知道牠們飛完全程之後，會不會有人像阿公罵我不像個女孩那樣，罵那群鴿子整天只知道飛，無所事事。我只知道鴿子群只要順著海風，從屏東的海邊飛進村莊時，天氣就會變成陰天，而且很快就會下雨。

　　這種雨下起來的時候，整個村莊都會變色，不只地面、屋頂，甚至晾在庭院的衣服，只要被雨滴淋到，都會變成綠色，而且其臭無比。

　　那是鴿子大便。

　　每次在下大便雨的時候，我都會看見阿公的眼睛在發紅。我以為阿公是在生氣，就拍拍阿公的背說，「天一黑，等鴿子睡覺之後，臭雨就不會再下了」，要他再忍忍。但是阿公卻咧著嘴，嘿嘿的說：「妹仔，這麼好康的雨最好永遠不要停。」

　　鳥大便真是一樣不可思議的東西，我原本以為鳥屎應該很令人討厭，但是我阿公住的村莊，每個人一看到綠色的大便雨來了，就像看到寶。整村的人都會帶著玉米、鍋蓋、電網，循著鳥屎，說是要上山慰勞鴿子的辛勞。阿公在還沒做走電的之前，不僅是慰勞團

的基本團員，還曾經獲選好幾屆的團長，帶頭上山勞鴿。

每次阿公慰勞完鴿子的辛苦之後，都會順便帶幾隻迷路的鴿子回來。我問阿公，鴿子都是用飛的，有可能迷路嗎？那時阿公正在看鴿子腳上的腳環，準備打電話給鴿子的主人，要把鴿子送回到主人的手上，聽到我說的話，阿公就用電話敲我的頭，「把妳的手砍斷好不好？」我說不要，痛死了，阿公就說，「那就對了，妳不會飛，都不肯把手砍斷，鴿子就算會飛，也是會迷路的。」

我沒看過像阿公這麼有愛心的人，後來我阿公好像因為太有愛心，連同迷路的鴿子一起被請去警察局接受表揚，而且一表揚就是好幾天。

我阿公從警察局回來的那天，我問他，「迷路的鴿子呢？怎麼沒有一起回來？」阿公臉色很難看，說，「牠們翅膀硬了，都飛走了。」那天阿公喝了很多酒，最後還爬上電線杆，大罵那群鴿子的主人忘恩負義。我從來沒看過阿公喝那麼多酒。酒醉的阿公最後還被漏電的高壓電電到，整個人倒掛在電線上一整夜，沒人發現。

大概是從那時候，我阿公身上開始流有電的氣味。

我阿公是個有情有義的人，被高壓電電到之後，為了感謝高壓電沒把自己電死，立刻做了走電人。做走電的，每年總是會電死那麼三五個人，遇到修大電塔的時候，那就熱鬧了，一漏電，就是像串烤小鳥一樣，電線上經常電死一串人肉棒。

但是說也奇怪，自從阿公在電線杆上喝酒醉，被高壓電電到之後，他就再也沒被電過了。

我媽懷我那年，走投無路，只好挺著大肚子回到屏東找阿公。我媽一見到阿公，立刻放聲大哭，一聽到我媽哭，阿公表情古怪的說了句：「放心生，有我在。」我媽聽到阿公這麼說，突然不哭了，瞪了阿公一眼，說：「你要養！」

我媽生我的時候，阿公是站在電線杆上，透過窗戶，咧著嘴，

看著我媽把我生下來的。阿公說，我剛生下來的時候真醜，身體黑黑焦焦的，像是被電火球燒過一樣，但是還好模樣長得很像他。

我媽把我生下來之後，不知道是因為我長得太醜，還是怎麼地，隔天一聲不響就跑了，把我一個人扔在屏東，不管我了。

後來，我是在阿公背上長大的。

我從來不知道時間是什麼東西，所以也不知道自己應該幾歲了，我只知道剛開始的時候，阿公可以從我的重量感覺我一天天在長大，可是等到有一天，我可以從阿公的背袋爬出來，自己用雙手像隻猴子在電線杆爬上爬下時，阿公便認定我已經永遠長大了。

我沒有上學，當我長到應該要去上學的年齡時，隔壁的嬸嬸當著我的面，皺著眉頭對她丈夫說，「阿水的查某囝仔真可憐，全家亂亂來，害查某囝仔沒辦法報戶口，也沒辦法去學校讀書。」那時我才知道自己已經到了該上學的年紀了。

沒辦法上學的日子，我就學阿公爬電線杆，不知道是不是遺傳了阿公不怕觸電的血液，我從來沒被高壓電電過。

自從阿公自願地當上走電工之後，就不再去山上慰勞鴿子了。每年當村子裡又下起臭雨的時候，我會抬頭看著正飛過村莊上空的那群鴿子。那群鴿子必須飛過阿公家後頭的大武山，然後沿著山稜線直飛，飛過中央山脈，才能抵達他們出發的起跑點。

每次一想到這群鴿子必須飛這麼遠才能休息，就覺得牠們很笨。這點我阿公比牠們聰明多了，因為阿公每次工作，都會在一大早拿著梯子，一邊跟鄰居抱怨自己命苦，年歲這麼大了，還要養孫女，然後一邊出門工作。鄰居的阿嬤、阿姨、叔叔，聽到我阿公這麼辛苦，都會跟我說，「妹仔，妳阿公這麼辛苦養妳，妳大漢之後要多孝順阿公，知嘸？」我沒說好，也沒說不好，只是咧著嘴呵呵的笑。因為我知道只要我一轉身回家，就會發現阿公早就爬上村外的電線杆，沿著纜線一路走回家裡的二樓睡回籠覺去了。

　　我第一次發現阿公明明扛著梯子出外工作，一轉身又出現在家裡的床上時，就問阿公，不是去走電嗎？阿公說，「阿公是做走電的，又不是做苦力，」阿公敲敲他的腦袋，「走電是要靠腦子，不是靠力氣，要不然遲早被電死，知不知道？」我點點頭，又搖搖頭。

　　我覺得阿公講的話很有道理，只是阿公走電的方式跟別人不太一樣，別人是只要上級下令哪個地方電路出現問題，無論再怎麼困難，都一定要趕到現場維修。但是阿公走電向來獨來獨往，而且不知道是走電的能力不好，還是能力太好，他走電的區域從沒走出屏東以外的地區。阿公說，做人不能貪心，光是屏東就夠他賺一輩子了，其他的，就留給別人賺好了。

　　阿公和別的走電工最不一樣的一點是，別人走電都是整天在大太陽底下，做工做到全身虛脫，但是阿公卻是每個月固定時間，在陰涼的樹下算別人給他的電錢，算到手軟。

　　阿公剛開始做走電的那幾年，村莊裡到處都聽得到大家叫「阿水」的聲音。阿水是阿公的名字，只要一聽到有人叫他，阿公就會爬上電線杆，在電線上飛奔起來。

　　阿公說，這個村莊有沒有人情，看掛在門外的電表就知道。電表記量越低，人情味就越高，阿公賺的生活費也就相對越多。

　　不知道從什麼時候開始，我經常在夜晚被屋外電纜線發出滋滋的響聲給吵醒，其實不只是電流的聲音，就連老鼠在天花板尖叫的吱吱聲，都會把我嚇得不敢睡覺。大概是阿公走電走多了，我總覺得總有那麼一天，會有一處正滋滋漏電的高壓電，等著阿公去走那麼一下。每次一想到有一天阿公可能出門走電，就不會再回來了，我就害怕的爬上二樓的窗戶，坐在電線杆上等阿公回來。

　　在等待的過程中，我會看見我和阿公居住的村莊上空，密密麻麻佈滿了電線，而且每一處電線交錯的地方，隨著從海邊吹送過

來的海風，在暗夜裡滋滋的冒著紅色的火花，好像預備把整個村莊
燒掉。

在高空的電線上走電真是個奇怪的職業，這種隨時都有可能會
因為觸電而死亡的工作，為什麼還有人要做？照我阿公的話說，屏
東太熱了，與其走在柏油路上被太陽曬死，不如做走電，說不定能
沿著高壓電走到別的地方看一看。

我想阿公真的很適合做走電工，阿公在我十三歲的時，先把我
從男孩變回女孩之後，然後捏著我的大腿，嘿嘿的跟我說：「妹
仔，阿公要去走電了，妳好好顧家。」「我也要去。」阿公說，
「走電很危險，妳不准走了，再走下去，妳總有一天會被電死。」

從那之後，阿公就再也沒有回來過了。後來我一個人在屏東的
小村莊長大，並且開始像個女人一樣的生活。有時候會有新的走電
工闖入我家，提醒我是個女人的事實。日子過得痛苦時，我會抬頭
看天空上飛過的鴿子，以及天空中交錯的高壓電。我以為總有一
天，我會踩在交錯的高壓電上，離開這個城鎮，但是後來我才知
道，高壓電除了通向死亡，其實並不通往任何地方。

Killer

妙筆生花

作者簡歷

　　法律系畢業，耕莘青年寫作會第一屆搶救文壇新秀再作戰學員，長年處於狀況外的狀況，當過不成功的法律人，還有討不到錢的銀行討債員。寫過十三本羅曼史小說，三本BL小說，目前專攻網路愛情小說，著有《勇氣》、《青春待續》、《不作夢的戀人》及輕小說《闇之國的小紅帽》、《銀河綁匪守則》、《完全省錢戀愛手冊》、《夜行騎士》。常在小說裡寫一堆戲劇化的場景，其實本人生活非常平淡無聊，不寫作的時候就瘋狂迷戀美國影集、做一堆看似熱血的蠢事，

　　個站：第八格〈http：//killers.pixnet.net/blog〉。

　　粉絲頁：killer的完全白痴哈啦手冊〈https：//www.facebook.com/krskrs〉

耕莘與我

如果記得沒錯，這篇文章是我唯二拿去批鬥會的作品之一。

加入寫作會的時候，我是個滿腦子想要以寫羅曼史小說為生，卻抓不到訣竅的菜鳥作者，筆下的東西不但每篇都必須超過七萬字，而且全是總裁跟貧窮的少女的戀愛故事，怎麼想都覺得不能拿來參加批鬥會。

每兩週的週日早上，我讀著其他伙伴的文章，丟出一堆連自己都不確定能不能做到的意見，自己卻一次也不曾被批鬥，那種感覺該怎麼說？空虛？還是慚愧？

而且，我真的好嚮往自己的作品被用心閱讀的感覺。

最後我終於寫了這篇短篇，半得意半緊張地拿到批鬥會來現寶，或是獻醜。

那時自以為寓義深遠，意象明確，是文學獎等級的佳作。

結果當然是被批得唏里嘩啦，意象太淺，情節的邏輯也不通，尤其是結局，幾乎每個人都不喜歡。

所以後來我就決定，以後不要再提出作品，專心批評別人就好……（大誤）

事實是，長篇大眾小說始終是我的最愛，我幾乎所有的心思都用來寫幾萬字的小說，當然不可能拿來批鬥。所以只好對不起那些被我批鬥卻一直批不到我的伙伴們了。

雖然批鬥會的伙伴再厲害也不可能告訴我，怎麼樣才能寫出暢銷書，重要的是，批鬥會確實培養出我的眼力，讓我知道如何欣賞文學，如何閱讀好的小說，而且伙伴們讓我知道，我並不孤獨。

多年之後重讀這篇小說，腦中立刻浮現一群伙伴圍坐在小屋裡的身影。

因為有你們，我才沒變成一個頭上開花，每天活在虛幻世界裡的人。謝謝大家。

妙筆生花

回顧過往，她總是深深感謝那位素昧平生的老太太。如果她老人家沒有過世，這朵花永遠不會長出來，她也不會有這麼高的成就。

當這位遠親的訃聞寄來的時候，全家沒人想參加，卻又不能失禮，就派還在念高中的她代表。

告別式在親戚家門口舉行，巨大的帆布帳篷佔住了整條巷子，鄰居在客人座位之間來去；靈位後方是喪家請來的外燴業者，正忙著刷鍋炒菜準備辦桌的菜餚；樓上不時傳來嬰兒哭鬧和唱卡拉OK的聲音，活像在參加大聲公比賽。

另一位參賽者，也就是告別式的主祭，用夢囈般的聲音念完祭文，再滔滔不絕點出成串親屬的姓名，還沒聽清楚他到底念了什麼，他已經下令「跪——拜——再拜——」，面無表情的家屬們像溫馴的羊群，一個口令一個動作，再依次退下。

上完香，出來一個披麻戴孝的女人，跪在靈前手持麥克風，伴著電子琴的音樂唱起歌來。她五官皺成一團，表情極其痛苦，中氣十足地唱著哭調，不時從肚子深處擠出嗚咽聲，配上二句口白，臉上卻沒有淚水。每唱到一個段落，女人就會驚天動地地嘶吼：「媽媽——你袂應欵死啊！你袂應欵不要囝啊！」而那群真正失去媽媽的家屬跪在旁邊，發呆的發呆，低頭的低頭，彷彿眼前的一切跟他們完全沒關係。

雖然從來沒參加過告別式，她心中就是有個聲音在大叫：「不對，不該是這樣！」這哪叫喪禮？根本是家屬和師公、孝女一起在演戲，連其他客人也在演，搞不好老太太根本沒死，只是躺在棺木

裡當觀眾。總之，每件事都不對勁。

如果失去母親的人是她，她才不會找個不相干的人來假哭，還用麥克風到處廣播，生怕別人聽不到似的。悲傷是很私人的事情。

彷彿腦中有東西頓時點亮，她坐直了起來。「悲傷是很私人的事情」，多麼犀利的一句話！把它用在今晚的日記裡一定生色不少。

不久之前，她花了一個月的時間，專心致志寫完構思已久的小說，信心滿滿地拿給老師指教。得到的回答是：「妳的文字不夠優美，想像力也不夠。最重要的是，作品缺乏感情，也沒有靈魂。我看妳還是認真讀書吧，妳真的不是這塊料。」

從那以後，她不再抓著人聽她講故事，也不再寫東西。除了每天的流水帳日記以外，什麼都寫不出來。就連寫個賀卡，她也會坐在桌前放聲大哭，為了那種彷彿被流放到沙漠般的孤寂。

然而這一刻，她找到了離開沙漠的路。不只如此，天堂的大門還為她打開，想像力源源不絕而來。

如果她母親過世了，她會佈置一個純白的靈堂，讓母親的遺體躺在白玫瑰花海裡。儀式上不燒香、不跪拜，更不披麻戴孝，大家都穿著純白的衣服，人手一根白蠟燭輪流瞻仰儀容，對往生者說一句道別的話再把蠟燭放下。等每個人都致意之後，她會要求清場，留下她一個人陪在母親身旁，藉著搖曳的燭光凝視母親的面容，一一追憶母親的生平過往。母親如何牽著年幼的她學走路，教她識字，幫她打扮，每次她遇到什麼困難都會為她解決，還有她心中藏著許許多多想對母親訴說的話，終於可以娓娓道來，只是母親再也聽不到……

眼淚無聲無息地滑下臉頰，漸漸越積越多。她忘了早上還在餐桌上跟母親頂嘴，無可抑制地埋頭啜泣起來，聲音中的哀慟穿透孝女的哭嚎，傳到其他人耳中。

　　大家看她哭得如此傷心，都認定這少女跟過世的老太太感情非常深厚，顯然是一段相知相惜的忘年之交，不禁跟著感傷起來，全場哭成一團。喪家的兩兄弟之前才為遺產吵過架，這時也相擁而泣。

　　回家之後，她立刻衝進房間，不是寫日記，而是把這次參加「想像中的」喪禮的經驗，加上更多的想像，寫成一篇名為〈告別〉的文章；邊寫又讓自己充滿情感的文筆給催出更多眼淚，母親拼命敲門要她吃晚飯也不理，間接造成母女倆第二天又吵了一架。

　　寫完後她癱在椅子上，全身虛脫卻又無比滿足。忽然頭頂奇癢無比，越抓越癢，一照鏡子，發現頭上竟冒出了小小尖尖的綠芽。她大吃一驚，伸手卻摸不到那棵芽；問家人，沒有人看得到，母親則一口咬定她偷喝酒說胡話，再不然就是參加告別式沖到了。

　　第二天芽仍然在，而且稍微長大了一點點。之前的奇癢已經止住，完全感覺不到它的存在。剛好學校體檢，檢查結果一點異狀都沒有，再加上生活上沒有任何不便，她漸漸不去在意那棵芽，只有照鏡子時才會想起它。

　　她沒再請教老師，直接把文章寄去報社投稿，登出後引起熱烈的迴響，無數的人回信跟她分享自己的喪親經驗，還有人說他們讀一次哭一次。

　　就在這一刻，她知道自己的夢想真的要實現了。她確實是當作家的料。

　　攬鏡自照，頭上的綠芽已經有十公分高，也長出了小小的葉子。

　　她並不害怕，此時她終於了解，其實她已經等它萌芽等很久了。

＊

　　她開始以文壇黑馬之姿展露頭角，媒體稱她為「前途不可限量的天才少女」。隨著名聲的增長，頭上的綠芽也日漸成長茁壯，最後開出一朵嬌豔欲滴的大紅花。

　　除了長在人頭上，以及別人看不到之外，這朵花最特別的一點，就是驚人的長壽。開了好幾年仍然沒有半點凋謝的跡象，而且越長越大。只是花的狀況不時會改變，有時開得朝氣蓬勃，有時卻整朵花閉合起來，垂頭喪氣。

　　當花狀況好的時候，她總是下筆如神，跟著筆下人物一起哭一起笑，渾然不覺時光飛逝。那是她最快樂的時候。

　　若是花無精打采，她就會寫一行刪兩行，做什麼都不對，就連鄰居澆花的聲音都會讓她心浮氣躁，恨不得拿支槌子打爆電腦再敲爛自己的腦袋。

　　很自然地，她對這朵花愛若性命。雖然它壓在頭上沉甸甸地不太舒服，她還是想盡辦法呵護它，只盼它天天盛開。問題來了，長在頭頂上的花該怎麼照料？總不能把肥料喝下去吧？

　　剛開始倒還不難。每當紅花精神不好的時候，只要讀一本好書，或看一部好電影，有時甚至只是好好睡一覺，泡個澡讓心情放鬆，就可以讓花兒恢復精神。然而隨著時間過去，花長得越來越大，也越來越難伺候。

　　有一次，她怎麼也寫不出男主角沉淪酒鄉的絕望心情，看了十幾本書，租了滿架子的DVD，泡澡泡到全身水腫，紅花還是病懨懨。眼看截稿在即，她實在很想把花連著腦袋一起拔下來算了。

　　就在這時，母親召集全家，宣布她和父親決定離婚的消息。這下駱駝背真的被稻草壓垮，她澈底失控衝出家門，跑到酒吧裡灌了一大杯馬丁尼。那晚她前後跑了三次廁所，空檔時間則用來對陌生人哭訴自己的不幸，最後倒在馬路邊呼呼大睡。

回家後，她進入浴室洗去一身酒味和嘔吐物氣味。無意間瞄到鏡子，鏡中的自己三分像人七分像鬼，頭上的紅花卻是精神抖擻，豔麗絕倫。隨即一個絕妙好句閃進腦海，她頂著洗了一半的臉飛奔回房，鍵盤像機關槍一樣叭噠叭噠響了起來。

在這段期間內，母親拎了行李走出家門，大哥朝著父親扔煙灰缸，兩個姐姐抱頭痛哭，她渾然不覺。

小說如期交出去了，也照例大受好評。紅花長到半人高，得用兩倍大的鏡子才看得到全貌。

看著鏡中昂揚的花朵，她笑了，喜悅流遍全身。暖暖的，紅紅的。

*

花開始對她說話。用只有她才懂的語言，只有她才聽得到的聲音，清脆而溫柔，卻又充滿魄力。

它說，妳是特別的。

它說，在這個庸俗的塵世裡妳是個凡人，但這只是妳的肉體。妳的靈魂屬於另一個世界。金色的雨，永遠不凋的花朵，比油畫還要豔麗的男男女女，魔法的音樂在風中飄揚。在那裡，妳千變萬化，法力無邊，萬物受妳指揮。妳是那裡的主宰。

它說，餵養我，我會讓妳的世界更遼闊，讓妳的力量更強大。

其實，根本不必要求，她早已決定不惜一切代價供養它。光是自己身上的養料還不夠，她決定從四周的人身上吸取。

她向來人緣不差，身邊圍繞著許多朋友，大家都為她的成就驕傲。但是朋友們忽然一個個發現，自己向她透露的心事或秘辛，很快就會出現在當紅的連載或單行本上。細節雖然加油添醋誇張了十倍，還是可以看出主角是誰。經過無數次糾紛爭吵，從此再也沒人

跟她吵架了。

花對她說，不用在意，那些人卑微的生活片段只是材料，經過妳的巧手到了妳的世界，就成了神奇美妙的藝術品。但是他們的靈魂和肉體一樣渺小，所以他們不了解，更不懂得欣賞。那不是妳的錯。

它說，沒有關係。只有我才是妳真正的朋友，比誰都了解妳。只有我能給妳真正的快樂，有我在妳就不會孤獨。

它是對的。沒有一個朋友能像它一樣，給她帶來無限的榮耀和滿足。她不需要那些傢伙。事實上，他們的離去跟他們的陪伴一樣有用；過了一個月，這段被朋友逐漸孤立遺棄的過程，又出現在她下一本暢銷名著裡。

深厚的庇蔭當然也會帶來甜蜜的負擔。巨大的紅花壓得她脖子痠痛，就連抬頭都得大費功夫。但她仍然小心翼翼地照料它。當她看到大花旁邊結出一朵小花苞時，心中更是欣喜。

為了提供小花苞所需的營養，她必須採取新作法。

長久以來，一直有個知名男評論家對她示好，她總是嫌人家聲音沒磁性，眼神不夠深邃，舉止不夠帥氣，沒理睬他。這回她改變主意，讓那男人請她一杯酒。

但是，男人的自吹自擂實在很難忍受，正要找藉口溜走的時候，她又聽到了紅花的呼喚。

它說，我知道他不夠好，那又怎樣呢？對妳而言，沒有男人是夠好的。難道妳以為妳筆下完美的男主角真的會出現嗎？不可能的。他們永遠只存在妳的世界裡，因此他們才如此獨特寶貴，沒有人能奪走。妳只要把眼前這個男人當成承載愛情的容器，捧上來獻給我。我會賜給妳真正的愛人，在妳的世界裡和妳翩翩共舞。

於是，她在腦子裡把眼前的男人拉高，塗黑，這裡消去一塊，那邊加上一筆，一步步轉化成她心中的白馬王子：高大威猛，還有

一對深情款款的眼睛。王子對她殷勤求愛，握著她的手，對她呢喃耳語。她全身熱烘烘，眼前只看到王子溫柔的微笑，以及充滿魅惑的氣息，澈底將她淹沒。

那晚在床上，男人得意洋洋地橫衝直撞，嘴裡冒出滔滔不絕的淫言浪語，卻不知道在她的內心世界裡，王子正以高超的技巧愛撫著她，將她帶上天堂。

第二天，她在濃濃的幸福感中醒來，渾身上下只覺前所未有的舒暢。她知道自己已經墜入愛河，今天的花瓣是最純粹、能量最飽滿的豔紅，就跟她本人一樣散發著耀眼的光芒。小花苞飽滿結實，很快就要開了。

她和男人成為文壇稱羨的神仙眷屬，成就也更上一層樓。她的愛情小說有如奶酪一般柔滑濃郁，甜蜜得足以融化一切鐵石心腸，再度打動千萬讀者的心。

戀愛中的女人最美麗，這話對她也適用，只是跟一般的狀況略有不同。她日漸消瘦，走路總是不太穩，像極了弱柳扶風。膚色略顯蒼白，雙頰卻透著嫣紅，而且完全不需藉助化妝品。還有那雙櫻唇，化妝品公司不知砸下多少經費，就是調配不出那種勾魂的紅。

她的眼下浮著黑圈，卻把眼睛襯得更大。雙眼像燃燒的恒星一般，輻射出強力的光芒，讓人移不開眼。當她笑的時候，那股淒絕的美豔總會讓人忘了呼吸。

男人對她滿意得不得了，他尤其迷戀她微偏著頭的嬌憨神態，和彷彿身處夢幻中的迷濛眼神。雖然有時他會隱約懷疑，她注視的對象似乎並不是他，而是空氣中某個虛無縹渺的影子。

不過，她的房子讓男人有點不安。每面牆上都掛著直達天花板的大鏡子，互相反射映照出一個深邃曲折的空間。只要房子的任何一個角落稍有動靜，鏡子裡的空間就會有黑影晃動，彷彿無時無刻身後都有東西，常把他嚇得心臟暫停。而她常常佇立在鏡子前，對

著倒影又哭又笑，喃喃自語。

這些狀況，他都可以用「藝術家性格」解釋，一笑置之。只是她的另一個習慣實在讓他非常不滿：在任何時刻，即使是床上纏綿到達最高潮的時候，只要寫作靈感一來，她就立刻把他推開，自己坐到桌前埋頭寫作，眼神熾熱地望著電腦，比看他的時候深情百倍。在這種時候她聽不見任何聲音，除了電腦什麼都看不見。除非她寫到滿意，否則就算是失火也不能讓她離開桌前。

他向她抗議，她聳肩回答，寫作就像生孩子，時候到了就是得出來。這個比方成功地堵住了他的嘴。

快樂的日子持續了一陣子，卻發生前所未有的窘況，她開始聽到雜音。那聲音既不清脆也不溫柔，更沒有魄力。微小的、稚嫩而尖銳的聲音，也沒有優美的言詞，只是一直在她耳邊嗡嗡叫。就像深夜耳邊的蚊子，或屋外吟唱鬼曲的野貓。

雜音的干擾讓她心浮氣躁，常常聽不見紅花的聲音。她的寫作陷入前所未有的嚴重瓶頸，光是打開電腦就會頭痛欲裂。本想出去散心找靈感，誰知一出大門，路人的眼神，路上的車聲，商店的燈光，全都冷冷地對她唱著：「寫不出來，寫不出來，寫不出來，妳完了，完了完了完了完了……」她嚇得逃回屋裡，險些休克倒地。

痛苦的閉關生活開始了，她不見客也不接電話，整天在屋裡走來走去，以為只要自己走得夠快夠久，就能把雜音拋在腦後，重新聽見紅花美妙的低語，只可惜毫無效果。她用黑布把鏡子全遮起來，害怕看見自己蓬頭垢面的模樣，更怕看見紅花凋萎。

就在情況最糟的時候，她的男人被媒體踢爆，他另外還有一個交往多年的地下女友，頓時各方的嘲弄、同情、指責之聲四起。也因為這打擊太大，有如世界末日的鈴聲，硬是把雜音蓋住了。

趁著這大好時機，她坐在電腦前，抽抽噎噎地寫下她的心碎之聲，哭得越傷心寫得就越順暢，只是偶爾會停止哭泣，把太俗氣的

形容詞改掉。漸漸地，久違的華麗文字再度開滿整個版面。

寫到正精彩處，電話響了。一位多年不見的老同學讀到她的作品，打來認親。這位同學消息不太靈通，不知道她正遭遇情變，只顧興高采烈不住地誇讚她的成就，把她捧上了天。足足聊了一個下午之後，她神清氣爽地掛上電話，把男人的長相忘得一乾二淨，也把這幾天的傷痛全拋到腦後。

一看螢幕，她才發現真正的悲劇在等她：文章只寫了一半，而她腦中那些優美的字句全都不見了，任憑她再怎麼絞盡腦汁也想不出來。

這下該怎麼辦呢？

不要喪氣。頭上的紅花氣若游絲地對她說，想想當初，妳踏上寫作之路的契機，妳會找回遺失的東西。

她想起多年前那場告別式。如果孝女白琴都能夠為了素不相識的死者，哭得驚天動地，她沒理由做不到。

對著鏡子不住做出各種痛苦扭曲的表情，一面重讀前面寫好的哀痛篇章，心中回憶著她和王子甜蜜的點點滴滴，還有被欺騙背叛的羞辱，不時擠出全身的力氣放聲乾嚎，終於成功地逼出了眼淚。這下後面的就簡單多了，她停住哭聲，改為默默啜泣，讓珠淚無聲落下，遠比孝女更哀痛悽美。

這樣的錐心泣血總算得到成果，無數痴情男女為她的新作感動落淚，就連她的男人也大徹大悟，痛改前非回到她身邊。

她有時還是會聽到雜音，但是在紅花的幫助下，她已經有辦法憑意志力壓制雜音，所以也不再去理會它。

兩人復合之後，男人馬上遭遇一個大問題：她對他和另一個女人的過往非常好奇，不住地發問，讓他有些尷尬，千方百計推託了一陣子。後來他實在推不掉了，轉念一想，這正是她深愛他的表現，才會這麼在意另一個女人的存在，所以帶著三分得意七分贖罪

的心情向她一一招認。

　　剛開始他還顧慮她的心情，在關鍵時刻多所隱瞞，她卻表現出驚人的狂熱，越是細節越是追問不休，連女人身體的特徵、床上的姿勢、腳趾頭的味道都好奇不已。他被逼到絕境，豁出去把該說的不該說的全吐了出來。說完後他暗自悔恨，心想好不容易恢復的感情大概又要完了。小心翼翼地偷瞄她，發現她靜靜坐著，雙目炯炯，被稱為「幾千萬瓦特能量」的招牌笑容在她臉上燃燒，顯得興奮又滿足。他忽然感到全身寒毛倒豎，雞皮疙瘩布滿全身，彷彿正目睹超新星炸裂的前一秒。

　　不久她又出了一本書，寫一對男女將近十年的愛恨糾纏，故事純屬虛構，但常常出現似曾相識的對話，或衣著動作的描寫，甚至還有十根「含在嘴裡像海邊的鵝卵石」的腳趾頭。男人大動肝火，對著她發飆。

　　直到這時，他才真正感覺到異樣。不管他如何惡言相向，她仍然用那如夢似幻的迷濛眼神，愛意滿滿地注視著他背後的空氣，對他的怒火完全無動於衷。他也注意到她瘦得驚人，幾乎就像包著一層皮的骷髏。而她之所以偏著頭不是在撒嬌，是因為頭上有無形重物壓著，抬不起來。而將他層層包圍的鏡中世界，裡面鬼影幢幢。

　　他感到強烈的恐懼，但恐懼很快被劇痛取代。糜爛的夜生活造成肝硬化，他火速住院治療。

　　經過一次特別難捱的檢查，他從半昏迷中醒來，只見她坐在床邊，在筆記型電腦上飛快地打字，白熾的雙眼不時瞄他一下，又火速轉回螢幕上。聽到他的痛苦呻吟，她不但沒有一臉擔憂地噓寒問暖，反而帶著興奮的微笑仔細審視他，好像正透過顯微鏡觀賞什麼有趣的標本。

　　他忍無可忍，劈手奪過電腦，發現螢幕上滿滿的都是觀察筆記，用最精練優美的文字描述著他奄奄一息的睡姿，他反胃嘔吐的

模樣和聲音，嘔吐物的顏色，還有他眼中和皮膚上的蠟黃斑點。乍看之下像是醫生叫她做的紀錄，但是醫生不會在意他臉上新增的皺紋排成什麼圖案。

男人知道，他已經到極限了。

＊

那天，她照例去醫院照顧男人，卻發現男人已經提前出院了，手機也斷線，讓她有些困惑。

回到家中，男人的衣服、用品全部消失，之前送她的項鍊和名畫也帶走了。

她只顧四處察看，沒留意腳下，踩到一灘水漬重重滑了一跤。男人走得太匆忙，打破了一瓶名酒。

從地上爬起，覺得腳底刺痛，肚子也有些痛。低頭一看腳邊全是血跡，腳底被碎玻璃刺破了。但是還有更多的血，從她身體更深處的地方流出來。

她呆呆地看著滿地鮮血，卻不知那是什麼東西。在她主宰的世界裡，鮮血是美麗的，壯烈的，噴濺在白雪上形成永恆燦爛的圖案，而不是像現在這樣，黏糊糊地，一灘一灘掉落，猥瑣得讓人反胃。

彷彿還嫌場面不夠難看似地，地上的血塊開始移動，慢慢聚集成一堆，在血肉模糊中浮現小小的眼耳鼻口。那張嘴對她說話，聲音尖銳，穿透每一面鏡子。這正是之前糾纏她的雜音，這回她終於聽懂它在說什麼了。

它說，媽媽。

頭上的花也說話了。快快快，動手寫東西吧。妳正眼睜睜目睹一個生命的消失，這樣戲劇化的場面一生有多少機會能碰到？這是

妳登上另一個高峰的最好時機，千萬不可錯過。

她拖著腳步走到書桌前，血塊在她身後拉出一條線，每一滴血都在叫她。

——媽媽，我叫了妳那麼久，為什麼妳不理我？

紅花說，快寫啊，此時不寫更待何時？

她的手動不了，腦袋空空如也。血塊不斷湧出，她整個身體也跟著孩子瓦解碎裂，源源不絕地流出體外。

她聽到自己崩塌的聲音，另外兩個聲音卻不肯放過她。

　　——快寫！
　　——媽媽！

她放聲尖叫起來。

*

兩天之後，一群消防隊員破門而入，卻怎麼也找不到那位天才女作家的蹤跡。沒有屍體，連根頭髮都沒有。

唯一留下的，是地上一灘灘乾涸發黑的血跡。奇怪的是，這些血跡的形狀和排列方式，像極了散落一地的巨大花瓣。

打開的電腦螢幕上，閃爍著才女留在世上最後的文字：

「！＠＃＄％︿＆＊（）？」

黄崇凱

水豚

作者簡歷

　　1981年生，雲林人，台灣大學歷史學研究所畢業。曾任耕莘青年寫作會總幹事。做過雜誌及出版編輯。與朱宥勳合編《台灣七年級小說金典》。著有《靴子腿》、《比冥王星更遠的地方》、《壞掉的人》、《黃色小說》。

耕莘與我

　　那時我們都還帶著素人的天真，純粹地對那些距離遙遠的作品和作家有著溫情與敬意，或直白的嫌惡和厭棄。文學地圖正在緩緩開展，不知哪一條路線、那塊大陸或島嶼將會被發現，那是我們的啓蒙時光、學習年代。在勤於擷取、操練各種寫作技藝的過程中，我們不知不覺長大，一如所有的成長故事，總要以朋友的離聚、道路的選擇來迎接成年時刻的鐘聲。

水豚

　　沒有什麼時候比現在更適合偷水豚。整座島國面向對岸猛烈嗆聲，總統瘋了，宣告反攻大陸。從那一刻起，我就決定去頑皮世界偷水豚。

　　行動要在黑夜，我找了老K、阿勇和毛毛一同駕車前往位於學甲的頑皮世界。從創園開始，當時被稱為百斤大老鼠的十幾隻水豚就活在這裡，緩慢靜默地泡水、走動、吃食和繁殖。我們穿越大門口，路過金剛鸚鵡，往右經過紅鶴和長臂猿區，來到水豚區。我在腦內快速想過一遍流程，凌晨兩點從市區出發，沿著西門路、北安路，轉上中山高，接84號快速道路往北門方向，下交流道右轉台19線，約莫兩點四十五分，我們進入空曠的頑皮世界停車場。

　　大門入口陰森昏暗，兩邊門柱看來比白天更加高聳宏大。我們三人戴上套頭毛帽，露出雙眼，像臨時演員準備上戲拍幾個無關緊要的畫面。老K在車上待命。我們輕鬆翻過門擋，左手邊細紋籠子內的巨嘴鳥睜著亮晶晶的眼看著，我們輕輕踩著行道磚硬地，小心不驚動鳥舍中的金剛鸚鵡和水道邊的黑天鵝，駝背碎步路經紅鶴區的沼澤腥臭，牠們的嫩粉紅羽翅在黑暗中微微反光，過道旁的幾個籠子住著長鼻浣熊和鷹隼，被細小水道包圍的長臂猿區看不見任何在外活動的物體，抵達目標所在地。

　　十數隻水豚大多三五成群分躺在圈養區草棚內和水池邊，有兩隻水豚被隔離在側邊的草棚，牠們似乎都在睡覺。如果再大隻一點，穿上柔道服，牠們或許就是忍者龜的史林特師父。有些東西是這樣，小小的覺得很噁，放大了反而可愛，再大一些又會哪裡有問題。我們選定側邊隔離區一隻水豚，掏出麻醉槍對準發射，牠受驚

躍起，跑跳幾步昏倒在地。隔壁有些水豚醒來，活屍般緩緩移動。毛毛把風，我扛一側，阿勇幫忙扛另一側，嘿呦嘿呦快步跑向門口。老K等著接過水豚，擺進後座，我們上車，把頑皮世界入口一排企鵝石雕甩在後面。

「完成願望了，有什麼感想？」阿勇拍著後座的水豚肚腹，聽來像多汁的西瓜。

我說哪有感想，不過爽這麼一下，可能明天什麼都沒了。車上沉默得跟麻醉的水豚一樣，只有車窗流洩進來的風聲獵獵。窗外漆黑的景色靜謐，隱約認得出沿路房舍輪廓，路上沒幾輛車。我們的島活在幻象裡幾十年，今天大夢初醒，覺得眼前一切都是假的，發生的種種都是不可能的事。

大概所有軍事專家都同意，一旦中共決定攻台，三十六小時內就能搞定。先是發射一堆導彈破壞機場、政府機關和重要地標，再以陸、海、空三路封鎖台灣海峽，同時搭配外交、金融和網路戰手段，令與台灣關係曖昧的美、日都不敢輕舉妄動。聰明的台灣人很快認清現實局勢，馬上有人組織談判，中共終於消獨成功，實踐統一，遍插茱萸沒少人。這是理想劇本，儘管這套戲的後續情節會怎樣，從來沒人認真想過。但很可能就是中共黨國一體的統治進駐台灣，修復閃擊戰過程毀損的公共建設，不出幾年，台灣就跟港澳一樣，繼續過活，像是什麼都沒發生。畢竟統一歸統一，怎麼回歸都不可能消除分隔兩岸的海峽，反正統一前中共在稱呼上已經吃盡豆腐，台灣地區就台灣地區吧，輕蔑一點叫呆灣就呆灣，隨便。這類的心態不知存在於多少台灣人的內心深處：我們早晚都會被吃掉，能拖多久就多久，拖不了，也只能學上人說的面對它、接受它、放下它。活著只是活著嘛。

誰知任期剩下一年不到的小孬孬總統在想什麼，居然在昨天早上十點發表臨時講話宣布反攻大陸。大家還以為他在說話同時就發

射飛彈打向中國沿海城鎮和三峽大壩，陸、海、空三軍能掏出來用的武器全都像打電動一樣狂轟猛炸。不過效果有限，因為中共擁有制天權優勢的偵察衛星，走偏鋒的攻擊只會讓中共感到訝異，沒想到這班呆灣人有種發動攻擊。兩邊皆有不少人興奮終於有仗打，不說解放軍等了七、八十年，台灣國軍同樣準備了幾十年，漢光演習編號都破三十，每年都模擬解放軍進攻，卻從來不敢把推演結果老實說出來。七十多年沒打過仗的軍隊還能叫做軍隊嗎？我從沒仔細想過這問題。服兵役的時候只覺得從上到下，大家都既無奈又無聊，志願役的是混口飯吃，不願役的是混時間過去，彼此交相賊，做做樣子，沒人真覺得砲彈在我們有生之年會降臨。軍中死人要嘛意外要嘛虐待要嘛想不開，活在憋死人的小時代，有時真的只需要一枚飛彈落下，就能炸成大時代。我們都想活得有意義，死得有價值，如今就是意義與價值滿天飛的決戰時刻。

可是以上這些都沒發生。有人以為總統是開玩笑，調侃以前老總統的妄想。然而他才說完反攻大陸，接著宣布現有國軍全部義務役回歸民間，志願役士官兵均轉為民營軍事服務公司職員，主要從事國外軍事服務相關外包工作，自負盈虧，期許為世界和平盡一份心力。意思是，廢除國防部，改組成軍事服務公司，看哪裡打仗需要傭兵，他們就收錢出人辦事。

「這麼喜歡這種東西，不麻煩嗎？」即使老K從前跟我去過兩次頑皮世界看水豚，他從沒靠近試著撫摸或餵食，只是戴著墨鏡遠遠看我把手上的大半顆高麗菜，撕開一片片像使用碎紙機那樣塞進水豚的嘴裡。

「這時候除了偷一隻也沒別的事好做了吧。」毛毛的代答從後座傳來。她在職訓局上半年份的木工班課程，連張桌子都還沒做出來，整班師生就匆匆四散回家逃難（沒人家裡有防空洞吧），她只好回到阿勇的咖啡店幫忙。阿勇的咖啡店這兩天生意不錯，因為宣

布反攻大陸後全台停班停課，一大堆人暫時不知怎麼打發時間，紛紛擠到各處還營業的百貨公司、電影院、KTV或咖啡店。如果我整天待在阿勇的店裡，會以為在過連續假日，事實上是整個國度都進入傷停時間，大家都猜很快結束，只是沒人說得準幾時結束。阿勇店內的電視一直無聲開著，畫面上跑馬燈不停轉，什麼複雜的中、美、日三方關係磋商談判、第一島鏈第二島鏈、西太平洋控制權或釣魚台問題，好像都跟瘋總統的講話讓人摸不著頭腦，想不清這些到底什麼意思。電視上一排名嘴一下解釋兩岸武器型號和軍備狀態，一下分析國際情勢，看上去跟平常唬爛國計民生問題和網路謠言差不多。也有反核、反戰的團體出來示威抗議，獨派、統派乃至五一俱樂部統統大出籠，好像1949年以來累積的各種鬼魅幻影一次出清唱野台。轉頭不看，咖啡店裡的沸騰人聲同樣是幻覺。我們在這裡，極其日常地耗用民主自由最後泡影的時間刻度。再過一陣子，不會有人記得民國幾年，就像沒人記得光緒幾年怎麼換算西元幾年。

　　我頭一次對身分證產生感觸，如果拿著護照一起翻看的話，大概會哭出來。它們即將像畢業或輟學的學生證蓋上作廢章，只是不知持有者是哪一種。螢幕裡有張名嘴說，2021年中共建黨百年，他們勢必想在這之前解放台灣，完成中國夢最重要的國家統一大業。那些看不見空中弧線的猜想都是煙霧彈。正式宣布反攻大陸後的十二小時內，國軍停止活動，志願役回營，義務役離營；對岸仍按兵不動，發言人只是出場發譴責聲明。有個財經分析師說，其實我們總統口中的反攻大陸，主戰場是國際金融市場的數字世界。據稱有謎樣的大筆海內外資金，一口氣逼升美元，讓大量美元出逃中國，而中國早就產能過剩，通膨問題嚴重，加上數不完的巨型經濟計畫，導致籠罩全中國的超巨型經濟泡沫就這麼破得唏哩嘩啦，讓人想起當年索羅斯用避險基金攻擊香港。電視裡那些人說的鬼話，我

一點也不懂。總之整個台灣都在放假，沒人知道接下來會怎樣，我想不如就趁機來偷水豚吧。

老K、阿勇一聽，搖頭說不要鬧了，沒可能的。

阿勇說：「看看店裡生意，簡直在過年，頑皮世界人一定很多。」我說：「國難當頭，沒人會注意私人動物園掉了隻大老鼠。」我研究過，那裡五點閉園後，大概到晚上七、八點根本沒什麼人，應該不難潛入。「為什麼一定要水豚，養幾隻天竺鼠不行嗎？」阿勇再問。我說這就像大家都想去看港邊的放大版黃色小鴨，不然就在家裡浴缸看黃色小鴨就好啦。老K沒多說，但願意當車手。唯一大表贊同的毛毛說有熟識的獸醫可以借到麻醉槍。我們隨即商定當晚凌晨一點五十集合。

「都沒一點點戰爭的感覺啊，真的好詭異。」毛毛抱著死屍般的水豚，翻開牠上唇看門牙。從擋風玻璃看出去的景色跟往常沒兩樣，路燈疲軟亮著，搖下車窗，半夜的風吹來飽含濕氣，偶爾有車掠過我們，一如此前所有記憶裡的夜半時分，總有人心跳似的醒著。我的理性卻提醒說台灣正在存亡之秋，也許明天就要換國旗了。感性接著反應，讓我安於算了反正小老百姓給誰統治都沒差，沒其他國籍，沒辦法飛天或渡海逃離，就留著親眼見證一個國家的敗亡。全球兩百多個國家，要在有生之年目睹大變故可不容易，我絕對要留下來，體驗發生的一切。

我想到這並非台灣第一次面臨這種國家主權大轉換。如果像足球明星轉會或AV女優移籍，大家實事求是，少帶點虛幻的民族情感，誰要誰或不要誰都好好談，重要的是有被認真對待。近一點是1895年日本收編台灣，武裝抗日的打來打去，終究還是被日軍收拾完畢，不拿菜刀竹篙，就順著殖民政府的規定過生活。被殖民、被歧視、被壓榨，再不甘都只能接受。久了都得習慣。何況後來還有國民黨做統治對照組，誰不是偷偷懷念日本時代的好呢。再遠一

點，十七世紀晚期鄭氏小朝廷在老頭鄭成功掛點以後，接班人搞不定，降清的施琅帶兵打爆澎湖駐軍，揮軍向東，鄭家也就乖乖出來投降了。

老K車上播著老鷹合唱團1994年重新組團巡迴演出的錄音專輯Hell Freezes Over。我記得第一次聽這張專輯是在重考班上的英文課，還在拿基層鐘點費的小牌英文老師，帶CD來播，當做課程補充，一邊放歌，一邊解釋專輯名稱為什麼翻成「永遠不可能的事」，因為地獄是烈火，永遠不可能整個結冰。老鷹合唱團1980年解散，就像那些傳奇樂團，死的死，逃的逃，沒人想到他們日後會重新聚首。結果他們不僅重組，2007年還推出新專輯，2011年甚至來台灣開演唱會。不曉得那個英文老師有沒有混得更大牌，有沒有去聽那兩場在林口體育館的演唱會。聽到I Can't Tell You Why，我的回憶跟現實被撕裂，如果我們是這部大片的臨演，這張專輯絕對是最合適的電影配樂。再想下去就過於感傷了，我得想想車上有幹來的水豚，得好好安排牠的生活。現在真的是New York Minute。

我看過國外飼養水豚的影片，家裡要有浴缸可以泡水，牠會在固定的地方大小便，似乎不難。下高速公路後，我們穿過市區一顆顆閃紅燈，回到我家。老K放我下車，順便幫我把水豚扛進家裡，一樓已經清空，也放好浴缸裡的水，有準備好的七、八顆高麗菜。阿勇和毛毛買來附近四海豆漿大王的蛋餅、鍋貼和豆漿紅茶，我們吃著亂聊等牠醒來。

水豚昏迷的樣子跟睡著時很像，悠緩深沉，肚腹規律隆起收縮。我摸摸牠身上微硬的土黃皮毛，感受牠體溫，均勻起伏的呼吸。牠似乎清醒些了，濕潤的眼睛得更開，嘴部嚅囁，想動又動不了的模樣。我拍拍牠，這才注意到牠鼻上隆起的厚肉，是公的。牠還像坨糞便無力攤在地上，我們伸手撫摸，牠瞇著眼，不知是享受還是困惑。

　　老K回安平家，阿勇和毛毛騎車回永康家，只剩下逐漸亮起來的街道陪著我和水豚。我為牠取名嘎逼，取完又覺得可笑，牠根本不知道自己的命運有了巨大轉變，也不知道自己的名字是什麼意思。麻醉消退後，嘎逼站起來走動，畏怯地試探周圍，緩慢移動，抖抖兩耳。我隨牠漫步家裡，為牠鋪好大小便的報紙，浴缸有水讓牠隨時跳進去泡。我發覺牠張嘴時有點像河馬，粉紅色的嘴邊肉軟軟張著，上下的黃板門牙有些尖銳，還得找樹枝讓牠磨牙才行。嘎逼走沒幾步，面對大門趴著，像是對周遭環境失去興趣。隨便。我覺得有些睏，上樓睡覺。

　　不到幾小時，刺耳的里長廣播傳來，字句黏糊，聽不清楚。我起來沖澡，下樓到浴室發現嘎逼正泡在浴缸裡，瞇著眼看我。牠的皮毛浸濕成咖啡色，鼻孔以下泡在水裡，要是在牠頭上放條毛巾幾乎就是個日本中年男子。我放慢動作，試著不驚動牠，緩緩移入浴室，打開蓮蓬頭沖水，牠只是安穩泡著，彷彿我不存在。我抹完身上的肥皂，渾身泡沫，開水搓揉沖掉，想著是否該幫牠洗個澡，還是算了，才第一天。

　　嘎逼比我晚出浴室，牠集中力道扭動全身甩了幾下，噴濺身上的水珠，踱到大門邊曬得到陽光的區塊趴下，讓冰涼的大理石地板吸收牠的水氣。我坐在一旁抱著電腦上網，逛逛臉書、噗浪和批踢踢，最新消息和八卦爭先恐後隨打開的網頁湧現。外頭馬路的人車聲音不絕，果然假日規模。台南市區的交通只要一到假日就誇張得糟糕，人多車多違規多，時常有並排暫停車堵住車道，老是發生擦撞，古蹟景點和知名小吃店家附近總是塞成一團。我出神看著嘎逼肥美的屁股，攤在陽光下，油然生起生活就該如此單純的情緒。我闔上電腦，試著以嘎逼的角度觀看周邊的事物，但離地十幾公分的視線只有吃滿灰塵的牆角。我模仿牠趴著，牠轉頭瞄，維持原狀繼續曬毛。我靠得更近，張開雙手輕柔攬住牠的頸背，刺刺的，有股

活物的腥味。牠讓我想起正在等待的人，像那句歌詞：「If You find somebody to Love in this world／You better hang on tooth and nail」嘎逼的小蹄子和牙齒確實近在眼前。In a New York Minute。

小睡過後，我套好嘎逼身上的繩索，拖牠出門走走，打算蹓到阿勇的咖啡店。路上遊人紛紛注意到我牽著百斤大老鼠，嘎逼配合我神氣的腳步，跟著我左彎右繞，過西門路，走入國華街，穿進普濟殿門口，參拜的遊客攔我下來要求跟嘎逼合照。這家人帶著兩個小學生女兒，嘻嘻哈哈抱著水豚，媽媽用手機拍完照謝過我就要上傳臉書，女兒聚在媽媽身邊看照片。我們繼續沿著窄巷走，兩三個老人如常坐在自家門口，抵達阿勇的店。還沒踏進就聽到傳出的嘈雜人聲，看來今天又客滿，毛毛在切甜點裝盤，阿勇端著奶泡在拉花。吧台還有一個座位，客人無不對著嘎逼驚呼，牠在我座位邊躺下，像是累了在休息，眼睛瞇得只剩一條線。

電視無聲開著，畫面上的跑馬燈沒有止息地滾動，充斥各種臆測和假想，配著正在播的謝銘祐《台南》專輯，我今仔日無想欲飛，既違和又相安無事。我覺得台灣人不可思議，即使面臨重大事件，還是攜家帶眷泡咖啡店，扯些無關緊要的瑣事，平靜地在臉書轉發新聞，上傳吃喝照片和打卡。話說回來，如果不這麼做，還能幹嘛？我也不知道。這是最奇怪的，照理說，兩岸處在準戰爭狀態，難道不怕對岸網軍大舉進攻？台灣網路竟然沒管制，愛怎麼連就怎麼連，手機上網就跟平常一樣暢通無阻，但就是連不上中國的網站，他們封鎖全部境外連線。據說這是因為我們政府還得繼續掌握國際金融數位戰的即時動態，不能把自己封死。中國防火牆蓋得像長城，多少能阻礙外來駭客的攻勢，既然中共不開放連線，那從他們國內網路往外連結就得多一道程序。電視名嘴說，這種數位戰的關鍵往往是幾毫秒乃至幾微秒的差別，只能說他們真的被偷襲了。有國外媒體比喻這是數位時代的珍珠港事變，我不懂有什麼好

比喻的，日本偷襲得逞，最後不就是被美國大舉反攻嗑爛飯了嗎。

　　鄰桌有中國普通話口音的客人，似乎是來讀書的陸生，跟幾個台灣同學在交流意見。我覺得他有點辛苦，只因為是中國人，就被迫當成發言人逼問許多問題。我想既然是申請來台讀書，一般都對台灣比較有好感，大概不願見到兩岸發生任何不可收拾的衝突。我偷聽一會，果真是年輕大學生的思維，他也說不出一點有見地的想法，只是擔心自己跟家人聯繫不上。我跟忙碌的毛毛和阿勇有一搭沒一搭地聊，我覺得他們很威，沒睡幾個小時還來開店營業，真是愛人同心。「不然還可以幹嘛？」阿勇說，「在家看新聞窮緊張，也完全沒辦法幫什麼忙，乾脆開店，讓大家有地方去。」

　　我說這種人潮還真像放什麼連假。

　　「搞不好快要沒機會放我們那些假日了哈哈。」毛毛補一句。

　　阿勇：「其實到現在我還是沒什麼真實感，總覺得怪又說不上哪裡怪。」

　　我說地上有隻大老鼠的確很沒真實感。

　　他們忙到一個段落，喘息時蹲下來摸摸嘎逼。毛毛感嘆：「這種時候還是當動物最好了，什麼都不知道，什麼都沒關係，你看，這麼萌，超療癒的。」

　　店裡的聲音燒到沸點，一組組客人陸續靠過來拍嘎逼或合照，我隨他們去，自顧自喝咖啡，有人問我哪裡買，我都說是偷來的。問的人呵呵笑，沒人相信。我把視線埋入帶來的小說，試著遁入另一個時空，稍微跳脫現實世界。我放眼整家店，人人滑手機兼聊天，襯著手上臉上一塊塊發亮的皮膚。

　　不久老K也來，打完招呼他就撫弄起嘎逼的肚子，嘎逼放鬆仰躺給他摸。我說之前你似乎碰都不想碰，怎麼今天這麼熱絡。他說可能要變天了，還是先習慣一點改變好，慢慢練習。他家照顧媽媽的印尼外傭被印尼政府撤回了，現在他得自己來。所以他趁著媽

媽午睡出來喝杯咖啡，跟我們混一下再回家。老K說，安平老街密密麻麻都是人，路過豆花店排隊，魚皮排隊，牛肉湯排隊，往市區的民生路有夠塞，幸好他騎車出來。「台灣人樂天知命，及時行樂啊。」老K結論。他很快幹掉特製油飯飯糰和檸檬咖啡，翻看帶來的日報，像個泡早餐店的老人。他問我在看什麼，我舉起封面給他看，我們各自躲在字裡。我突然想，這兩個世界本來距離很遙遠，如今卻交換座位，反而他看的那堆字更像虛構作品了。這不是之前大家想像的戰爭。沒死人，沒流血，沒有飛彈射來扔去，自然也不需要躲防空洞。這種感覺還比不上打即時戰略射擊遊戲，但即將發生大事的感覺潛藏在空氣中，仔細嗅聞會有種低沉的感受。不過也許是台南空氣品質太差，我鼻孔老是黑黑的。

「你老婆女兒都好嗎？」

「還OK，在紐約總比跟我在台南好。」

「他們那邊還是不放飛？」

「沒辦法，誰知道會出現什麼狀況，至少他們安全就好。」

「算算你們才分開一個多月而已。」

「誰知道發生這些事。」

我看看趴臥地上的嘎逼，周圍的喧鬧聲響完全影響不了牠。這種動物真是無入而不自得，八風吹不動，大批民眾圍觀也只是靜靜維持舒適的姿勢，偶爾動兩下耳朵。吧台後的兩人分別在整理工作檯和洗杯子。我問：「對了我一直很好奇，到底是誰要蓋施琅的廟？而且那募款廣告就掛在開山路和府前路交叉口樓面，鄭成功騎馬像的正對面，搞不好還有對準鄭成功的目光。」

「你不說我都沒注意到。」阿勇喝了口檸檬水。

「現在看起來都別有用心啊。」毛毛擦擦洗過杯盤的手。

「你們去延平郡王祠時，有沒注意題字的牌坊落款人是白崇禧？」

「好像有這印象，是不是哪個文學家的爸爸？」毛毛問。

「是白先勇吧，那上面寫什麼？」阿勇問。

「我也不記得，大概就是表揚鄭成功之類的。我是在想，為什麼國民黨要稱讚鄭成功？是不是他們看著鄭家以台灣為基地對抗清朝，聯想到自己的處境？」

「就是這樣沒錯吧。以前有口號『一年準備，二年反攻，三年掃蕩，五年成功』。我小時候上成功嶺、當兵都有印象。當時聽起來就是笑話。」老K補充。

「這樣不是有點妙？鄭家統治台灣根本很短，二十幾年就被清朝收拾了。國民黨對台灣果然很不熟。」

阿勇回：「有美國罩啊，不然國民黨早完蛋了。」

我說：「可惜現在美國罩不住了，我們得自立自強。」

毛毛感嘆：「我們就這麼衰小，難道不能像蘇格蘭獨立公投那樣，自己決定這塊土地的命運嗎？」

我說：「也是有可能像蘇格蘭公投沒過啊。現在這樣也沒有不好，關係很曖昧，就表示可以偷雞摸狗嘛。」

老K反駁：「有什麼好偷好摸。這幾年台灣跟中國越來越像，以後外國人分不清台灣中國也沒差了，根本就一樣。」

有人結帳，我們沒接著聊。因為很難專注在小說裡，我在店裡走來走去，翻翻架上的雜誌和書，全是阿勇和毛毛費心張羅來的旅行主題，依照世界各大洲分區擺放。翻著一張張異國旅遊照片使我煩躁起來，我回座扯扯繩子，嘎逼識相站起來，拉拉筋骨，甩甩身軀，跨步跟我走回家。不知道其他路人是否跟我有類似的感覺，有事該發生卻沒真的發生。我當然也不真的希望突如其來一顆砲彈炸得我要死不活，心裡懦弱想著解放軍要來就快啊，趕快讓這一切有個了結，不要拖拖拉拉拜託。

新聞報導各國外僑撤返，好多人想辦法擠著飛機和船舶逃走，

更多像我們這種離開台灣也不知去哪的，就留在原地，等著太陽升起又落下，等著預計落下卻悶著遲遲不下的雨。總統先生自從昨天宣布反攻大陸這個復古口號後，據說都在跟各部會首長、幕僚、智庫推演下一步決策。雖然金融偷襲有效促成中國經濟的崩盤，讓中共有點頭大，但沒人知道接下來會怎樣發展，畢竟中國沿海一整排飛彈對準台灣，全部飛過來真的就再見了。又想到這些飛彈對準台灣已不知多久，兩岸照常大三通或通三小，來來去去，沒什麼人會意識到「哎呀，我正在飛往被一堆飛彈對準的地方耶」或「我總算飛到飛彈的後方了」。那些飛彈形象太輕太沒存在感，只有第一次總統直選那陣子有些空包彈飛過來嚇嚇人而已。

手機響的時候，我在餵嘎逼吃高麗菜，手上沾著菜渣和牠的口水，牠咔吱咔吱咀嚼得嘴角滿布口沫。我接起手機，壓抑著不要說出自己正在餵食水豚，冷靜聽完對方說預計搭幾點的巴士回台南。我問你們家都還好嗎，她說還可以不過還是想回台南待著。她的離婚協議拖了好半年，總算簽字辦妥。她說，沒有孩子到底是幸還是不幸，好像過去五年的婚姻什麼都沒留下。我說你傻的嗎，大家好聚好散，別太執著，現在國難當頭啊，不要兒女情長啦，快回來有驚喜喔。

我的手指抽痛一下，沾到什麼溫暖的液體，低頭看到中指指節被劃出一道傷口，嘎逼還在咀嚼，嘴部濕黏，唾沫是有點混濁的深綠。我拍拍牠的頭，起身沖洗傷口，找出OK繃貼好，出門去附近藥局。我跟藥師說，被水豚咬了，有什麼藥擦。他說這種生物我不知道是什麼耶，水生生物的話，可能去給醫生打針破傷風比較好喔。他翻查傷口，看起來是還好，這個應該就可以。我說水豚不是水生生物，是世界最大的囓齒動物，有點像是很大隻的老鼠。他驚呼老鼠，那你真的要去找醫生看看，比較保險。我不當一回事，買了創傷用藥膏就離開。

　　又踅回阿勇那裡，他跟毛毛正在嗑晚餐，店裡客人略減。我說國華街和民族路口那邊擠爆，一大堆人嗷嗷待哺，等碗粿、燒肉飯、當歸鴨和豆花，大家吃乎死卡贏死嘸吃。阿勇說老K回家陪媽媽吃晚飯，等他媽睡了再看晚點怎麼約。我搖著中指說被水豚咬傷了，他們譏笑一陣，收拾桌面，泡茶閒聊。我們都疑惑，怎麼現在時局不像那些末日電影：大危機降臨，人們淨幹些蠢事，燒殺擄掠，暴動搶劫，排很長的車龍，銀行擠兌，飛機場一堆等候補要逃離的人。大家反而自動自發維持社會秩序，店照開，街照逛，錢照花，人人和善，路過還會打招呼，搭訕變得很容易，大家都有幾句話要說。

　　我記得以前有這麼段時期：「據說1945年日本裕仁天皇放送投降消息，到國民黨來接收前，台灣有二十天處在完全真空的統治狀態，那時也沒發生什麼治安問題。」

　　阿勇：「不過那時知道要回歸祖國，只是早晚問題吧，明天會怎樣完全抓不準。」

　　毛毛：「這兩天店裡忙還好，不太有時間發呆，不然現在這樣真的很唉唷，感覺好像要亡國了。搞不好小孬孬去北京談一談，我們就被賣了。」

　　阿勇：「如果要做得這麼明顯，幹嘛宣布反攻大陸，又不好笑。說是去攻擊中國經濟但又不是在中國，我實在不懂，有些客人在聊，也問過做金融的朋友，還是霧煞煞。」

　　「很複雜啦，我連懶人包都懶得研究了，反正總會有個結局，就等吧。」

　　以前聽過美國國防部的智庫單位打算研擬成立「恐怖攻擊行動期貨市場」，藉著把恐怖攻擊變成期貨市場，開放給投資者交易，讓某些事件標的和可能情境清楚顯現出來，不僅省下大筆情資工作支出，還可提升事件預測準確性。好比「以色列會再轟炸加薩走廊

嗎」、「伊斯蘭國會殺死幾名外國人質」、「北韓會不會發動核武攻擊」之類的。後來這個計畫構想被擋下來，但我猜可能有哪裡的有錢人吃飽撐著，玩起類似的「未來事件交易所」，放到我們當今的處境就是：中共是否會武力攻台實現統一？要是玩很大，就會有人因為亡國、死很多人賺一大票。現在看來，中國的陣勢是全面戒備，一觸即發；台灣卻好似邊防空虛，讓人摸不著頭腦，不知道總統手裡握什麼牌。我啜著熱茶，一時沒話，他們倆轉身到櫃檯掏出一張紙，請我簽名做證人。我說搞啥鬼，傾城之戀啊。「這時候登記做紀念，不然過兩天就沒中華民國了。另一個就給老K寫。」阿勇難得對中華民國展現一絲不捨，毛毛則是笑得有點含蓄，他們也在把握New York Minute。

　　我寫完抬頭瞥見牆上的電視畫面，有插播快訊打著總統即將發布重要講話。阿勇起身找遙控器，總統先生的直播聲影傳了出來。全程不到十分鐘，也沒回答任何記者提問就結束，重點言簡意賅：我們將改寫國家基本定義，變更領土、國民為不固定範圍，原居民若有自願加入中華人民共和國者，可持有雙重國籍居住於台灣；對全世界無條件開放移民台灣，任何人願意獲取台灣國籍，均不設限。

　　我們望著電視畫面陷入安靜的混亂，店裡只有天花板風扇的轉動聲，背景音樂和電視新聞淡如雜訊。我恍然覺得自己該是在某間精神病院與病友呆呆對看，怎麼可能四個字像是正忠排骨飯的超大招牌字體矗立在我心裡每個角落，光芒閃爍。

　　我伸展四肢，確定這一切都是真的，大大吶喊一聲拖得很長的幹。阿勇跟毛毛跟著幹出口，在場客人也喊，一時幹聲此起彼落。

　　阿勇跟毛毛頻頻說怎麼回事。

　　我不知想得對不對，心思太混沌，仔細想想真是不得了：中華民國是亞洲第一個民主共和國，現在我們是第一個到處都存在的虛

擬國家，簡直就跟網路遊戲一樣，只要註冊帳號就可以上線，玩家遍布全世界啊。

我打電話問她知不知道這個大消息，她昏昏沉沉接起回答，像是被我搖醒一般尖叫，說是才過了台中，車況不錯，應該再過兩小時就可以抵達。我捏著手機奔跑經過人群、車輛，想趕快回到家裡看看嘎逼。打開鐵門，嘎逼趴在牆邊靠著，頭微微抬起，濕潤的黑眼珠看過來。我走近，想抱抱牠，甚至有想把牠整隻舉起來的衝動，彷彿那是一座獎盃。想著等會她見到嘎逼會是什麼表情，而我們接下來的生活將會如何。

嘎逼突然撞我一下，掙脫快跑跳進浴缸，噗通一聲，像個晦澀難解的驚嘆號。外頭有車停住，敲門聲，有人在喊我的名字。

2015年4月《短篇小說》雙月刊第18期

神小風

學校沒有怪談

作者簡歷

　　神小風，本名本名許俐葳。東華大學創作與英語文學研究所畢業，已出版小說《少女核》、散文《百分之九十八的平庸少女》等書。寫過小說、散文，有時還有劇本。現為《聯合文學》雜誌菜鳥編輯。

耕莘與我

　　參加過「搶救文壇新秀再作戰」文藝營的人大抵都能明白，相較印刻或聯合文學等其他營隊，這並不是一個「大師級」的活動；不是上對下「你應該如何如何寫」的內力傳遞，而是「我們可以如何如何做」的交通往來，把講台下的我們當成一個「可以寫」的人來對待。像朋友似的親切招呼，隨口就聊起一本對自己至關重大的書，坦承到幾乎無私的熱情。那簡直是種魔法，在他們的談話裡，我第一次感覺到自己獲得寫作的資格。

學校沒有怪談

一、國父的眼神

　　無論哭或笑，國父遺像上的哪一種眼神，何蔚翔都沒有見過。

　　為了躲避那道視線，何蔚翔已經站在教室前門好一陣子了──那裡有個櫥櫃的凹洞，可把他很剛好的藏起來，多猶豫一下下。

　　他手觸金屬門把，發出脆脆的聲音，才剛把前門推開，就被和白日裡截然不同的校園風景給嚇住了。不透光的窗戶、巨大的無人操場、越過二樓的樹還是同一棵，但姿態或架勢，風吹過樹葉枝幹的沙沙聲響，所見一切都變得神祕起來。以及籠罩朦朧色澤的沙質走廊，好恐怖啊。他一步也不敢踏，真怕踩下去，會像前陣子他一腳踩上施工中，校門口剛鋪上厚厚柏油的那條路一樣，鞋底被黑黏液體咬住，那時旁邊經過的別班同學還「ㄆ」了好大一聲，一臉看好戲表情。他越急越掙不開，正要出發的小三路隊非常有默契的，整群繞過被路障圍起來的那一條柏油，乖巧迅速的走上另一條安全的路──「不是都有警告標誌了嗎？」帶隊導師氣急敗壞，等不及他掙脫，彎下腰用力的把他那隻腳拔起來。

　　喔。對不起。

　　何蔚翔記得自己說了這句話，很小聲的，但那位老師抬起頭來的表情像是沒聽到，她指著那個被他踩出一個清晰腳印的柏油地面罵：「好好的路被你弄成這樣，你看你怎麼賠啦！」

　　怎麼賠。他的球鞋不防水，當然也不防柏油，襪子底部全沾上那一層黑黏液體，怪難受的。他脫下來，在教室最邊邊的洗手台前

洗，用力的搓，一面還在想著那個問題：鋪一條柏油路要多少錢？柏油是裝在那種店裡賣的油漆罐裡嗎？老師如果寫在聯絡簿裡怎麼辦？才想到這，何蔚翔就聽見走廊另一端傳來「嚓嚓」的走路聲，出現了。

是阿ㄠ，只有他會把球鞋的後跟踩得扁扁，像穿拖鞋似的，露出大半個後腳跟走路。阿ㄠ從來不看人，只有他的腳會看人。那雙顯然不符校規，花色鮮麗還繫著鵝黃鞋帶的球鞋，全校每個人都看過。

球鞋襪子都還濕淋淋的一坨，何蔚翔把它們從洗手台裡抱起來，跳進最靠近他的男廁隔間裡，他的指縫裡都還是柏油，水沿著制服下襬不斷往下滴——再一下就好，他對自己拜託，他常常對自己拜託。

找一個地方，把自己關起來。撐到鐘響，撐到放學，媽媽告訴過他一句話「時間很快，日子很長。」不知道從哪裡抄來的，何蔚翔也把這句話抄在聯絡簿上的「格言佳句」那欄，覺得這大概就是世上唯一的真理。他耳裡清晰聽見阿ㄠ「嚓嚓」的走過男廁門口，他屏息，確定自己沒踩到「阿ㄠ剛好尿急」的地雷，才悄悄閃出，把濕漉漉的球鞋襪子放在地板上，剛歇口氣，張心傑就進來了。

「喔。」張心傑朝他抬了抬下巴，手裡忙拉下拉鍊，湊上小便斗：「何蔚翔你在這衝啥？」

張心傑只有在他們單獨相處時，才會叫他何蔚翔。

張心傑是他的朋友，但他站在阿ㄠ那一邊。

何蔚翔不怪他，如果這種好運降臨到自己身上，他也會手腳並用，死命的爬，連嘴都張得大大的去接。

張心傑尿完了，拉上褲檔，像是尿意得到宣洩，腦子也通了。轉過來對著他噴噴作響：「在躲阿　喔ㄠ」

「我尿急啦。」

好爛的謊。但張心傑毫無反應，朝放在地上的那堆髒鞋襪瞄了一眼，何蔚翔寧可他笑，再多笑一點，有時候笑是友愛，笑是寬容，笑是把你惡作劇一番後，還是會招招手叫你過去然後說不鬧你了啦。

但張心傑沒有笑，只是很困惑的盯著他看，「他叫你踩，你還真踩喔。」一臉「我救不了你」的表情，跑了出去。

於是他現在就在這裡了，一開始他還抱著冀望，這裡的警衛或訓導主任會一間一間的巡，很快就會發現被阿ㄎ他們關在掃具間裡的他，大聲斥喝他趕快出來別玩了……怎樣都強過他單獨待在這裡一晚上。

但沒有。奇怪了，他們抓違規的時候不是都很兇、很仔細嗎？綽號「禿頭」的訓導主任，每天下課就站在永和國小的馬路口，見到哪個學生貪快不走斑馬線，直接橫過馬路，就非得要衝過去把人揪回來痛罵才甘心。

又或者是，當他站在公共電話前面，阿ㄎ替他投入兩塊硬幣（這錢算我出的啦，免還。阿ㄎ嘻嘻笑，何蔚翔當下竟真的生出謝意），叫他打電話的時候，心裡不斷祈禱媽媽和平常一樣，叫他放了學就快回家少鬼混：「喂媽，我啦。下禮拜要月考，我去張心傑家住，一起唸書喔。」他手心出汗：「他說要教我數學。」

屁咧，張心傑的數學最爛了。何蔚翔不記得有沒有跟媽媽提過這事，在他們還是「正大光明」的朋友關係時。金田一漫畫裡，老是出現這種與事實不符的矛盾，故意拋出的線頭，誘引金田一找出真相，揪出幕後主使者。

但他媽不是金田一，他媽只是個普通的媽媽。聽見不善交際的兒子終於要去朋友家住了……（他們和好了嗎？）好久沒來家裡玩的男孩，好久沒作伙一起回家的男孩，又邀兒子了。何蔚翔聽見媽媽在電話那端滿心歡喜的聲音，好羞愧，為著自己，也為著即將要

去完成的那場大冒險。

　　一切搞定，阿嶽夥同張心傑，還有那一票好弟兄架著何蔚翔，竟有種浩浩蕩蕩之感，不知情的人還以為他們要去哪鬼混玩樂，但不是。五點後的校園正準備變暗，他們來到傳說中的二〇四，搖開窗戶爬進去，再極其恭敬把何蔚翔「請」進掃具間裡，並不來那套壓落踢打的把戲，「等到天黑再出來啊。」阿嶽拍拍他的肩，彷彿給了個關心的叮嚀，左手比出一個方形，「看清楚一點。」

　　一樓有鐵捲門，出不去；教室在二樓，欄杆矮矮的，模擬畫面在何蔚翔腦中閃過，有些人會跨在上面嬉鬧，吹風，等到老師罵人了才趕忙跳下來。他們根本不怕，「那麼近。」無論是二樓還是三樓，或者四樓，看起來離地都不遠，罵什麼罵，跳下去就好了。

　　何蔚翔想過很多次，但他一次又一次的拜託自己，不可以。

　　不可以。

　　於是何蔚翔放開金屬門把，打消從這裡逃脫出去的念頭，轉頭打量教室，儘管格局一樣，「別人的」教室看起來就是有那麼一絲絲不對勁。在黑暗裡，他一個、兩個，沿著桌子一路摸過去，心內數算直排橫列；第二排第五列，張心傑的座位。

　　他要活下去，何蔚翔默念，他在那個座位的後一格坐下來，腳小力的往前踢著椅子，扣、扣。他抬頭，聚精會神的盯著左前方，國父遺像的位置。

　　這是永和國小裡的校園怪談之一。

　　二〇四教室裡的國父遺像，認真看，眼睛會滴溜溜的轉喔。

　　有時哭，有時笑。無論如何，他都在看著你。

　　他在看著你。

二、抓交替

　　張心傑對他還是不錯的，早自習時帶了一套體育服讓他換，「你媽有打來喔，我說你睡了。」何蔚翔隔著衣服點點頭，在游泳池旁的更衣室裡換上，人也舒緩過來，不知是乾淨衣物遮掩，還是空氣裡飄盪的氯氣味，前一晚累積的汗臭都聞不到了。他們並肩坐在游泳池畔的階梯上，張心傑穿L號，他是M，「你真矮咧。」張心傑扯扯他空了的那一截袖口，回到正題：「怎樣，看到沒？眼睛會不會動？」

　　「嗯，會動。」

　　「喔。」

　　再過一個學期，他們就要畢業了——已經算是半個國中生了好嗎。現在誰還信校園怪談那套？眼睛會動的國父遺像、音樂教室裡的自動鋼琴、風雨操場裡的吊死鬼，什麼妖不妖、鬼不鬼的，現在最能引起他們興趣的，該是一樓殘障廁所裡不定期出現的四腳獸了，班上津津有味的傳了好一陣，也沒誰真正看過那對男女，「搞不好是男男啊！」忘記是誰這樣說，惹來幾陣尖笑。他不是沒興趣，但問題從來就不在那裡，何蔚翔知道，張心傑也知道。

　　水面起了波紋，阿㚔的倒影被截成幾段，越來越近。張心傑朝他們招招手，像是迫不及待的要看下場戲怎麼演，急急的喊：「他說會動啦。」

　　「動？怎麼動。」

　　「會笑。」何蔚翔說。

　　「啊是笑啥小？」阿㚔並不看他，話裡也沒任何譏嘲或質疑，就是輕輕的掃過去，夏天裡一股涼意。張心傑趕忙站起來，越過何蔚翔的頭頂，他們交談，大多是旁邊的人在回，一開口就是罵：

「騙肖ㄟ，自慰翔說的話能聽喔。」

「那是他說謊囉？」張心傑朝著阿ㄠ笑，又回頭瞪他一眼。他搖搖頭。

他們爭論不休，明明主角是自己，何蔚翔坐在那裡卻心裡一陣麻木——不會結束，他彷彿從這些硬要篩出渣渣來的動作裡窺見了自己的命運，這一場場的「試驗」是沒有底的，無論他做得再配合再殷勤——最後，當鬼的還是他。

阿ㄠ沒有要放過他。何蔚翔在心裡鞭打自己，盯著倒影如魅的水面：要是他們再叫他幹啥作啥，他就從這裡跳下去。讓水花撞擊他柔軟的腦袋，再也不要浮上來。

「不然換一種啦，這次你也一起。」阿ㄠ終於說話了，不慍不火，像一個明智的法官在裁決，公平正義都回來了，朝張心傑抬抬下巴：「中庭還有一個國父啊你們忘啦，不是半夜會醒來踢達達的喊口令巡邏嗎？總之，只要有一個校園怪談是真的——」阿ㄠ抽出交疊的雙手，像個小小指揮家：「自慰翔就不用當鬼了，這樣，OK吧。」

他以為——他發誓他真的以為，張心傑會和平常一樣，跳起來說「賣鬧啦」就唬弄過去，肩膀碰肩膀，好麻吉、好哥們，繼續和阿ㄠ他們嘻嘻哈哈。但沒有，張心傑沒說話，他開始抖腳，左腳抖完換右腳，右腳抖完換左腳，過了好久才聽見強撐出來的聲音：「好啦。」空空的，卻讓整座游泳池都聽見了。他低下頭，看見張心傑的腳在地板上踏阿踏，用力將一隻剛爬過去的蟲子踩扁。

長久以來，何蔚翔把人分成幾種，會被欺負跟不會被欺負的；受歡迎跟不受歡迎的；有朋友跟沒有朋友的——人不是一條直線，而是各種不同圈圈，圈圈重疊的地方決定了你在團體中的位置，教室裡的階級。他，何蔚翔因此非常感激，分班之後張心傑第一個找說話的對象是他——那股抓到浮木的輕鬆感（我現在有朋友了）遠

遠大過於單純的開心，偶爾也是會緊張，畢竟張心傑和他不同，頑皮的孩子都受歡迎，誰都打他罵他又親愛他，願意為了催他交作業而繞教室一圈，他看過，張心傑五育成績單上面的那個章，還是「開朗合群」呢——他好忌妒，忍不住要忌妒，寧可拿自己的「五育俱佳」、「敦品勵學」這些看起來差不多的戳章，去跟他交換一個「合群」回來看看，到底合群的人生是怎麼活的。

這些話他埋在心裡，無論如何，張心傑座位前頭的那張椅子，在老師還沒喝令「回座位」之前，都是他的。

現在想來，他就是太放心了，失去了一個「不合群」者該有的小心翼翼，該看的臉色沒看，才會惹上阿季。也是分班之後沒多久，一次蠢到極點的輔導課，沒拿來自習或小考，輔導老師說要玩遊戲，正式的名稱已經忘記了，大家後來都叫那是「抓交替」；隨機點一個人，和班上另一個人握手，「講出一個他的優點」接著就換他再去找，一個傳一個。一個抓一個。

抓交替，三五個人的小圈圈最輕鬆，個個講得感人，「你字很漂亮」、「你整潔都拿獎」、「你上課認真」……一開始都很正常，到後面就開始亂。說也奇怪，坐在教室裡一天七堂課，怎麼就是說不出誰誰誰有什麼優點，手舉在那裡老半天，兩邊都尷尬。越到後面就越看出人緣落差，盡是些團體活動時被問「沒分到組的舉手」會侷促招認的傢伙，一被打入就萬萬翻不了身，只得互相取暖，菜渣組。何蔚翔好擔心的坐在那邊，快，選我。我可以講出一個自己的優點讓你講，我到底有什麼優點可以講。

倒數三位，輪到張心傑，他去了趟訓導處才回來，自然晚加入這遊戲，才坐下就被點了，最後二選一，他現在回想起來，張心傑到底是有義氣還是貪圖方便呢——立刻就來握他的手了，「你教我數學！」這個遊戲終於可以結束，全班早已沒了興致，懶懶的，只有他好開心跳起來，握住最後一個人的手。那是今天才來班上的轉

學生。誰都不認識，理所當然。

那是阿乀。

他知道，一定是他忍不住露出的那種放心的神氣，一腳踩進阿乀的胸口，淌著黑黏的柏油。習慣當大王的人，怎能忍受被壓落底？一次也不行。

抓交替，沒想到抓到一隻最大的鬼。阿乀是訓導主任的兒子，這沒什麼，哪間學校沒有幾個老師小孩？但他們都有一股老師氣，認份低調，放學乖乖去辦公室等回家，迴避過多的關照，成績名次永遠排在前頭，理所當然。

阿乀不張揚，但也不迴避，那是與生俱來的權利，為什麼要躲？於是熱天午後，整個學校的孩子都還飄浮在三十分鐘的小午休時，只有阿乀，手持珍珠奶茶，腳踩鮮麗球鞋，悠閒自得的緩慢走過風雨操場。幾個甩著黃黑棍棒的糾察隊看到他，像遇到每周六下午播放的「中國民間故事」裡的殭屍一樣，立正、站好，暫時停止呼吸。

阿乀不是班上的一份子，不是任何一個班級幹部或小老師；他說誰好就是誰好，誰該死就是該死。阿乀和我們任何人都不一樣，阿乀就是這間學校。

於是他說你是鬼，就是鬼，抓到下一個，才准走。

三、灰腳印

「鬼」要作很多事，跑腿、寫作業、抄聯絡簿，當外掃區分配名單出來，「男廁」那格被寫上阿乀的名字時，何蔚翔就要自動自發的走進廁所去，還得預留五分鐘衝回來，把自己的工作草草做完。

他不討厭跑腿；不討厭多寫一份作業；不討厭當他走進教室

時，大家都避開的那股視線，不討厭阿夅和那一夥人，帶動整個班一起叫他自慰翔。他每天晚上躲在被窩裡摸自己的時候，都想起這句話，好像阿夅在看他，他只好偷偷的，偷偷的把手移開，放到棉被外頭。

每天跨入校門之前，何蔚翔除了對自己拜託外，也會停下來，對著中庭的那座國父銅像雙手合十說，拜託拜託。

一入夜，整座校園陰陰暗暗，他和張心傑從男廁裡竄出來，手裡拎著不知哪摸來的手電筒，張心傑堅持要跟他再去看一次國父遺像，沿著二樓走廊一路照過去，朝二○四前進。張心傑透過窗戶，晃晃手電筒，國父的臉在黑暗中一閃而過，回頭一臉得意：「會笑？你再唬爛啊。」

「你這樣太隨便了。」他抗議。

「拜託，國父是偉人耶，他怎麼會笑？他還要和平奮鬥救中國呢！」

「閉嘴啦。」他說。

他們從張心傑說的「密道」鑽下去，二樓與一樓的曲折處，的確有一處破口可讓他們躍下而不擦破皮。張心傑擺出救難小福星的姿勢，後腳跟著前腳快速落地，張心傑很開心。他看得出來，為了心內一顆大石落地開心，他們現在還是朋友，但等今晚，走出校門的那一刻，他們就不再是這樣了——張心傑會澈底擺脫抓交替的順序，堂堂正正的，變成阿夅的朋友。張心傑拉著他奔往中庭，腳步把漆黑的碎石子地板踩得好響，好響。他看見校門口不遠處那間便利商店的亮光，忍不住閉上眼睛。

完了。一切都結束了。

經過那尊國父銅像時，我停下來，像平常作的那樣，雙手合十，對著國父拜託拜託。

「這是國父，不是媽祖ㄟ！」張心傑瞪著他。

「有拜有保佑啊。」

「神經喔，恐怖死了啦！」

他安靜看著張心傑，又合了一次掌。

「靠！」張心傑一腳往何蔚翔身上招呼過去，很小力，但他沒站穩整個人歪倒在地板上，手肘好清脆的在地板上敲出聲響。痛讓他一時間忘了辯解，滿口牙齒打顫，正要爬起來，就聽見背後有什麼東西，動了。

是風聲、呼吸聲、還是金屬磨擦的聲音？細細碎碎，像小蟲一隻隻沿著脊椎爬到肩膀上來，他沒有回頭，只是聽。這很奇怪，當每天的祈禱成真的時候，自己反而不相信了；不相信國父銅像真的動起來，轉轉眼珠、整整衣領，抬腿朝他們大步直直走來。每一下都踏得好重，好規律，碎石子地在他腳下磨擦，如果是這雙腳踏上高熱柏油，恐怕不是腳黏住，而是踩出一個大洞了吧──張心傑抓住他的手，像瘋了一樣往校門口衝。

他沒有甩開那隻手。張心傑握得那麼緊，那麼緊，就像真的為他的生命擔憂似的。

何蔚翔也不是沒有努力。穿著一堆灰腳印回家的那天晚上，他媽使勁的又拍又打，左搓又揉，還是沒法把腳印從制服外套上澈底去除。他沒說話，只拿眼睛盯著媽媽看。外套只有一件，洗了明天就沒法穿了。媽媽很憂愁：「怎麼辦？」又看看何蔚翔：「怎麼會弄成這樣啦。」

隔天他穿了體育服上學，用熊寶貝泡過，熱熱香香的味道，好乾淨。

他媽不在乎他穿什麼，只在乎他乾不乾淨。

他要當個乾淨的人。

上午四節課，課有多久，張心傑的腳就踢了多久，每一下都踢在他的體育外套上，好響。有幾次差點連椅子都踢翻。他不動，也

不回頭，下課張心傑伸出手來拍拍他，「喂你的外套髒了。」他說，謝謝。沒有把外套收起來。

張心傑遞回剛剛和他借的作業，指著其中一題：「你看你這裡算錯了老師沒發現。」那不是單單一題的算錯，是算式整個用錯，滿滿一整頁全比照辦理；數學作業有錯，訂正後還要多寫檢討考卷。何蔚翔不說話，張心傑伸手，再拍拍他：「幫你保密啦。」一副俠義助人貌，他應該感激的，把那一切當作是哥兒們開的玩笑，有人對你略施小惠，就也該讓他施點小惡，不然，多不好意思啊。施比受更有福。

下午第一堂，國語課老師抽背課文，何蔚翔站起來背完了，坐下，椅子卻不見了。張心傑在全班四十個人面前將它抽走，他穿越那把隱形的椅子，地板在屁股底下炸開，好一會兒才知道疼。

全班爆出驚呼聲，老師開口罵人：「這樣玩很危險知不知道！」

玩？

他看向張心傑，正和教室後方的阿   傑眼色，一臉沾沾自喜。阿   倒是不動聲色，或許也真沒放在心上，摔死了活了都無干，什麼都不沾。

這不是玩，這是一個開始。張心傑彷彿受了鼓舞，在國文默寫和數學習題之間，嘗試各種不同角度的踢法；正著踢、側著踢，怎麼踢才能讓腳印更清晰？更多時候是百無聊賴的踢，隨興所致的踢，不為什麼只因他可以輕易越過界線而踢。磅磅磅，規律而反覆的敲打他。何蔚翔想回頭跟張心傑說，這樣的練習並不能讓一個人成為一個足球選手。

時間很短，日子很長；一天過完了又是一天，每一節課都比上一節長。

下課只有十分鐘，何蔚翔跑到中庭，離教室最遠的直線距離，

躲在那尊巨大的、肅穆的國父銅像後頭，乘涼，沒什麼人會靠近這裡。短短十分鐘的空檔裡，藉著另一種權力遮蔽自己。

下午四點，數學老師下了課要回家，順便再去逛逛附近菜場，好多同學都在站交通崗時看過她，「李老師在那邊買菜耶。」這種興奮莫名的流言從來沒少過。李老師手拎皮包，一臉輕鬆愉悅；走出這個校門，今天就不再和這裡有瓜葛。看見何蔚翔，她揮手道再見。

「何蔚翔你的外套為什麼那麼髒！」她驚呼。

「鬼踢的。」他爬起來，指指旁邊的國父銅像：「被國父踢的。」

李老師笑了：「那一定是你不乖。」

四、張心傑

沒有告訴張心傑的是，他一點也不怕鬼。

靜靜躲在二〇四的那個晚上，一切都很祥和，黑暗包圍住他，看不見任何人，何蔚翔心裡有什麼一點一滴被篩落出來，無論是手腳擺放的位置，說話或不說話，這一刻他是自由的，可以繼續蹲坐原地或者推開門，站在二樓的欄杆前面，一次又一次，紮紮實實的把那個念頭吞嚥下去。

包括，國父銅像站起來的那個晚上。

他們在黑暗的街道上拼命的跑，張心傑的手滑得叫人握不住。兩人踩過一窪積水，鞋襪俱濕，繞過好幾個街口，幾乎都要脫離一個小學生慣常的活動範圍了，才終於在一家便利商店的門口停下來。喘著氣，藉著店裡的光亮瞪視彼此，像剛剛踏過的黑暗都是假的，是一場夢，他們又回到了現實世界。張心傑放開他的手，匆匆進了店裡。

何蔚翔跟進去，店裡的廣播放得很大聲，是光禹，聲音很暖、很柔；像是這不過是一個尋常的夜晚，應該是他要縮在被窩準備入睡的時間啊。他夢遊似的走過一個又一個貨架，在最後面找到張心傑，正靠在冰櫃旁挑選飲料，打開，拿出一罐舒跑又放回去；下一層，拿出一盒冰棒又放回去。他們身上誰都沒錢。

有個男店員從後面的小門走出來，面無表情的盯著他們看，深夜的便利商店裡闖進兩個小學生，怎麼看都很怪吧。

他看著張心傑，一屁股在光潔的地板上坐下來，背貼著冰櫃，水滴一點一點滲進衣服和背脊的隙縫間，店員站在他們背後，何蔚翔默默的想：你絕對不知道我們剛剛經歷了什麼，你不知道我這些日子來是怎麼過的。喂，我一直好好奇，二十四小時的便利商店，連颱風地震也都不打烊、永不打烊——那你的一天要如何結束？要怎麼結束？他好想，好想開口問。

他沒開口，張心傑倒是開口了：「回家吧。」

何蔚翔抬頭，沒說話。

「幹嘛！」

「那明天呢？」

「明天怎樣。」

「你會，跟他們說吧。」

「說什麼啦！」他大吼，震得旁邊的礦泉水堆嘩嘩響：「你要我說什麼啦！」

「你不要，」何蔚翔急了，也開始大叫：「你不要又不承認——」

「沒有鬼。」張心傑走近他，彎腰貼近那只耳朵：「我說沒，有，鬼——」

「那你在怕什麼？不是沒有鬼嗎。」

這一定，一定是他有生以來所說過最大膽的話了。以致於張

心傑愣了半晌沒有反應過來，隨即抓狂亂吼：「何蔚翔，你閉嘴啦！」雙手用力將他往後推，沒有防備，沒有人有防備，一顆頭重重撞上身後的冰箱門，眼前一陣黑。張心傑跳到他身上打，用力的打：「何蔚翔你給我閉嘴，你閉嘴，你閉嘴……」

被欺負就要講出來。

要有堅強的心靈，伸出手，跟暴力勇敢的說NO——

何蔚翔，你比較乖，代表班上去聽暴力防治講座好嗎？

回去講給全班同學聽。

他希望有一個答案可以回答媽媽的疑問。他知道媽媽知道了，但很迂迴，話彎來彎去，怕的不是這件事，怕的是一旦證實了之後該怎麼處理——他媽只是個家庭主婦，爸爸在越南管廠，逢年過節才回得來，沒有人知道怎麼處理，沒有人有能力處理，只好放著：「是打球弄髒嗎？」、「外套掉到椅子下？」、「有人不小心絆倒你嗎？」——這算是最最靠近的問題了。

知道她最想問的問題是——「他，沒有幫你嗎？」你們可是剛分完班就一起去打籃球，假日相約去對方家打電動看勇者達鋼，還灌掉我們家一整罐現打果汁的好搭檔耶。

他彆扭起來，在心裡鑼鼓似的喊：我們的世界，沒有那麼容易啦！

店裡好亮，地板好冰。但他的身體好髒，他們兩個都一樣髒，髒兮兮又渾身是汗，睡完一個悶熱午覺醒來的氣味。何蔚翔看見上下顛倒的男店員正朝他們走過來手裡還拎著一隻拖把，尾端劃過鼻梁，好濃烈消毒水味道。何蔚翔仰躺在地板上，眼睛滴溜溜繞了店裡一圈就是不看張心傑，那個傢伙在哭，他還在叫我閉嘴，但我知道他在哭。眼睛和嘴巴都糊在一起，他趴在何蔚翔身上，拳頭仍是握得緊緊的隨時都會下去，又像是在對他拜託，拜託拜託。但何蔚翔就是不看他。我怕。我怕我原諒他。

我知道他要我說，好啦。

兩個人爬起來，把鼻涕擦乾淨，說掰掰以後各自回家。像以前一樣。

一切就會變得沒什麼兩樣。

在這個學校裡發生過最恐怖的事，不是國父遺像或哭會笑，不是銅像半夜會起來走路或追趕跑跳碰，而是何蔚翔曾經——好吧，包括此時此刻的現在，都把張心傑當成，他的好朋友。

唯一的朋友。

店裡好亮，地板好冰，深夜廣播還在持續播放。光禹說：晚安，祝你有個好夢。他聽見告別的音樂，越來越大，越來越大，卻無法掩蓋一直追趕在他們身後，強壯的腳步聲。

朱宥勳

標準病人的免疫病史

作者簡歷

　　1988年生，現為耕莘寫作會會員、《祕密讀者》編輯團隊成員。曾出版小說《暗影》、《埕觀》、《誤遞》，評論散文集《學校不敢教的小說》。並主持數個專欄。

耕莘與我

　　但當時我坐在小屋的地板上，想著邀請我們來到這裡的email，上面說，營隊的導師們想把學員聚集起來，組成一個文學團體，也許以後可以一起發行刊物、辦活動之類的。當時我高三，心裡對這些事情半信半疑：憑我們這些小朋友，真的可以嗎？就算可以，有人要看嗎？我只是想寫作而已啊，要搞這麼大的事情，會不會有點誇張啊？要到很久很久我才知道，我們實際上能做到的，比我們以為的還要誇張很多。

標準病人的免疫病史

一開始的時候，母親說，以後你還會遇到很多病的。

想了一想，她似覺不妥地改口：我是說，你會好好的。健健康康，就像我一樣。

母親確實一直健康。她的外表就像她的年紀一樣，是頑強的四十歲。當他蜷縮在自己的房間裡，聽到她急急下樓的腳步聲時，彷彿看見那雙強韌的小腿劃開空氣，腳板結實地踩在樓梯上。在那之間有著難以計數的力量流動，先是從防滑銅片回擊，再被下一個跨步攪亂了節奏。他看不到但是能夠閉起眼睛，全黑的視域裡便會浮現長長的柏油路，兩旁樹影交疊。路的盡頭就是醫院，他不知道醫院該是什麼顏色，但總歸是方形的大樓，而且內裡一片純白……

然後就沒有了。

就像在這裡，他坐在一個小小的軟墊上，周圍坐了一列又一列像他一樣的人。但他們都明白，這一個寬廣的大殿裡什麼都沒有。

那句他僅記得的經文：無無明亦無無明盡乃至無老死亦無老死盡……

那麼多的事情他都將，或者已經，不記得了。他知道所有的記憶都在滑落，被一片濃重的黑幕驅走掩蓋，就像是閉上眼拒絕光線但比那個再強烈一點，硬生生的。就算他曾經艱難地背誦演練。

母親從來不帶他去。

直到那一次帶他去。

他始終閉著眼坐在軟墊上。在忘記以前他始終閉著眼，他記得房間外面的世界亮得可怕，那些不同顏色的能量撞擊他然後逸走，在進入室內之前他只能閉著眼，保護著太過脆弱的眼睛。母親抱抱

他，輕輕附耳：到了，小心階梯。進到醫院裡面之後，他立刻因為被無邊無際的白色包圍而感到安心。他問母親：到了嗎？我們到了嗎？

母親牽著他的手沉靜地說：剛開始而已。

他被安置在一個能旋轉的靠椅上，再過去有一張床、一張書桌和兩張椅子。其中一張椅子坐著一位穿著白袍的先生。這個房間真好，他舒服得幾乎想蜷縮起來。

然後母親猛然撞進門來。

母親臉容痛苦，手揪著胸口：「醫生、我、我……」

醫生連忙指揮母親坐下，問她怎麼了。母親一隻手放在胸前，坐得很直，稍往前傾，好像不這樣就會感到疼痛。她的胸膛急速地前後移動，斷斷續續地說：「我、我喘不過氣來……」他嚇壞了，緊緊抓住椅子邊緣。他想母親那麼健康，而那樣的身體裡竟然也瞬間長出了膨脹收縮的炸彈。醫生很冷靜快速地問了幾個問題，起身擺弄一些金屬工具並且把它們用在母親身上。母親的呼吸漸漸平穩下來，身體的線條也變得柔軟，最後醫生遞給母親一張寫滿字的紙，說：「拿這張到櫃台領藥。」頓了一下，等母親接過，問道：「你是自己一個人來的嗎？」

母親搖了搖頭。她說：「我和我男朋友來的。」

他睜大眼睛注視母親，但她並沒有回看，彷彿他的不存在和她的男朋友一樣真實。

醫生說：「那就好，記住不要自己開車，妳現在最好不要太過用力。」

母親說好，退了出去。接著醫生離開，又走進第二個穿白袍的先生。

再一次，母親猛然撞進門來。

那一天母親一共撞進來七次。每一次都呼吸困難，坐姿僵硬等

待七個不同的醫生施用金屬工具。醫生們問母親的問題不太一樣，但母親的回答總是差不多：上禮拜到山上露營就發生過一次了、剛剛坐在沙發裡突然喘不過氣來、坐在急診間裡比較沒那麼喘可是頭有點暈……只有最後一個問題是相同的：「你是自己一個人來的嗎？」而第七次的時候他已經從緊張、困惑和憤怒之中安定下來了，他想這或許是某種祕密的遊戲吧，於是搶在母親之前說出口：「我和我男朋友來的！」

第七位醫生和母親驚詫地望著他。

他有點害羞地補了一句：「那就好，記住不要自己開車……」

小房間裡沉默了幾秒，母親才突然回復了健康的呼吸和聲音，對醫生迭聲：「抱歉、抱歉……」

從那天起他才終於明瞭母親的職業，也開始接受她的訓練。

母親說，作為一個病人，最重要的事情是每一次都要一模一樣。每個醫生會問差不多的問題，做差不多的事情，但是：「生病的人，不能夠只是差不多。」母親真的能夠每次都一樣。有一次她負責生一種手腕發炎的病，只要手掌往後彎到十五度就會劇痛，於是不管醫生前彎、左彎還是用小鎚敲手腕，她都微笑得像是優雅的貴婦——她對醫生說她是：「這也是病的一部分。」她事後對他說——，但只要稍微往後折拗到十五度的瞬間，她便會痛得用力甩掉醫師的手，抱回胸口，眼淚和尖叫一起迸出。

母親說你來試試，把貴婦改成，改成有錢少爺好了。

他說好，從門外走進坐著母親的房間。那是家裡的房間，並非全白，但幽暗的微光也很令他放鬆。

母親醫生問：「你有哪裡不舒服嗎？」

「我……。我痛。」他說。

母親皺眉：這樣不行，要把話說清楚，你是個有錢人家的少爺呢。

　　他吸一口氣：「我覺得手痛。」

　　他感覺到醫生的視線落在覆著彈性衣的手上，感覺到視線的顏色，一種灰藍色的能量徐緩靠近，終於狠狠在他的膚表炸開。他立刻哭了起來。好痛這是真的好痛，不是生病，而是真的生病。他想起房間外面的世界，他想怎麼外面世界的顏色會跑進來，怎麼已經結了痂的手背手腕竟然還會痛。他以為在十歲那年他就會永遠忘記什麼是痛了，但母親催促著，怎麼痛呢？是這樣嗎？（她一根一根地牽動他的指尖）是這樣嗎？（她揉著大拇指的根部肉處）是這樣嗎？（她抱著十歲的他從淹沒了一切顏色的黑幕中跑出來）是這樣嗎？（是的妳快停止妳為什麼不乾脆停下來——）

　　他的眼淚啪嗒啪嗒落在長褲上。

　　母親醫生試過了十四度，十六度，以及十五度，每一個角度他都覺得痛極了。

　　十歲的他年幼得還不知道該如何稱呼這種灼傷，當他小心地坐穩在木頭製的課桌椅上，他努力讓自己不要有分毫移動。但沒有用，四面八方的顏色投擲過來，灰藍色的深紫色的亮黃色的淤紅色的……他們看著他。然後灼傷。

　　母親抱抱他，用袖子擦乾眼淚，但仍然輕聲地說：這樣不行，我們再練習一次。

　　就是在那次，她說，以後你還會遇到很多病的。

　　就像她已經遇過的那樣。她曾經嚴重頭暈、喉嚨痛、肩膀肌腱撕裂傷、骨膜發炎、下背疼痛導致難以站立——或者因為差不多的理由而難以安坐——、心絞痛以及他第一次看到的呼吸困難。生這些病的同時，她還必須同時扮演麵攤老闆娘、大公司的總機小姐或成衣廠的女工。

　　現在，當他蜷縮在自己的房間，聽母親離去的腳步聲時，他不必閉上眼也能夠看見即將發生的事。母親強壯的小腿跨入醫院，一

位年老的醫師遞過來幾張紙。她坐下來，很認真地讀著：

妳是一位三十六歲的女性，因為背痛來到急診室。

妳的生命徵象（vital signs）如下：

體溫：36.6℃

脈搏：90/min

呼吸：20/min

BP：130/80

……

如果學生在妳坐姿時伸直妳的右腿，妳的腰痛會加劇。

妳可以用妳的腳趾慢慢地走，不過不能用妳的腳跟走動（妳只能走一步，然後疼痛會加劇使你無法再往前）。

妳很難彎腰去觸摸妳的腳趾（當妳的手指伸到膝蓋時便停住了）。

一個小時之後，她會和一群標準病人一起來到一個房間，出現了另外一位年老的醫師，他負責檢查她是否真的有背痛。生病這項工作必須由沒有生病的人擔任。走出房間之後，她到廁所裡換了一套花色較豔的衣服，以符合三十六歲鮮少出門的家庭主婦形象。最後，她一次一次地敲診療室的門，面對每一個不一樣的醫生說出一模一樣的台詞。有些醫生會緊張，講話有點發抖，有的醫生則不太聽她講話。所有的醫生都知道她沒有生病，卻全部都在努力地找出她的病。

有的時候他們會在病歷上寫下錯誤的答案，開出錯誤的藥。但她就像是個生病的三十六歲家庭主婦，努力想鞠躬道謝但是又痛得彎不下身。

她常去的醫院時薪是三百五十元，往往會多發幾百塊津貼。離開之前，接待她的兩位年老醫師會稍微詢問她，剛才的幾個學生表現如何。她會稱讚那幾個有禮貌的，然後含蓄地說，第三個是不

是比較沒有經驗一點，手勁有點重……兩位年老醫師側頭沉思幾秒，接著謝謝她今天準時來：沒有你們的話，我們還真不知道該怎麼辦。

她合宜地笑，受寵若驚般：哪裡哪裡，可以考醫學生的試呢！這是我的榮幸。

她會在回家路上買兩份快餐，帶一杯水果冰沙給兒子。她有時候會忘記自己已經恢復健康了，仍然拐著膝蓋走路，直到飲料店的老闆娘親熱招呼：「唉呦！受傷囉！」她用銅板換過塑膠袋，敬業地繼續扮演傷者：「昨天跟兒子去爬山，扭到了。」老闆娘有時候會再關切要不要去看醫院，她就揚揚手指向來時路剛去過。她想老闆娘一定在暗罵兒子不孝，怎麼讓受傷的母親出門買晚餐，她在心裡幫兒子分辯幾句：唉，工作忙嘛，平常都不見個人影。轉進公寓門內，她立刻挺起身體走上樓，把食物放在客廳，敲兒子的房門。

他打開房門，穿著肉色的彈性衣，外罩一件綠色夾克。彈性衣像一層厚厚的皮膚，但顏色比真正的皮膚深，比燒傷的痂塊淺。在耳朵、眼睛、鼻子、嘴巴有彷彿臨時剪開透氣的開口。

母親會輕聲說，我們再練習一次。

時間一久，他開始不確定自己是否穿著彈性衣進到壟觀的？

在進來以前，他記得所有的事。記得所有經歷過的練習，也記得所有還沒作過的練習。那些關於生病的練習。而當疾病變成一種衣服，可以穿上脫下，而且能編織的固定不變時，他便可以穿著這些衣服，在那些醫生面前表演。但他不確切記得了。在壟觀裡遺忘是常態，他時時複習著自己目前所能記得的一切，像是末代君王巡視日蹙的國土。

（無無明亦無無明盡乃至無老死亦無老死盡……）

然而每一次的複習亦都保證了遺忘，保證了這一秒所複述的記憶和未複述的那些……

母親說，每生過一次病，那種病就再也不會復發了。

這叫做「免疫」。

母親再次端坐在房內，讓他敲門入內。他這次是一個高中生，因為使用了太久的滑鼠，所以罹患了腕隧道關節症。

手腕向下彎曲到三十度時劇痛。

可以伸長五指，但無法用力。

你十分困擾於無法握筆、打字。

母親醫生拗著他的手。母親醫生和一般醫生不一樣的是，一般醫生不知道答案。她刻意將手腕左彎、上彎，直到最後才下彎二十度。再往下。

他再次感覺到灰藍色的視線，徐緩而堅定地穿過彈性衣，抵達膚表。

他咬牙準備忍受疼痛。

再往下，三十度。

他用力甩掉母親醫生的手，眼淚與尖叫一起迸出：「醫生，痛！」

母親醫生鎮定地說，啊，你最近是不是很常用右手？

「沒、沒有……」

她側頭，沒有？頓了一下：應該是關節發炎了。

他聽到自己很驚慌的聲音說：「醫生，我下禮拜要期中考，能寫字嗎？……」

母親醫生抬頭看他。兩人相視，他感覺到自己前所未有的強壯，至少有一個地方的傷病已全然地「免疫」了。

她說：「我們今天就練習到這裡。」

你會好好的。健健康康，就像我一樣。

那天夜裡，他蜷窩在自己的房間裡，看著佈著瘢痕和肉芽的雙手。他伸手拉開窗戶，這是十歲以來第一次這麼做。他閉上眼，因

為眼睛仍然脆弱得禁不起任何顏色、任何視線。微微感覺有風，微涼微濕。他讓自己的手像新生的植物枝幹望窗外生長，極慢極慢地越過窗櫺，終於推了出去。他感覺到無數的能量衝擊著皮膚，可是他完全不覺得痛了。作為一個標準病人，他第一個學會生病的部位是腕部和手掌。

次日，她發現兒子的彈性衣少掉了腕部以下的部位。她在垃圾桶裡找到被剪碎的肉色合成布料。

七年多來，兒子早就不用繼續穿著它了。

但是只要脫掉它，兒子便會像是著了火那樣在地上翻滾。十歲之後，他酷嗜冰涼的飲料，每晚都像取暖般捧著它，直至冰消溶解。

她加快練習的進度。每天，她一早就到醫院去，或者扮演標準病人，或者幫忙訓練新的標準病人。她幾乎不會帶兒子去。如果離家最近的醫院沒有工作，她就托認識的醫院義工幫忙打聽哪裡缺人。像她這樣有經驗、穩定性高的非常受歡迎。而不管去哪家醫院，她一定帶著兩份快餐一份飲料，以及新的標準病人提示單回家。晚餐之後，兒子便揀一張提示單熟讀，敲門入內。

她扮演標準醫生，會犯錯、會無禮。但這並沒有關係，彈性衣越來越像一塊斑駁發癢的痂，即將剝落痊癒。她想也許有那麼一天，兒子就能夠自己走上街道，走進醫院裡，坐在那些因為考試而顯得僵硬緊張的醫生面前。

她愉悅地幻想著，走進了醫院的純白長廊。

今天的她是一個感冒的上班族，有輕微的咳嗽、頭痛、肌肉僵硬、喪失食慾。她熟練地在腦中排演了所有情況，和所有人一起等待上場前的健康檢查。結果向來沒有拒絕她的年老醫師困惑地看著溫度計，說：「妳發燒了？」她突然有點恍惚，剛才已然吸收的整套劇本似乎混淆了她的感官。她點了點頭，又不確定地搖了搖頭。

年老醫師加重語氣：「妳發燒了。」接著問她是否有咳嗽、頭痛、肌肉僵硬、喪失食慾的情況。她還是恍惚地點頭，又搖頭，表現得完全不像一個有經驗的標準病人。她看著另外一位年老醫師進來，兩人祕密地討論些什麼，竟然真的開始覺得頭痛欲裂。

然後他就沒有再見過母親了。

坐在軟墊上，他被迫努力地回想。他試圖把某些記憶附著在身旁可及的事物上，比如盤腿底下的軟墊讓他想起醫院的診療室，因為他也曾用同樣的姿勢坐在那些椅子上。他微微睜眼偷瞄身旁穿著桃紅花布的中年女子，想著那就是罹患了腹膜炎的母親。而再前方一點是他，那個顱內出血又試圖隱瞞病情的少年。他們不是母子，但也許一樣健康。他常常會不小心忘記此刻並沒有穿在身上的彈性衣，幸好紋滿全身的肉芽始終都在，他還能及時從遺忘的邊緣把它搶救回來，一步一步回憶它因為自己的標準病人練習而被剪下褪去的過程。先是手，然後是頭頂到眉線，跳到腰、背……他發現這樣的回憶很有益處，因為身體的每一部分都是確鑿的，因而與之連結的資訊就牢不可破，絲毫不受望觀裡面失憶的浪潮所沖刷。這所寺觀之內，除了人以外，沒有任何可辨識的畫面，是一間巨大的空白之屋，而且是活生生的、不斷掠食的空白。

然而他可以牢記的：因為關於生病的所有練習，大多和母親有關。

母親首先是從腳步聲開始消失的，然後一點一點延長未歸的時間。他打開房間的窗子，把頭、手伸出去窺視街道，焦急得沒有餘裕慶祝自己如此健康。成千上萬種顏色的視線向他投擲而來，他耐心一一分辨，卻找不到灰藍色的那種。夜色慢慢濃重，曾經有一段時間空氣中游離的顏色多到他幾乎以為自己又被灼傷了，驚恐地抽回自己的手查看。然而那只是他平常不曾看過的夜景，城市裡的人們點起了各式各樣的光，平常的這個時候他正在背誦提示單，在自

己的身上醞釀一種自己沒有的病，好獲得生病的免疫力。他想像今天母親應該在醫院裡生一種很複雜的病，這種病讓她喉嚨痛得不能說話，必須要用寫字和比手畫腳的方式來溝通。但很不巧的，提示單要求母親扮演一位右手被車床壓斷的女工，她不能用慣用手寫字，又識字不多⋯⋯

隨著時間過去，母親所扮演的標準病人徵象就愈加繁複。他設法編造出新的細節來拖延母親消失的時間，每一個需要五分鐘來表現的細節，他就在內心裡乘上十，或者十二，總之有幾位醫生接受考試就有多少。每當他發明一個新的細節，就能夠安心地睡上一陣子，然後猛然醒來，全身灼熱猶如十歲那年的火場，但他遠遠不只十歲了，所以灼熱也就瞬間退開膚表。他很快地想出新的病徵來解釋母親的不在，有些病徵甚至會塗改掉舊的。比如在他第四次醒過來，他決定母親的手不是被車床壓斷的，而是手指被罐頭機器碾碎，兩手皆是，所以她只能用牙齒咬著筆桿寫字給醫生。再更新的幾個版本裡，他游移著要不要讓母親乾脆不識字，或者讓她必須昏倒在診療室，醫生要先將她急救醒來，才能繼續考試⋯⋯最後，他靈感枯竭，索性翻出一整疊的提示單，上面的第一行字總是「你有十五分鐘的時間詢問病史」，他不知道「你」指的是誰——他從來沒有詢問過病史，他只負責回答哪裡痛、什麼時候開始痛。他跳過那些無關宏旨的數據細節，重新閱讀各種病徵，重新在腦中組合出母親的提示單。

天亮了。

他用完了所有已知的病。

城市裡的顏色又漸漸地多了起來，但沒有灰藍色的視線。

就在某一個瞬間，他才找到滿意的解釋。他想，這一次，母親生的病應該是「死亡」。他閉上眼睛，看著母親走入診療室，和醫生稍微談話之後，突然頹倒，暴斃了。醫生無助地面對歪歪倚在桌

邊的母親，不知道這是不是考試的一部分，但沒有人進來終止，他也只好繼續處理下去。醫生試圖用一些金屬工具喚醒她，可是她分毫不動，因為母親很清楚，標準病人是不能在問診過程中突然痊癒過來的，一旦開始生病，就真的必須生病了，於是一醫一病，僵持不下……

於是，他換上自己看起來最堅固的衣服，並且收拾了一個背包的物品，十歲以來第一次，自己走上街頭。

母親說過，作為一個病人，最重要的事情是每次都要一模一樣。

沒有母親牽引著他，城市裡的每一條路都一樣。他沿著某一條路往前走，走累了就問路人最近的醫院在哪裡。路人們的眼光各有不同的顏色，但他身上只覆蓋著很少的彈性衣了，大部分地方早就不再刺痛。他走進的第一家醫院是一座米黃色的方形大樓，內裡亦是讓人安心的純白色。他向義工櫃台表明他是標準病人，想問問這裡有沒有工作。義工領他去見了幾位並不年老，但看來十分資深的醫師，醫師們有些遲疑地掃視著他，然後互相對望。

「不好意思，先生，我們不曾用過……」醫師職業性地頓了一下，「我們擔心您身上的舊傷會影響學生的判斷。」

他開始劇烈地咳嗽。

醫師們脫口而出：「您哪裡不舒服？」旋即微笑：「您還是先保重自己的身體吧，標準病人是不能……」

他立刻停止咳嗽，開始打噴嚏。然後站起身來，像一個頭暈的人那樣蹣蹣跌跌地走路。幾分鐘之內，他表現了各種不同等級的痛，強度從一到十，幾近真實的表情、汗水、眼淚與呻吟。幾位醫師想要往下詢問或說話時，他便會恢復成一個正常人，搖著手制止，接著展開下一個動作。

他們僱用了他。時薪大約三百五十元，有的醫院會多一些，有

的會少一些。領了薪水之後,他會到外面的街上買兩份快餐和一杯冰沙,唯一和從前不同的是,他再也沒有回家過了。他不知道母親「死」在哪家醫院裡,所以打算就這麼找下去。當他坐在人行道微微溫熱的磚頭上用餐時,他會把第二份快餐放在身側,默默背誦今天讀到的提示單,就像是母親帶著他生各種病的夜晚。吃完東西他就捧著水果冰沙,不一定喝下去但一定等到冰涼消逝。有時候他會想起母親第一次帶他去醫院,猛撞進來、喘著氣連一個字都說不清楚的樣子。他想母親生病的樣子真專業,那七次闖進診療室從來沒有偷瞄過他一眼,安安穩穩地說:「我和我男友來的。」就算現在他找到死掉了的母親,她也能忍耐著不睜開眼睛吧。他把空的便當和和滿的便當盒疊在一起,與溫下來的飲料罐一起丟進垃圾桶。他蹲下身來,對著並不存在的母親耳際輕聲說:「我已經完全好起來囉。」

母親沉重的屍身似乎有點激動,輕輕地搖動,他連忙阻止:「不,不要起來。」

「是你告訴我的──只要死過一次,你也能夠『免疫』了。」

(那句他僅記得的經文:無無明亦無無明盡乃至無老死亦無老死盡⋯⋯)

他漸漸地在醫院之間打響了名號。嚴厲的醫學院教授們最初在面試他這麼一個全身嚴重燒傷的帶疤病人時總是面有難色,但很快地也因此發現了他在表演專業之外,獨一無二的價值。他們安排他穿著輕薄的短袖短褲,肢體僵硬地走入診療室,走入受試醫生驚嚇的眼光之中。那些經驗不若醫師豐富的醫生們或者強作鎮定,機械地照著標準程序一一問診,或者嚇得語無倫次,頻頻偷看藏在隱密處的小抄。在一些需要觸診的場合,他們無法迴避瘢痕和肉芽,只好用一種輕如羽毛的動作接觸,一邊問:「這樣會不會痛?」他敬業地隱藏了自己的嘲笑,他們不知道他此刻正是前所未有的健康、

強大。他仍然隨身攜帶彈性衣的部分碎片，不過已經不再穿戴了，帶著它們只是一種預防萬一的、令人安心的動作。

醫師們都對他說：如果沒有你，我們還真不知道要怎麼考試。

有的時候還會有人補一句：是啊，像你這樣的病人……很少見。

這樣的人會使醫師們沉默下來，有些尷尬的顏色游離出來，輕輕地在他的膚表逸散。

「沒關係，」他合宜地學習母親：「能幫醫學生考試，是我的榮幸。」

他在每個地方的醫院待幾天，沒事的時候就坐在有冷氣的醫院大廳裡打盹，等待臨時的召喚，直到確定母親不在這裡為止。他也不知道為什麼要找母親，不過反正沒有別的事情做，到她面前展示一下自己的健康也不錯。他有時走路離開，有時坐車，反正錢花完了，他就問路上的人：「附近有沒有醫院？」他覺得路人們越來越眼熟，男子都像是他病過的角色，而女子都像是母親。他一眼就能夠看出有些人正在生著他生過的病，因為那些小動作和提示單裡面的一模一樣，就像排練了幾百次的他。他到過大都市的綜合醫院，也到過比較小型的地區醫院，它們的外牆各有不同的樣式，但進去都是純白色的內裡。雖然他已經不會因為顏色和視線而灼痛，但仍能感覺它們。而在醫院裡，一片純白，最接近一種什麼顏色都沒有的狀態。

最後他到了一個同時靠山、也靠海的地方。

在狹長的平原中央，醫院鐵灰色的方形建築幾乎是附近最高的大樓。

他走進去，生一些常見的病。

幾天之後，一位資深醫師悄悄把他拉到一旁：「我們想請您幫一個忙。」

他點點頭，但是被醫師止住：「您先別急著答應，這個請求很

冒昧，您隨時可以拒絕。我們——我們希望您扮演重度燒傷者的癒後回診，這是我們擬的提示單，您可以先過目再決定……」

「我們曾經用一般的標準病人進行過這樣的考試，但是，您知道的，在視覺和觸覺上總有些微妙處，這個，沒有辦法複製……」

他記得他說好。

坐在噩觀唯一的廳堂裡，就是身在整座建築物的核心，四周佈滿了信眾們居住的房間。有一些信眾不住在這裡，往來家中與寺觀參與大家的冥想，但有的忘了再回來，有的忘了離開，最終就全部在這裡住下了。在這裡，時間也是最容易被忘卻的東西之一，因為沒有任何能夠標明刻度的工具可以持久，所有的人為標記比記憶還脆弱，它們首先會被活生生的噩觀吞食殆盡。

他在醫院裡聽幾個病人提起過，他們都曾經在噩觀裡面待上一段時日。他們說，就是什麼都忘記了，只是隱隱約約知道自己還活著，隱隱約約覺得是不是活著也沒有那麼重要。這些自稱「逃出來」的人們說，只要強迫自己記住一件事，就有機會逃出來。

「但是啊，」他們說，無限懷念地。

但是後面就沒有了，像是沒有逃出來的記憶。

他複習所有過往的事情，一件一件安置在簷柱、橫樑或者軟墊上，像在衣架上面掛著衣服。但有的時候，他也不太確定究竟是在複習還是預習。比如他總是再三回憶起十歲那年，母親用毯子劇烈拍打他著火的身體，可是他不記得自己以前是否記得這件事了。

噩觀裡的信眾皆閉眼，或至少垂目，從不看向彼此，也許有些人早就忘了旁邊還有人坐著。

於是他開始利用這些安靜的人，默默編造一疊寫在噩觀大殿上的病歷表。他在每一個人的身上辨認出社會特徵，強硬或柔弱的肌肉，粗糙或光滑的皮膚，平整或多皺摺的臉。他由那些特徵想起曾扮演過的病徵，然後把那些病派給他們，於是就記住了自己的某一

次表演，以及表演動用到的身體部位。以及母親。

　　不知道過了幾天，這一次的複習才大功告成。但他總覺得，還少了一件。

　　他低頭看到自己的手。

　　那雙手曾經像新生植物那樣，把紋滿肉芽的形體伸出窗外。

　　而只有這具身體，才能記住最後一次扮演：

　　標準病人進入房間。他穿著輕便的短袖衣褲，頭頸、手臂和腿部裸露處有嚴重燒傷的痕跡。傷口俱已結痂，開立相關藥物……

　　標準病人進入房間。他穿著輕便的短袖衣褲，頭頸、手臂和腿部裸露處有嚴重燒傷的痕跡。病人要求止癢、止痛藥物，開立外敷……

　　標準病人進入房間。他穿著輕便的短袖衣褲，頭頸、手臂和腿部裸露處有嚴重燒傷的痕跡。病人宣稱傷口俱已結痂，但在診視過程中迅速迸裂、並且滲出大量分泌物。標準病人並無呻吟呼痛，但觀其言語，齒列緊併，肩頸肌肉不正常收縮，顯然處於忍耐疼痛的狀態……

　　他從診療室裡面落荒逃出，感覺到各種顏色又向他撞擊而來，紛紛在創口上炸裂。（彈性衣呢？）無數細小的爆炸在他的身上發生，就像他從來沒有免疫過那樣。他踉蹌衝出醫院，痛得在沿路留下幾乎可循的汗跡。他不明白怎麼了。這只是一次標準病人的工作，沒有任何化妝他就演他自己，演還沒完全痊癒的自己，而現在他應當是一個健康的人才對。他無法忍受不斷擊打在身上的能量，狂亂之中也許不住大吼：「看什麼！」他沒有對應任何人的眼光但那些都痛。都痛。

　　（我需要一個什麼都沒有的地方──）

　　於是他進來了，但忘了出口在什麼地方。

　　他不確定自己是不是還有力氣再踏出去，這畢竟是個那麼令人

安心的地方，遠勝於醫院，也許還勝於他蝸居許多年的房間。

　　只是有些可惜，這裡沒有窗，能夠伸出手去試試。

　　這最後一件，也終於想起來了。

　　在這什麼都曾經、或即將遺忘的地方，至少他還逆勢想起一件事。他還想起了「痛」，當他心底發出這個音的時候，就算不清楚那到底是什麼樣的字，也馬上能想起，不同的顏色在身上炸開的感覺。

　　就在今夜，他不知道第幾次坐在軟墊，知道自己準備睡去。就在睡之前，他很短暫地想起了母親的死，那再也不會活過來的母親。

　　母親，是你說的，那句倒反過來依然真實的話：

　　只要活過一次，你也能夠『免疫』了。

李奕樵

兩棲作戰太空鼠

作者簡歷

　　李奕樵，1987年生。2001年體制外全人實驗中學肄業。曾獲第九屆林榮三文學獎‧短篇小說獎二獎，入選《九歌102年度小說選》。第2屆搶救文壇新秀再作戰學員。第5任總幹事。軟體工程師。書評電子刊物《祕密讀者》的編輯委員。

耕莘與我

　　這裡是文學的修羅場，祈求公正且殘酷的書寫者都長居於此。

兩棲作戰太空鼠

沒有威嚇。我只是輕說了聲：跑。

他立刻從地上彈起身子，在小小的牢室裡，跑了起來。沿著四方牆壁，繞著圈跑，跑得很快。圈子很小，他得向中心斜著身子，以畸形的身姿跑著，好抵抗離心力。不停旋轉，像一只無奈的鉛錘。

在這之前，我無法想像一個人看起來不像一個人，而像鉛錘。所以我在心中默默推算他的身體重心位置、體重、奔跑速度與身體內傾角度的公式。這樣我就能從他傾斜的角度，大概推算出他將跑多久。

早晚各一次，跑到規定的圈數為止。這得花上一些時間，但我不必費心思，他自己會報數。在我之前的人會大聲喝令，要他盡可能的跑大圈一些，擴大成更傷腳的，緊貼牆壁的四角形路線。不過我不喜歡大聲說話，我只想聽。我只聽他跑步的踏地聲，並且讓他知道我有在聽。

我不免認真思考：為什麼籠中鼠會在輪上奔跑？

還有，為什麼我可以忍受呢？作為一個觀看的人。

鼠群在我皮膚底下蠢動，沿著大腿內側一路開隧，大規模鑽爬上腦。它們用尖軟的鼻子戳戳我的大腦皮質，推拉神經元像操縱桿，擔任駕駛員的少年鼠表示系統狀況良好，正向能量循環中。

這是座彈丸之島，幾乎沒有平地，倒是有無盡的隧道。我們睡在隧道裡，隧道裡有很多房間。我分配的寢室有兩管日光燈，流明極低，很難在裡頭閱讀。躺在床上，我聽不見通風口風扇運轉的聲音，也許根本就不存在通風口風扇。海島的夏天是四十度的嚴酷

溼熱。因為通風不良加上作為恆溫動物的原罪,夜間寢室內溼熱更甚,綠色的床墊永遠是濕的,難以排汗散熱。天花板兩盞風扇轉動,在溼熱中攪動溼熱。

有人在睡夢中中暑。

我們得拼死喝,強迫自己排汗。但部隊裡沒有海水濾淨機,只有島上小小水庫積留的微溫淡黃土水,還是每天限量的。他們說,不過在二十年前,這座小島上塞滿三萬官兵,現在的資源可用充沛稱之,惜福啊死菜兵。

一開始我還在心裡試著計算那些不知名雜質的含量,每一個夏夜都在喝與不喝之間,悲壯決斷。後來我掌握了在不驚擾細小沉澱物前提下,平順飲水的技巧。再後來,我就說服自己,消磨雖然能累積成死亡,但畢竟可以忍受。

小島上很容易就能聽到「正向能量循環」這個詞。公佈欄上,蔣公說,禮貌是宇宙的真理萬物的道統。公佈欄頂端的裝飾,是政戰兵拿保麗龍切出的白日徽章。

我本以為禁閉室是在充滿白色光源的隧道裡,但不是,它被設置在山地公路旁,廢棄已久,藤蔓穿繞每一個鐵窗門柵。看上去與島上諸多廢棄營區毫無分別。為了這個個案,特別重新啟用。連上通信專長的中士帶人牽線,一上午敲敲打打,裝上監視器。中士很緊張,很擔心在未來幾天這個監視器與這條線會因為任何原因故障,任·何·原·因。

我想問他,為什麼非得將自己裝成一個瘋子,非得試圖毆打軍官,非得試圖用這麼笨拙的方法逃離。

但只要一看到他的臉,我就沒辦法問。那是一張絕對順從的臉,因為恐懼。而我是恐怖風景的一小部分,無論說什麼都是一樣的。

但我知道他獨自沉思的時候,在想什麼。

一定是宇宙。因為哪裡都去不了，所以我們必然思考宇宙。

如果過得很辛苦，也會思考禮節。

島上老鼠特別多。士兵在營區各個角落安置大量的捕鼠籠，甚至是自己用寶特瓶跟木板製作的簡易陷阱：將兩公升寶特瓶切掉三分之一，在邊緣安置一小片木板，木板內側放一小塊食物，外側則架在洗衣桶上，放在床底下過幾天也能抓到老鼠。老鼠會沿著軍靴爬上洗衣桶，然後再連著食物跟木板掉進寶特瓶裡。寶特瓶底部用一顆螺帽鎖緊在一片厚三合板上，經得起老鼠的掙扎。

那些老鼠都會是玩具。它們的死法端看當時流行風格而定，只要不弄髒衣服或環境，任何方法都是可以接受的。有一陣子大家喜歡將老鼠拋到半空中，然後試著用金屬球棒打出去。

球棒揮空，老鼠掉到地上也沒關係。老鼠的四肢筋骨通常已經剪斷，這是大部分遊戲前的標準程序。四肢剪斷後的老鼠在地上就能看出個性。軟弱的會因為劇痛放棄掙扎。另一些能忍耐痛楚的能慌亂空轉，掙扎得極快但移動得極慢。就有人以戲謔的聲音說：唷，是條硬漢呢！

在半空中被球棒擊中的老鼠多半只會噴出一點血沫，然後飛出幾公尺。打中的人會大喊：Home Run！然後原地小跑一圈。

但有打者揮棒太用力，直接把老鼠打成血肉煙火，四散飛濺的內臟沾到彼時還正在狂笑的義務役下士班長。班長很生氣。出於對同袍的禮節與義氣，這個玩法從此就被眾人自動封印。

新的玩法改成用兩根金色針尾的大頭針插進大老鼠的雙眼，直壓到底，稱呼牠為「金眼鼠王」，這個名字不知為何可以逗很多人大笑。雙目皆盲的金眼鼠王，帶著沒有瞳孔的兩顆金色義眼，在寢室裡亂竄，一尊神像亡命天涯。

我看著這一切，在笑聲中毛骨悚然。為了「正向能量循環」，我每每強迫自己跟著大笑。久了，也無法分辨是否該恐懼這些

笑聲。

老鼠死的那瞬間多半已不會叫。只有在恐懼的前戲中，老鼠才有機會尖叫。但鼠的尖叫確實地刺入我的腦子，那是形而上的精子，總能在夜夢中熟成一隻完整而潑野的肥碩巨鼠。

隨時間過去，它們軍容越發壯盛，那些死前經過改造的老鼠，像是金眼鼠王、藍天翱翔棒球鼠、七俠五義戰隊鼠、無腳土龍鼠、水鴛鴦神風鼠（有分口銜組跟後裝推進組）、二足直立進化鼠、二維平面鼠、線控人偶鼠……，牠們一字列開，已經夠組一個特戰排了。

綠衣黑褲白布鞋，早晚各跑三千，我們從小沙灘沿著海岸線跑到港口，再跑回來，來回三趟。我跑在鹹鹹的海風裡，試著回想夢裡是不是有人曾對我說了什麼。

陽光穿進我的瞳孔，再穿進小小觀測鼠的瞳孔。觀測鼠報告，標高一米六，系統狀況良好，均速行進中。

回到寢室，我脫鞋，從布鞋裡掉出半截鼠頭。

我跟鄰床的學長說，我被盯上了。

「誰叫你都不跟人說話，這樣被誤會剛好而已啦。」學長說。

「那怎麼辦？」我問。

「幹。」學長笑了：「啊不就開始跟人說話，讀書讀到憨喔？」

學長說，這裡只有沒權限光明正大搞你的兵才會這樣做，這種小意思啦，了不起頂多就是退伍前在你屁眼塞整隻老鼠而已，死不了人的。

真的有人被這樣對待？

「我也是聽人說的啦。」學長呵呵笑：「大概四五年前，迫砲連還沒被縮編的時候，有個快退伍的白目兵，半夜被一群人叫起來打，聽說有被拿老鼠塞屁眼。幹如果真塞得進去就神了。」

幾個學長聽到也開始加入話題。說那是終極必殺技，要滿足多重條件才可以發動，像是需要事先擴張（可以用守衛棍）啦，還有大量凡士林（安全士官桌放的護手霜不知道夠不夠潤滑）之類的。

「戰術執行就是要物資、人力、技術三者同時到位，缺一不可。我們連在這方面的訓練都可以推廣到日常層面，真是太精實了。」有人說：「指揮部應該要找時間獎勵我們。」

「這就是自強不息啊。」有人說：「我們求的也不是榮譽，只是滿足學習慾而已。」

沒有人談論我鞋裡的鼠頭。沒有人在看我。

我站在談話者的圈外，手拿半顆絕對塞得進自己屁眼的鼠頭。

夜裡，半顆鼠頭入列。代號小可愛。小可愛不佔空間，靠牆列隊時甚至可以直接把半顆腦袋接在我的腦殼上。跟我一樣沒啥存在感，也不太說話，因為沒有肺。

午夜站哨時，小可愛會跟我一起用半顆腦袋思考宇宙。本質先於意義而存在。生命是什麼呢？暴力是什麼呢？掙扎又是什麼呢？

島上星圖繁麗，我以為視力差就看不到星星，我錯了。我甚至能辨認出橫貫天空的銀河。即便是沒有月亮的夜晚，我都還能藉著星光視物。它們是如此明亮的存在，我懷疑除了穴居生物以外，地球上的生物有辦法理解真正的黑暗是怎麼一回事。

只有像人或鼠這種穴居動物，才有資格思考真正的黑暗，以及黑暗中生存的技巧。

在小可愛報到之前，這樣的共處時間是很罕有的，因為下半身還完好的囓齒類太喜歡打砲了。我有一點點羨慕牠們，也覺得很寂寞。作為一個巨大的人類士兵，安靜佇立，荷槍實彈凝視世界時，我很寂寞。身邊士兵群體起立，唱軍歌，腦袋空空如也報數時，我很寂寞。腦內眾鼠歡騰，銜咬各式記憶想法慾望穿進穿出時，也還是寂寞。

所以當我獨自面對深夜的星空與海時，我很高興有小可愛的存在。我都快要感激那個不知名的，將小可愛放進我純白運動鞋內的同袍了。我跟著小可愛一起思索我的寂寞與陪伴的本質，思索所謂的高雅與正義或許並不存在，只是慾望被培育或裁切成各種不同的樣子而已。

集合場上，總是會有幾隻狗蹓躂來去。大概凌晨三點左右，遠處有犬吠傳來。這邊的狗表示不能忍，紛紛跑到高地最佳開火位置，跟著吠回去。

眾鼠鳴鈴，緊急召開會議。

那個跑位實在精妙，必須跑過半個營區，爬上山林間黑暗的階梯才能趕走那些狗。而查哨官隨時都有可能會出現。如果在去趕狗的幾分鐘內（牠們還有可能根本不理人）查哨官就翩然降臨，人類士兵的我應該會被連隊主官幹到飛起來。

我呆站了幾分鐘，等著鼠們舉爪表決。缺乏決策效率是逃避獨裁者的機會成本。

「幹，你都不管狗的喔？」有人在我背後說。

我回頭，是安全士官。因為連上士官不足，是一兵代站的。照規定我不必喊學長好，我就不喊了。

「牠們在很遠的地方叫，我走不到。」

「幹。」安全士官說：「還真有藉口。」

「我現在就去看看。」我說。

「去！讓這些死狗吵到連長睡覺，我們就都完了。」

我繞過集合場，跑到樹林裡的階梯。狗叫聲還是有段距離，但很響亮。

我不敢大喊，用手電筒照了照四處，希望可以給牠們施加一些壓力。

有幾隻狗大概有被我的手電筒掃過，稍微安靜了幾秒，又跑到

更遠的地方去繼續互吠。

我回到崗位。

報告，牠們都在樹林裡。我說。

「媽的，裝無辜咧。」安全士官翻白眼：「等那些蠢狗回到這邊時，跟我說一聲。」

報告是。我說。

狗群回來時。我按了一下對講機，通知安全士官。

安全士官帶了一個包子出來。

「這本來是你今天的夜點，當作學費，教你怎麼管狗。」

他喂一聲，舉著包子，把狗群吸引過來。

等一隻白狗被安全士官逗得兩腳站立好嗅聞他左手的肉包時，安全士官右手的電擊棒就安靜地湊到白狗的脖頸旁。我聽到背對我的安全士官說了聲幹你娘，就用電擊棒按倒那隻白狗了，我聽到電擊棒的電流爆裂聲，還有那隻白狗短促的哀鳴。

狗群就散開了。

安全士官用電擊棒一直壓著那隻白狗腦殼。我聞到肉焦味。他掰開白狗的嘴，把我的肉包塞進去。「嘴饞是吧？就讓你解饞，蠢狗。」

「好了，就這樣。」安全士官站起身：「接下來幾個月那群蠢狗都不會敢來這裡。這就是前人種樹，功德一件。」

我看著安全士官將電擊棒掛回腰間。安全士官伸懶腰。

「技術性的部分我都幫你做了，好好善後啊。」他拍拍我的肩膀。

報告是。我說。謝學長。

「五分鐘搞定。」

報告是。

我扛著沉重的白狗，穿過集合場，沿著崎嶇不平的紅土路小

跑。路的末端轉角是個小懸崖，左方通往廢棄營區，右方通往主要
交通幹線。走幾小步，我聞到一股屍體腐臭味，知道這邊就是大家
平常丟棄鼠屍的地方。我放下白狗，調整姿勢，雙手分別握緊白狗
的前後雙腳，原地旋轉個兩圈，踉蹌幾步，脫手，靠離心力將白狗
甩出去。

　　一會兒我聽見底下悶沉的落地聲響。那聲響直震到我的心裡，
眾鼠離地三公分。

　　我發現我的後肩上沾了一些白狗的尿液。

　　對著空蕩黑暗的崖發呆幾秒後，我跑回崗位。

　　小可愛不知何時已經從我的意識裡消失，面對星空與海，我又
是獨自一人。

　　我對自己說，這不是我做的，一切都不是我做的。

　　在哲學議題上，鼠群無法跟我作語言交流。但是邏輯還是存在
的。所以我能感覺到，我在牠們眼裡看起來很蠢。

　　剪老鼠筋骨專用的剪刀有個名字，叫鼠頭鍘。聽說以前有陣子
流行剪鼠頭。

　　我想像小可愛盯著鼠頭鍘逼近時的心情。

　　老實說，我不知道站在什麼立場才可以讓自己看起來不蠢。

　　或許蠢才是本質，存有正確答案是僥倖。

　　隔天整備陣地時，我拿著漆著綠漆的十字鎬試圖驅逐蔓延進水
泥區域的芒草與土。舉高，揮落。試圖用鈍緣的土器斬斷草根。

　　任務進行到一半，我突然發現在芒草間有活物動靜。眾鼠勒令
我緊急煞車。我止住落下的十字鎬，剝開芒草。

　　是隻蟾蜍。

　　我腦裡眾鼠都開始互碰臉頰，擊掌慶賀了。

　　但我拿十字鎬逼近蟾蜍時，牠只是懶懶的動了下，沒有逃遠。

　　剝開芒草一看，蟾蜍一隻後腿已經血肉模糊，自大腿處被截

斷，只剩一片皮相連。

　　這是我做的。我深吸一口氣，很想罵幹。

　　眾鼠靜默。挫敗感洶湧而來，我已經蠢到鼠群不忍直視。

　　我不知道該怎麼辦，我試著將牠放到十字鎬上。在我的動作過程，牠居然昏厥過去，不知道是因為痛楚還是本能性的假死。

　　我盯著蟾蜍看好一陣子。然後發現，我是在期待自己可以彌補這個過失，我居然蠢到以為存在一個方法可以讓這肥醜的老傢伙活下去。我還能怎樣？將牠送到本島的寵物醫院（我想像獸醫看著我的表情）進行縫合手術嗎？兩個月內都還不知道能不能返鄉休假呢。

　　追溯這種愚蠢期待的來源，大概還是我沉醉於人類名目難以數計的知識，從物理學到醫學。居然真的以為那些東西擴展了個人的權力，它們背後的能量沛然巨大，彷彿可以分一點點來滿足自己的卑微願望。

　　我手上沒有手術用的針線。雖然我以為我身邊永遠會有適當的工具。我腦裡還有高中解剖青蛙的記憶，我能想像用針線縫合肌肉跟皮膚組織的作業流程。我以為我有辦法，事實上我還真有辦法，只是無法執行。

　　在這小島，我居然還以為自己是自由的，社會中的人。以為自己的心智可以觸及現實。想起被放到鞋中的小可愛，還有寢室裡無視我談論種種酷刑的學長們，我突然理解自己的處境。

　　負面能量持續上升，要當機了。金眼鼠王看不下去，側頭對駕駛鼠示意，駕駛鼠俯身用細尖軟鼻往我的豆腐腦一戳，將我所有找不到出口的悔喪全都導引成憤怒。

　　都是你自找的，笨蟾蜍。我都那麼用力的在剷草這麼長一段時間了，你居然還不扒緊皮滾遠點。我根本就沒有選擇，我才是無辜的。我還是無辜的。

　　蟾蜍醒來，想要爬下十字鎬。

　　我還在發抖。我在心裡說：「去享受你剩下的生命吧。」就把蟾蜍放進芒草深處，我再也不用負責的地方。

　　我們在草皮快樂翻滾躺臥。散開，各自定位，準備對空射擊。

　　「媽的最好拿步槍打得到飛機啦。」有人說。

　　「這裡有沒有蛇？」

　　「有的話就報告啊。」

　　「報、報告副排長，我、我這邊有紅螞蟻。」

　　「剛剛誰喊報告？」

　　「報告副排長，聽聲音像蛋皮人。」

　　「喔，蛋皮怎麼啦？」

　　「報告副排，這邊有紅螞蟻！」

　　「哎喲——」感覺副排側頭思考了一下：「演習是帶殺氣的啊，要像打仗。命重要還是螞蟻重要？忍一下。」

　　「報告副排，紅螞蟻真的很多！」抖音。

　　「哎——」副排又停頓了一下：「地點都是自己選的吶，怎麼不在趴下前看清楚呢？」

　　我聽見蛋皮人絕望的喘氣聲。

　　我評估一下，覺得自己這時發言掩護蛋皮的話，八成也會被當成目標。

　　我發現一隻綠色的小螳螂，就攀在我面前的草葉上，體長不過我的一根小指頭。

　　我超興奮。

　　「報告副排，我這邊也有紅螞蟻。」有人說。

　　又有第三人附議。

　　「好——吧，」副排說：「大家離那塊區域遠一些。」

　　蛋皮逃到我附近。小螳螂逃走了。

　　我只好盯著蛋皮看。只要不覺反胃的話，蛋皮也很夠瞧。蛋皮因為小時候長時間的異位性皮膚炎，全身的皮喪失彈性變得鬆垮，整個人脫光衣服後，就像一個肉色的米其林輪胎吉祥物，或者說，像一個人形陰囊。那副景色在我們寢室位列歷來的七大奇景之一。

　　蛋皮哭喪著臉說，拜託，拜託幫我看一下，有紅螞蟻的話幫我拍走。

　　小島嚴酷的陽光跟溼黏的海風，對他來說無疑是地獄。兇猛的蟲蟻大概也是。

　　蛋皮還算是做事比較積極的那一類型。談吐也風趣，至少比那些只會打嘴砲炫耀來源不明家產女友的蠢蛋有趣多了。

　　但作為一個外貌特異的人，蛋皮的人格太過健全光亮，有礙眼的皮囊作為襯托，那光亮就加倍刺眼，洞穴黑暗久釀的人獸之眼。

　　夜間射擊練習時，在前幾輪打過滿靶的人，會被選去靶溝組報靶。一般射擊的靶距是一百七十五公尺，夜間射擊的靶距較短，只有七十五公尺，不必走那麼遠。我們躲在靶溝底下，聽著步槍子彈打在我們頭上土墩的聲音。靶場之後就是雷區，雷區之後就是大海。我常常盯著月亮在海上的金黃倒影，像盯著白天的雲那樣，月亮倒影是會變形的，有幫助人作白日夢的效果。雖然不會是很舒服的夢，因為裡頭沒有任何意義，沒有意義的夢境是另一種恐怖。夜間待命射擊的時候，我總在無意義、帶有槍口延伸的幾何火線現實，與同樣無意義、不規則月影中的夢境間掙扎。

　　當這一輪射擊結束，有線電一下達「靶溝報靶」指示，靶溝組就要第一時間衝上去，清點自己負責的靶板上的彈孔數量，然後一一回報給帶領的士官。

　　前一陣子，附近的島才有士官莫名其妙地在靶旁送命，一槍命中頭部。沒人說得清楚是為什麼。

　　我們待在土墩下的小房間裡，就著門口月光，在槍響之間閒

談打屁。其中有個很短的鬼故事：幾年前連上某士官就在這裡，從雜訊很重的有線電話筒中，模糊聽到了「靶……溝……報……靶……」幾個字，他正要反射性地帶大家往上衝，就被士兵從後拉住了，射擊才剛要開始呢。

然後大家開始聊起跟娼妓有關的話題，我有點震驚，我一直以為那樣的行為已經要在這個國家消失了，畢竟似乎都沒人討論。至少在我過去的社交經驗裡這是不可能的。但他們問起我的性經歷時，就換他們震驚了。

「好歹也買個女人吧？」衛生排一位身材魁梧的學長，語氣充滿憐惜：「下次返台來找我，我知道一些不錯的店。」

「呃，謝了。」我說，滿懷感激：「我打手槍就好。」我的腦袋裡天天都在上演嚙齒類性派對。

「你是想當耶穌嗎？」有人說，咯咯笑著：「性耶穌。」

當天夜裡，我們回到隧道裡的小小寢室。蛋皮人發現他留在寢室的皮夾，裡頭的幾張千元鈔消失了。蛋皮人沒有表示很幹，他只是看起來很累，對類似的事。他跟排裡志願役下士班長反映。

「啊你怎麼把皮包留在寢室？」志願役下士問。

「報、報告，我在口袋裡放皮包大腿會癢。」

「是喔，有記鈔票流水號嗎？告訴我，我幫你報告上去，我們明天早上可以對整個連突擊檢查，把所有人的錢包翻出來所有鈔票一張一張對。」

「報告班長，我……不知道那是什麼。」

「就鈔票上的流水號啊，你沒記的話，我也沒辦法幫你啊。有沒有記？」

「報告班長，我不知道要記。」

「那就沒辦法啦。以後就記下來，以防萬一。嗯？」

謝班長。蛋皮人悻悻然。

我去走廊看了公佈欄，當天留守並執行內務檢查的就是那位下士。我沒跟蛋皮人說，我想他多半也知道。

世界偉人民族救星的蔣公說：這顯然是禮節問題。在隧道裡，多數災禍都肇因於禮節問題。

蔣公好巨大雄偉，我與蔣公的體型差距，大概就是像我跟老鼠之間的差距。

我仰望蔣公。蔣公沒有低頭。蔣公的頭在雲裡。蔣公才是真正的巨大機器人。

嗨。蔣公慈祥的聲音從上面傳來。

「嗨。」我說。

我剛剛說到哪？蔣公問。

「我也很想懂禮節啊。」我問蔣公：「可是我們在違背對方定義的禮節之前根本就沒辦法知道那些禮節是什麼。」

君子反求諸己啊。蔣公說：一切已發生的都不是不合理的，所有的要求跟磨練都是剛剛好而已。

「我沒有抱怨的意思，」我說：「我也想靠自己的力量走過去，可是我根本就不知道該從何學起。」

就瞪大眼睛自己學啊。蔣公慈祥的聲音說。

「瞪大眼睛？」我問。

就瞪大眼睛啊。蔣公慈祥的聲音說。

我試著瞪大眼睛。看到跟我一樣高的金眼鼠王站在我面前。

金眼鼠王把它的前掌放在我的頭上。

「閉上眼，這是開光。」金眼鼠王說，鼠王的聲音很有磁性，很好聽。

我依言閉眼，就看到了耀眼的白光。

直到那光太刺眼。

寢室濕熱的一切重新佔據我的感官。溼熱的空氣，溼熱的枕

頭，溼熱的床。還有霉味。

「起來，」有人正拿手電筒照著我：「再拖拖拉拉就把你拖下床。」是排上學長的聲音，來這裡以後我還真沒跟他說過幾句話。

「學長，我今晚沒有排哨啊？」我好想睡：「不是我。」

「白目喔？我說是你就是你。」學長小聲說：「不是夜哨的事，起來。」

我跟著學長來到連上的浴室。鼠群都躲在我的皮膚底下發抖，我試著推想接下來會發生什麼事，但駕駛鼠擅離職守，我的腦子完全動不起來。

門一打開，我就聞到食物的香味。

「唷，這不是耶穌嗎？」今天執行內務檢查的下士，手舉著一支豬血糕：「歡迎歡迎。」下士的面前擺了整整三袋炸物，還用瓦愣紙版墊著。「這邊有鹹酥雞、甜不辣、杏鮑菇跟豬血。啊還有四季豆跟炸皮蛋，不過量不多。」

圍著食物的還有另外兩位已經待退的學長，兀自低聲談笑。

我不知道該說啥。我甚至不知道這島上還有在賣鹹酥雞，還是在深夜。

「吃啊，發什麼呆？」班長問。

「謝班長。不過……我不知道我該出多少？」我身上實在沒多少錢。

「唉，不用你出啦。就算我請大家。」班長說。其他學長聽了忍不住都笑了。

「幹你還真有臉講。」其中一位說。

我等他們笑完。

「坐下啊，別拘束。」班長說。

我坐下。

「來，吃。」

　　我開始吃。我也是真心想吃，這幾個月來我實在受夠連上的食物了。伙房兵的廚藝還不算大問題。但是規定每餐必用的戰備存糧罐頭肉，那種過期肉類的氣味實在令人噁心。

　　「你跟蛋皮人處得還不錯吧？」班長問。

　　我幾乎噎到了。

　　「報告班長，我跟姚立鈞弟兄幾乎沒說過話，所以也不算熟。」我說。

　　「是喔？團體之間還是要互相關心啦，如果被孤立在社會外會很辛苦喔，人總是要融入社會的。大家都不想當兵啊，但既然進來了就好好當嘛。融入群體互相支援嘛。」班長說。

　　「報告是，」我說：「我會努力。」

　　「唉，別那麼客氣，你可是耶穌欸。進入正題，有人想請你幫個忙。這想法我也覺得合理，就算是關懷弟兄嘛。」

　　我不知道該做何反應，駕駛鼠依然罷工中。

　　「所謂皮鬆軟，雞雞短。蛋皮人在他的人生裡一直找不到女友，耶穌啊，你可以讓他射一發嗎？解救他苦悶孤單的靈魂。更何況他今天才弄丟了兩千塊，太需要安慰了。」

　　射一發？什麼射一發？

　　「哎唷耶穌你就別開玩笑了。就是射一發，形式不拘，用手用嘴用屁股都可以。」班長笑說。

　　報告班長，我……不知道我做錯了什麼？

　　「唉，是怎樣？我們好像一直答非所問。」班長抓抓頭：「一句話，做不做？」

　　報告班長，我沒辦法。

　　「噢別急別急，你可以慢慢考慮，明晚再給答覆。」班長舉起雙手說：「有人說你的脾氣是海陸的料，硬一點是非常好的。咱們離島陸軍有時比較奔放隨性，這我還有自覺。」

　　我回到床上，聞著枕上的霉味，我想起白狗屍坑的味道，還有白狗屍體的重量，我想吐。

　　「知不知道為什麼？」是鄰床的學長，他醒著。

　　我不知道。我說。

　　「只是有趣的小賭局啦，他賭你會答應。」他說。

　　學長，你也知道。

　　「沒辦法，主官不夠嚴。大鬼不恐怖，小鬼就會亂。這支部隊的風氣就是這樣，儘早融入其中就可以避免變成目標。我試著告誡過你囉。」學長說，但聽起來不帶歉意。

　　學長，你也有參與。

　　「對。」他說。

　　你賭哪一邊？

　　「你猜啊。」

　　你賭我會答應。

　　「對。」

　　所以我應該答應嗎？我幫他贏得賭局，他就會當我是自己人。

　　「喔，如果你已經答應的話，就太蠢了。你從此以後的地位就是玩具，有一就有二，就像那些老鼠一樣。如果你真的直接答應了，就算我看錯人了。」

　　我沒有答應。所以我不應該答應？但我不覺得狀況會改善。

　　「對啊，就算你不答應，他們還是會有其他方法來整你。努力開發你作為玩具的各種可能性。」

　　我不知道我該怎麼辦。為什麼事情會變成這樣。

　　「幹你真的很沒自覺耶。」

　　什麼？

　　「玩具就是因為玩起來有趣才會成為玩具啊，不是因為玩具做了什麼事，你幹嘛堅持讓自己變得那麼好玩又有趣呢？」

學長翻身，結束談話。

隔天正好是每月補給船將食材運到島上的日子，連上慣例會派六到十人去港口接貨，午點名後，我的名字也被叫到了。

到場的所有士兵，排成一條人龍，將封裝食材的一個個紙箱從貨艙傳過甲板、碼頭階梯，再到岸上。海蟑螂四處亂竄。

碼頭（同時也是防波堤）接船的水泥階梯，在潮間帶比較溼滑，本就需要留意。但我一直抓不到上游弟兄的工作節奏，他的動作又很粗魯，結果在我奮力舉起一整箱雞蛋的時候，就被這傢伙傳過來的下一個箱子撞上了。如果我放開那箱雞蛋的話，那箱雞蛋鐵定會摔回船上，也算完了。

有一瞬間我想試著將箱子拉回來，顯然值班的駕駛鼠高估了這台機體的重量。在我來得及後悔前，我已經摔下碼頭階梯。

（報告鼠王，我們自由落下。）

運氣很好的是，我這邊的船舷已經離碼頭有段距離，所以我不是摔到船上，而是從這兩者的間隙間，直直落進海裡。

（報告，我們漂浮在海裡。）

（報告，我們跟這個世界毫無關係。我們思考宇宙。）

我唯一一次，在這座島上嚐到海水的味道。因為七米左右的高度，海面的衝擊力讓我以為自己大概骨折了。但我試著游向那箱可憐的雞蛋時，我發現除了痛楚以外，我可說毫髮無傷。

（全員回報狀況！觀測鼠報告，連擦傷都沒有，機體完美地穿越了水泥碼頭、附於其上的藤壺，與船舷的間隙！）

在飄浮的時間裡，我似乎從眾鼠的眼睛裡看到了什麼。像是，擁有生命或者擁有暴力，跟好玩與否一點關係也沒有。

「唷，耶穌。聽說你下午有了一分鐘兩棲體驗，感想如何呀？」晚餐。志願役下士班長在領餐時側身問我。把我撞下海的弟兄就排在班長身後。

我不太確定怎麼樣才不算是個好玩具。

我也不知道夜裡，他們是怎麼樣讓蛋皮人安分躺在床上等我的。

「姚哥，多擔待。」我爬進蚊帳，在他背後說。然後做完我被要求做的事。

蛋皮人的身體僵硬，我不確定是因為憤怒或恐懼或其他。

我也不確定蛋皮人是否真的排斥我的碰觸。

時間流動得很慢，我不太清楚要怎麼樣才能更快結束。但也不是很介意了。

這就是君子反求諸己啦。巨大機器人蔣公說：要欺騙敵人前，要先騙得過自己。要殺敵人前，也要有本事殺自己。

「這樣我們就能殺任何存在了，任何不能用武器對準我們的事物。」我說。

孺子可教也。蔣公慈祥的聲音說：所以說我最喜歡儒家，也最喜歡王陽明了。焉能用有限之精神為無用之虛文也。

「我也想成為巨大機器人。」我說。

你也可以喲。蔣公慈祥的聲音說：只要爬得進駕駛艙，你也可以是巨大機器人。

我盯著蔣公接地的巨大雙足，皮靴黑亮。蔣公的褲管鞋襪底下隱隱有什麼東西蠕動。

我奮力爬上那雙巨大的皮靴，試著在蔣公的腳背上站穩後，一把掀起那蒼白的褲管。

裡頭是滿滿的，跟人一樣大的黑毛野獸。我沒見過這麼善於攀爬的生物。它們見光之後發出慘叫，在褲管的黑暗之中，一瞬間就移往更高處，變成蔣公褲管底下冉冉上升的一團隆起，留下我面前沾有髒污血肉的金屬支架。

我那時跟班長說，給我分紅，我就做。

　　針對老鼠，班長發明了新的玩法，就是兩棲作戰太空鼠：在洗衣桶裡裝滿水，老鼠頭上綁個塑膠袋權充氧氣罩，然後跟石頭一起綁在水底。

　　我成了刑具性耶穌，每有新兵進來班長就會挑其中一兩人，變成我的任務。因為看我執行任務遠比說服我有趣，我總會拿到從新兵錢包裡摸走金額的一小部分。

　　夜裡我會在學弟床上執行任務時，側耳傾聽那些老鼠在水裡掙扎的細小聲音，事實上，沒有聲音。在隔天早上拿出洗衣桶後，體型比較大的老鼠都死了，只有一些小鼠，在假死狀態中還能輕微顫抖。

　　無聲死亡的太空鼠，從未在我的夢境入列。

　　當學弟恐懼我的存在，就像恐懼其他人一樣時，我就跟班長說，其實這些工作我都很喜歡。

　　然後我就澈底地被遊戲本身遺忘了。

　　進入秋冬，換上厚重絨毛外套。我已經習慣讓其他人恐懼，也學會用高音量痛幹新兵。這讓我有更多的時間思考宇宙，成為禮節本身以後，就不太需要思考禮節了。我能理解，這過程存在一種高峰經驗，讓你覺得自己仿若得道者。

　　如果我還能不那麼有安全感，大概是因為老鼠還在。不管是室內或者我的心裡。

　　禁閉室衛兵是個爽缺，因為十分臨時，島上根本不存在戒護兵，也沒有多餘人力對他進行操練，抽調支援抵達之前，就是像我這樣的一兵擔任衛兵。排長說如有不從槍托伺候，但真打下去可能還是會死人的。

　　據說這傢伙進來禁閉室那天，以迅雷不及掩耳的速度，緊緊擁抱了護送的女士官。不是襲胸，不是強吻，是緊緊地擁抱。我不能分辨，那是不是隱含了某種優雅。

　　我也不能分辨，是用力逃跑的人比較懦弱，還是像我這樣屈服的人比較懦弱。我只能想，一切都是剛剛好，一切都是磨練。正向能量會循環，會帶來更多的正向能量。

　　就在我試著用正向能量來管理自己情緒的時候，我發現一隻幼小的黑鼠，出現在門口。

　　那是我見過最小隻的老鼠，看毛色明顯是家黑鼠，但軀體不過拇指大小。

　　它正在鐵欄斜射的陽光裡，跟空中飛揚的灰塵玩耍。兩隻前腳交錯撲抓，發呆，原地跳躍翻滾。我第一次在島上見到這麼自得其樂的生靈。

　　我心跳得很快，我偷偷注意著禁閉室裡的逃兵。我好怕他會對這隻幼鼠做出什麼事，我希望他已經因為無聊與疲倦睡著了。但事與願違，他還醒著，也跟我一樣，靜靜地看著那一隻小小的黑鼠跟這個世界玩耍。

　　我們靜默很久，那隻小鼠的興致一直很好，它甚至開始曬起太陽。我們都知道，這樣天真的生命是活不久的，但那之中另有一些燦爛的什麼。

　　鼠群爬上我腦室甲板，透過我刮花耗損的眼窗，佇立凝望良久，好像它們的任務已經達成：彷彿這個地點，這幅景色，一直以來就是它們的終極航行目標，驅動我向前移動的理由。

林佑軒

女兒命

作者簡歷

　　林佑軒，臺中人。1987年夏天生，數日後國家解嚴。

　　臺灣大學畢業，空軍少尉役畢。新生代作家。文化部藝術新秀、各大文藝營及創作坊講師。獲聯合報文學獎小說大獎、臺北文學獎小說首獎、大墩文學獎小說首獎、大武山文學獎散文首獎、桃園縣文藝創作獎散文首獎、教育部文藝創作獎優選獎、梁實秋文學獎散文評審獎等數十獎項，數度入選《九歌年度小說選》與《七年級小說金典》等文學選集。處女作《崩麗絲味》於2014年秋問世。

耕莘與我

　　謝謝耕莘。永遠記得，文藝營與奕樵同一小隊，而宥勳是隊輔的情景。我們都很努力。

女兒命

當我轉頭，父親在梳妝臺前。他悄然掩進休息室，牆上有畫，門邊有巨大花籃。他逡逡的背影，哪不與他借住我套房的那天一個模樣。

湖口那摸骨的，說話利索。父親拜訪之後，怨他就顧講，嘩啦啦啦，父親右掌讓他壓，左手想寫不能寫，自恨沒帶錄音筆，希望我隨去摸，幫他錄音。

我說好，我去，我不摸。

父親笑說，我摸好了，換你也去摸一摸。

爸，每次對你說，算命不準，你說準，你要曉得，關於命運，預測他是歧視他。不慎聽聞了情節，看電影的時候，愈忘愈清晰，又何必去看電影？〈鐵達尼號〉火熱的冬天，我對耳語「傑克最後會凍死」的小孩灑了可樂。我恨他拿走快樂。

就講我不摸了，我吼。

好，不要去了。他掛電話。

賭氣嘛你。我匆忙套好長裙。再彆扭嘛你。像個小女生。你以為我會立馬回電道歉：對不起，爸，我不是存心要吼你的，原諒我。我偏不。將妄想收起來吧，爸。我今天趕著出門，就算有閒在家，我也是要對你說，爸，我就是要吼醒你。佛陀說法如獅子王之咆吼，能聽聞者，皆具有大善根功德。我邊對鏡邊追想父親轉述，摸骨的是怎麼說的。不受教。我拿粉餅打底。正信佛教你也拜，摸骨你也瘋，你不受教。你會吃到九十二，八十那年有劫難，摸骨說。未來五年你會起七層大厝，你莫使結交溪北的朋友，要多與出身溪南、下港的交陪，摸骨說。是是，父親說。父親想必這樣說。

我補塗深色眼影。你兩個喔。對，生兩個，父親敬答。民國100年，伊講我會嫁娶後生，父親說得開心。我很生氣。摸骨的不就真厲害，與耶和華共款囉，是要抽我肋條，幫我做男友啊？那不關我的事，你去對林建宏說，我喊。弟弟才上大學，沒那麼快，你啦，我看難講，你看堂弟堂妹嫁嫁娶娶咧，了了你大伯二伯的願……我手機快沒電了，我喊。是是，父親唯唯諾諾。爸想討論個事，他說。

什麼？

你看我是不是要認乾女兒？摸骨的說我有女兒命。

女兒命。鏡子照不清我的眼線。

是喔，爸，再看看，我要出門了。是是，他說。

女兒命。我搭公車看窗外。

媽的有點意思，什麼是女兒命？

父親老去以前，母親就離開家，鬧了半年有吧那次。

母親好漂亮，愛打扮，我嫉妒她。忘了哪年除夕，我們在小舅家吃團圓飯。母系親戚感情好，做餐飲的、業餘的都去揮刀動鏟，豬腳進去水果來，飯後要打小牌、摸八圈，父親靜靜看，他不說話。他來自沉默的家族，我們不曾與父親那邊圍爐。

呦，相片在哪，舅媽嚷。讓小舅替下方桌，抬老相簿，嘩拉拉翻動起來，她指著最大那張。你爸以前多緣投。緣投？你看，他笑起來，帥。

蒼白的少年父親，下頦有尾子的笑容。我看照片想，聽說阿公真兇。

爸的巴掌臉、黑眼圈都跟我一樣。要說我跟他一樣。沙發間的父親瞧賞牆面那幅彈琵琶的旗袍女子，照片裡的父親乜視身邊的白婚紗。房門未關，舅媽以手畫出前凸後翹的輪廓。你媽彼時夭壽水，她說，然後小聲走私她的話：你爸有眼光，曉得你媽衫褲多，

又會穿。舅媽，我聽不懂。他是在羨慕她。您在說什麼呀。我想舅媽是醉了。

我哪會醉，比你舅舅還會喝。她拋下這話，走回方桌替了她的丈夫。

舅媽，我看著她的背影。妳沒我媽漂亮，妳在羨慕她吧。他羨慕她？我不懂。

母親離家是清晨。那時間不該有任何人是醒著的。今日我猶然怕是夢裡吵大架呢。我聽見她在大吼。沒事，太陽要出來了，我喃喃自語，沒事的。她摔壞了鬧鐘，我們家從此沒時間了。沒事的，我換了姿勢試睡。你不走，她喊，那我走，衣服都送你。我瞥見白洋裝閃過我的房門。拜託，拜託你們。往外瞧去，母親在客廳哭泣。我沒有向她說話。我應當說話的。她起身朝大門走，回娘家住了半年。半年能做的事可多了，父親修好了母親扯壞的衣櫃門，裡頭收藏她最寶愛珍惜的衫褲衣裙，有天我放學回家，瞧見父親把藏品全拿出來，手裡也攢了一件。他看見了我。

通通風，不會發霉，他說。

嗯，我答。

五個月後母親住回我們的小公寓，這戶口又像洋裝的尼龍質料，完好如初兼又撕扯不爛。母親不開那櫃子了，從娘家帶來新的。我憑印象描繪被遺棄的衣櫃內，套裝、洋裝、婚紗禮服的模樣。

祕密是我發現的。我是小聰明，小可愛。

父親北上開工專同學會，要借住我的套房。算命也沒那麼準。那陣子系必修演話劇，我是茱麗葉，西門町租衣貴，我讓父親直接挑件上來。祕密武器祕密用。美服患人指，高明逼神惡，又怎樣，豔壓全場如我，不關心賤民的事。那，我說，來住的時候，幫我帶套洋裝，我要借人演戲。你媽櫃子裡的？嗯。白的還是亞麻的？

爸，你滿清楚的嘛。白的那件。好。父親來了，他還沒吃晚餐，臺北入夜會冷。爸，我買薑母鴨吧，我家教的附近有。很遠嗎？還好，來回二十分鐘。好啊。我出門了，沒帶錢包，我跑回套房拿。我開門，父親正脫掉洋裝，匆忙間扯壞了左袖的玫瑰蕾絲。我看見他抖動的老人斑。

爸？我叫。

奕誠，父親說，那個，不知道合不合身，我幫你試穿一下。

爸，洋裝是我要穿的，我哪會對你坦白。祕密不換祕密。你講不公平。誰又公平過啊這世界。爸，隨姐妹逛百貨，我好自在。謝謝你，你送我的肉身，好像你的肉身，小臉白，黑眼圈，爸，你沒搞錯，你的就是我的，我喜歡你的煙燻妝，小祕密會遺傳，打勾勾，開不開心。今天窗外有雨，彼時也有雨像霧，我與CC去亞比倫艾專櫃，試用曲線馬甲磨砂蜜，聽我高中英文老師說，她們科辦公室集資合購，哇，好迷人，我們就來。

那天下戲，CC稱讚我。娃，你演得好棒，好女生。

她講什麼？好、女、生？

不懂。是嗎「好」形容詞而「女生」名詞，像我想偷取鄰家妹妹的祕密而對她說：妳是好女生。或像我暗戀的高中同學褚杰楷（別提那男校。又髒又亂又吵鬧。性別盲、陽具崇拜、交尾競爭、嘲笑殘障。好處只有，制服那麼醜啊，仍不減眾多的帥哥姿容）說，林奕誠，你好娘，走開，揍你啊敢碰我——「好」副詞而「女生」形容詞。女生啊妳轉品了，我羨慕妳善變並且美麗，但我撇頭，看見王澤元、康宛庭卸完了妝，帥氣漂亮的系對妒了多少人。走了。嗯。王摟康的腰枝走遠。我又沮喪下來，媽的，臭男生聽著，女生不是命定的形容詞，少在那自以為名詞了你。

我是戰士，我好感動，我幫女生說話。我直視CC，想聽她讚美我，她卻安靜坐在梳妝臺前，我看見羅密歐的扮相底下，她的

咽喉、她的指節、她的眉骨。好奇怪，都是女生，為什麼她指節纖細、眉骨柔和、沒有喉結。我說，CC，我們女生……茱麗葉，茱小姐，還沒下戲啊你，還我們女生咧。不，CC，我要講的確實是，我們女生。林奕誠，你穿白的那件算很好看，但你不是女生。她不耐煩的時候，胸脯微微起伏，骨盆寬闊像課本插圖，兩河流域的陶俑，六隻奶的生育神。妳講我不是女生，那麼快告訴我，是不是妳通過了什麼考試，所以能當女生。CC啊我要報名，快說好不好。夠了你林奕誠你是男生。可是，我從小就是女生。那大概是跨性別吧，她聳聳肩。

跨、性、別？

對，生理心理性別不同就叫跨性別。

所以我是跨性別？是吧。嗯。她走開了，豐臀細腰，那把中世紀的紙匕首搖啊搖。

CC，謝謝妳告訴我這個祕密，現在我知道，為何我跨上什麼，常常就下不來了。那個太陽月亮雙雙輝映高天的詭譎下午，褚杰楷指揮全班，將我擺在窗框上。他確實是與生俱來的領袖，我愛他，我沒逃。兩個校隊中鋒固定我，我抱白鐵窗框固定自己。墜落了，會死掉，就愛不到褚杰楷了。CC，我不能死，我要活著，接受他送我的東西。

啊——褚杰楷退十幾步助跑，朝我衝刺過來。他努力的時候最可愛了。幹，去死——他盡全力推窗砍進我的褲襠。人妖去死——他繃緊的小腿，我看見他的靜脈不斷變換，那是拿過校運會百米冠軍的肌肉。媽的變態去死——褚杰楷，我抱緊你，否則我會死掉，你好強壯，你好溫柔，我好痛，我不怪你，你別自責，因為是我的初夜。查某體去死啊幹——謝謝你，褚杰楷，你曉得我愛你，所以你雕刻我，砍掉不要的器官，看，褚褚，褚褚，我流血了，那兩顆骯髒的肉球，林奕誠向你們說再見。滾去泰國吧林奕誠幹——用力

啊褚褚，用力，多餘的東西沒了，你就進來，噢，你進來了，我好痛，我好開心，初夜可以獻給你。

鐘響，褚杰楷停了攻擊，狠狠喘氣並瞟我一眼。

他看見我的表情，CC，他哭了。褚杰楷，褚褚，為什麼你要哭，哭了就不像男孩子囉。你是喜極而泣，我好開心，今天是我們的第一次。

全班都去操場了，體育課要測千六，教室剩下我了，常存抱柱信，我緊擁窗框，豈上望夫臺，褚杰楷的背影轉進樓梯，我跨著女兒牆下不來。

可是很多事情，都來不及對CC說了。當日在亞比倫艾，櫃姐在CC手背塗滿馬甲磨砂蜜。娃，是砂糖，這款紫羅蘭香，CC驚呼。我從她手背沾了嚐，真的甜甜，邊用手偷偷調整鞋跟。適合我的高跟鞋比較難找，多虧CC費心。除了用後手乾，其餘她都滿意。欸，換你囉。換我囉，好期待，甜甜的東西我喜歡。我坐上CC的椅子。唉呦喂，new half[1]來囉，人妖爹爹逛大街——櫃哥朝同事啐出這幾個字。我與CC都聽見他的悄悄話了。他說我是new half。漂亮的河莉秀、美麗的椿姬彩菜都是new half。

你憑什麼說他是new half，死Gay，CC叫。小姐拜託，穿女裝來逛專櫃，不是new half那是啥？再講啊，你這死屁精，醜玻璃，玩巧克力棒的髒不髒啊你。磨砂蜜被CC掃到地下。妳罵我，我告妳。你告啊，是誰先罵誰啊，我向樓管客訴你。但CC，他罵我了嗎，我想當new half，河莉秀她真漂亮，椿姬彩菜真美麗。死Gay你聽好，同性戀沒有比較好啦，她吼。沒有比較好，妳是什麼意思，CC？我想起那天下戲，CC在女廁所裡尖叫，她喊，林奕誠你不要進來，要換裝去男廁所換。我大概真的不是女生吧。我看著暴怒的

---

[1] new half，ニューハーフ。Half是混血兒，而new half，日式英語，男跨女的變性人。

CC，我與她沒再聯絡。

爸，好可惜，CC分享了她的祕密，她來不及聽我的。

巷口的舊衣回收站，我去求了套女中制服，拆了繡線的。妹妹考上女中啊？恭喜恭喜。謝謝您，她很開心。我買了蜜茶，回家後鎖好門窗，房間要緊緊的呦，你怕嗎，挈了母親的針線盒，這活計不過進去出來，進去出來，這麼回事。與褚杰楷結婚了也是這樣。林——邊繡邊想他。褚褚我愛你。奕——聽說觀音示現有男女兩相，祢保佑我好不好，讓我跨過去吧。拈香。誠——做個好女生。你看，林、奕、誠。歪歪沒關係，我是正妹，我很美麗。拉關窗簾，脫去醜死了男校衣褲，我轉學了。國立房間女子高級中學。鏡子在哪，正面、側面、正面、側面，喝茶，拍照，跳舞，睡覺。後來我想，不拉窗簾才好，太陽大帥哥也來看看，漂亮的女生。我看見窗外飛過了蝴蝶。好醜的蝴蝶，像是蟲蛹插了翅膀。妳好醜，妳沒有我漂亮。漂亮有什麼用，我發現女中是不繡姓名的。誠——一個字一個字。奕——拆掉它。林——有人敲門。收好制服。胸口還剩一隻孤單的木，它男友已經死了。

門外母親叉腰。

住對面的看見你房間有女生啊。沒有啊。給我誠實。沒有啊。

別騙了。……。

女朋友？

嗯。

在哪裡？

先走了。

先走啦？母親說，像發現救難器材不必上場那樣鬆動下來。在一起就好好照顧人家，別學你爸。爸，別學你耶她說。下次歡迎她來家裡吃個飯呀泡泡茶。母親有意聚高音量，詭溫溫地綻笑，我瞥見衣櫃露出一段深綠半張黑。有比你媽水沒？沒有，媽媽最美麗。

媽，當然妳最美麗，妳給我最大壓力，脖頸、曲線、雙乳、骨盆，我嫉妒妳，穿穿看我那套女中衫褲，妳從我獲得望子成龍的期許，我就要從妳曉得我可以有多漂亮。舅媽沒錯，爸，我與你都嫉妒她，然後我恨，因為她講，你媽睏了，去躺一下，朝衣櫃掩嘴打個哈欠。故意的吧，哈欠！那是純粹的女高音，巫婆如我想要她的聲線，我不想再買書訓練發聲，希望變成點唱機，從男調變成女調，哪天接到了詐騙電話，聽筒裡會傳來，阿母，我乎人掠去呀，緊來救我啊，阿母，阿母，阿母。

爸，要快，媽她們在外面。

慢了怎麼可以，賓客等呢，他們祝福我，我要天女散香花，讓他們沖沖喜氣。

是是，父親邊答邊脫西裝。

慢騰騰的搞什麼？我發現他畢竟是老了。罪疚感湧上心頭：妳急個鬼，羞羞臉，要孝順啊。孝順。

於是我提醒他，還有兩件能換。

是是。

休息室有名畫亦有巨大花籃，比不上什麼亮眼：父親的背後蒼白，老人斑散成銅板黑花。

爸，我先補妝，待會換你。

是是。

補妝麻煩。漂亮物都很麻煩。訓練後，嗓子偶爾不穩，我不在意，漂亮又完美那會折壽。喉結手術的傷痕，人常常以為吻痕。哪那麼多爛桃花啊，我摟我未婚夫這樣回應，心酸酸。隆鼻，提唇，磨顴骨。天殺的磨顴骨。爸，謝謝你，巴掌臉不必切下巴，磨頷骨。至於你，聽好了，褚杰楷，我早就不愛你了。不愛不愛不愛你了。繡花肉球你沒摘，哼，我親自拿下來。敬酒時，我會悄悄對你說，你知道嗎，我的陰道擴撐器，上面寫的不是褚杰楷，是我老公

的名字。你輸了，愛不到我了，乖乖，不哭。

打勾勾，這是我們的祕密。

祕密你壞壞。你是帥哥吧，帥哥通常壞壞。那日我向父親借電腦，發現他會用即時通。六十好幾了，爸，不簡單。我檢閱訊息記錄，敲呼了他的網友。你好。

網友回傳了父親的女裝相片，十張、二十張，擺滿了整個螢幕，母親那櫃衣服。變態，偷偷喜歡我爸啊。我朝網友的大頭貼扮鬼臉。爸，你最愛白的那件對吧，你看你換了幾個姿勢，仍是漂亮的白洋裝。我也好愛，每次打開那個衣櫃，穿過一輪之後，還是那件好看。爸，你別和我搶。

不必搶啊，輪流穿。父親換回西裝出去了，我挽好丈夫準備敬酒。母親在主桌，舅媽在附近，CC與褚杰楷分坐遠處兩桌。包多少啊你們兩個。婚姻是人生大事，老公甜心請指教。父親？林建宏會照顧他。

我看也不用，他多快樂啊，補妝之際回頭，父親穿嚴了我的婚紗正在對鏡。女兒命。摸骨的全對了，加送引申義：父親是女兒。

我看見她已拉不攏背後拉鍊，銅板黑花隨浮腫肌膚綻放白浪之間。爸，妳做女生，還要加油，看妳像看舊的我，在蕾絲啊、鋼圈間跨半天跨不過來。又怎樣？父親妳想當我的母親，女兒我支持妳。來生，若有來生，換我做妳的阿娘，我們是全新的一對母女。

放下眉筆，步向父親，撫她的背，用力拉起拉鍊，將黑花埋葬白衣裡邊。爸，慢慢穿，今天晚上還有三套要換，我說。

聯合報文學獎小說大獎＼2010發表

徐嘉澤

三人餐桌

作者簡歷

　　高雄人。迷你馬身高，頭髮短短和身高一樣長不高，只好努力出書來把自己墊高，台客混搭日系野狼風，ㄓㄗㄢㄤ嘴裡永遠分不清，熱衷寫故事也樂於旅行和交友。近期作品有《下一個天亮》、《秘河》、《他城紀》、《第三者》等。

耕莘與我

　　多年前，窩在D的地方寫下我經常看見日常一景，那日常隨著D的父親的過世已不復存，但D的父親卻可以永遠活在文章之中。文章獲得第二十八屆時報文學獎短篇小說首獎，隔年被收錄在九歌的《94年小說選》，我卻錯植了D的照片，冥冥中似乎D的父親暗示著我該感謝的人是誰。

　　多年後，再讀這篇，彷彿回到過去，誰都不曾離開似的，只有自己的眼淚從眼眶逕自逃出。

三人餐桌

　　悶熱的廚房內一個圓凸著肚子，偌大身軀的男人，站在大炒鍋前，額頭微淺著汗，桌上已擺了剛上桌的鹹蛋苦瓜、薑絲炒大腸、糖醋排骨，男人從鹽罐中杓了些許鹽，又添了些醬油，輕快流利的用鍋鏟翻攪著鍋內的雞肉，最後快速的灑上蔥花和辣椒調色，將一盤冒著熱氣的宮保雞丁往桌上一擱，他朝樓梯間大聲地吆喝著小孩下來用餐：「下來吃晚餐了，阿和。」

　　隔著一扇拉門外，男人的老婆在外頭幫客人理髮，那味道像拉長的手臂極力的往外延伸，一攫住人，便順著鼻子爬伸進去，女人的胃順著氣味翻攪著。

　　「肚子餓了呢！」她心裡思忖著，瞥向椅子上另一個客人，再忍耐一會就能吃飯了。

　　樓上跑下一個二十六歲左右的青年，下了樓，先開了拉門看了一眼，女人繼續剪著頭髮，電風扇嗡嗡作響，電視傳出人聲，客人專注的看著鏡子，另一個坐在椅子上，呼吸配合著電扇的聲音一吸一吐著沉重的氣息，他關上拉門進到父親在的廚房，桌上擺著熱騰騰冒著煙的菜餚。

　　男人要青年嚐嚐：「味道如何？會不會不夠味？現在味道都嚐不出來，都只能憑感覺加。」

　　青年嚐了一口鹹蛋苦瓜說著：「味道很好啊！」

　　「不會太鹹嗎？」男人擔心地追問著，邊用手將臉上的汗拭去。

　　「不會啊！剛好。」青年從冰箱倒了些冰水去暑，廚房內的熱氣不斷圍繞著，就像嘴裡的味道一樣，有點濃的散不開，一直到他

喝下了口水才覺得輕鬆，「爸，要不要喝一點？」

男人搖了搖頭，青年夾了另一道菜吃著。

像是想到什麼，男人從位置上站了起來，今早他才去市場挑了條新鮮的魚，那魚陳列在台子上，新鮮的鰓一張一合地，魚鱗散發著銀亮的片面，他抓起一條魚，那魚大大地擺動尾鰭，那魚商說著：「頭家你很識貨呢！這條魚很新鮮，今早才捕起來的。」

他定定地抓起那魚，要老闆幫忙去掉魚鱗和內臟，老闆用刮板快速來回在那肥碩的魚身上刮下鱗片，接著用魚刀從腹部一刀，掏出了內臟，用身旁的水隨意沖了一下，便交到那父親的手上。

男人燒了一鍋開水，從流理台取出砧板，將冰箱的魚安放在上頭，將魚快速的切成幾塊，放進薑絲、灑了些鹽和味素，將魚丟入。青年從位置上站了起來，走近拉門拉開朝外瞧了一眼，原本坐在小板凳上的客人已經坐在理髮椅上。

女人看了他一眼說著：「你和爸爸先吃。」

此刻的她肚子像在湯裡沸騰的魚一般，咕咕作響著，她嚥了口水，繼續專注地剪著客人的頭髮，那青年拉上拉門前，外頭又走進另一個客人，坐著原先那小板凳上空下來的位置。

青年退回到廚房說著：「還有客人，爸一起先吃啦！」

男人看著沸騰中的魚湯，醫生囑咐他不能吃太鹹太辣有刺激性的東西，不能抽煙喝酒嚼檳榔，不能熬夜太疲累……不能，他記不太得了，現在能做的除了喝普通的白開水之外大概就是等死，他不知道自己還能做什麼。

他將做好的湯端上飯桌。

「現在吃什麼都沒味道了，吃這些做什麼？」男人說著，不自覺的將桌上的菸點上，深吸了一口又將菸置在煙灰缸中。

廚房內的熱氣悶在裡頭散不去，青年不知該怎麼回應，生硬地回著：「爸，不然喝點綠茶好了可以抗癌。」

他站起身來要去拿茶包，男人阻止：「你吃飯就好了，我自己來。」

青年看著眼前的男人，整個下頦經過一次手術被割除，現在是用人工的下巴，整個口腔內側原本都包覆著癌細胞，曾經存在的部位如今已不再存在，或許說被其他存在的物體所取代，但是癌細胞卻向四處逃竄，動過手術之後，醫生仍無情的宣布癌細胞擴散到淋巴腺，男人的人工下頦外頭用從大腿割除下來的皮膚包覆著，臉上兩層差異性的顏色，他將口罩戴了起來，僅露出眼。男人回憶著那口中的味蕾，鼻息間聞進的味道，他被割除的半截舌頭，似乎觸動到那不存在的物體，不存在的口腔似乎分泌出口水，他吞嚥了口水，但喉間卻感到刺痛，那場關於美食的夢境消失了。

桌上的食物閃著油光，青年細心吃著，卻不時注意著男人的舉動以及從拉門小縫間瞥向外頭的女人，剪髮椅被橫放下來，女人正在幫客人剃鬍漬。他看見女人開著一盞燈，白盞的燈將光全照在客人臉上，女人專注的抹上一層薄薄的刮鬍膏。

「還不來吃，飯菜都要涼了。」男人探頭朝外看了一眼，音量大小恰巧的落入到青年及女人耳中。

「爸，你也先吃一點。」

男人喝了口自己泡好的綠茶，他想起自己早已消失的下排牙齒，連咬碎食物都成了一件艱難的事情，他從冰箱內拿出豆花囫圇地吞著，邊對青年說著：「我不餓，你先吃，等你媽忙完我再和她一起吃就好了。」

女人用刮鬍刀順著客人臉的弧度，輕輕帶過那刮鬍膏被堆擠到一側，鬍渣黏落到刀片上，待刮完後，又敷上一層熱毛巾，另一個新進來的客人不安地看著牆上的鐘，女人朝小板凳處說著：「拍謝啦！客人，快輪到你了，再等一下嘿！」

她順著那客人的眼光望了牆上的鐘，已經八點多，覺得自己的

胃變得空蕩蕩的，但又像有無數的小針刺向自己的胃底。做這行業好像就習慣這樣的生活，有客人在時沒有辦法走開，只能一個接一個的剪，她在心裡安慰著自己：「再一下子，再一下子就好了。」而從胃裡發出的迴響已經被電視聲所掩蓋住。

青年仍舊以極慢的速度夾菜配飯，然後再喝口冰水，男人動過手術後，口腔內壁、舌頭前半截、下巴和原本不同，然而實際上不同的不僅是外觀，而是內在，青年覺得他生命中熟悉的男人不斷以口罩阻絕任何的關心，男人拒絕做進一步的溝通，唯一和家人相處的時間便是在餐桌上，一如沒生病前般，盡責的在廚房弄出一頓吃的，好讓一家人圍在同一飯桌上吃飯。飯桌上的菜餚味道變得有點混濁，和記憶中的味道不甚相同，有時過鹹、有時太甜，不過料理的方式和之前都是相同，外表看似相同的菜餚味道卻嚐起來不一，青年和女人在飯桌前總盡力維持著和之前相同的氣氛，男人會像飯館中初作菜餚的學徒般擔心地問著：「味道還好吧？」接著像住在頹圮巷弄中而自怨自艾的老人般說著：「現在任何味道我都吃不出來了。」然後氣氛凝結在那，那母親和青年只能回應著：「和之前味道都一樣很好吃。」

男人坐在一旁看著青年用餐，他試著想像某道菜餚應該是怎樣的味道，好比那道鹹蛋苦瓜，料理前要先將苦瓜切片，鍋子內悶點水然後將切片苦瓜放入悶個十來分鐘，等到苦瓜變得熟軟才將鹹蛋切碎放入，那蛋黃在鍋裡蔓延開來將苦瓜包覆著，那時夾進嘴裡的味道會是鹹味中帶著苦味，以及蛋黃黏稠的口感帶著苦瓜的清新脆度，男人不自覺的將上下顎咀嚼，但霎時發現口中有的只是汩流出來的口水。他又喝了口杯中的綠茶，記憶中的綠茶應該帶著點清香和苦澀味，但如今喝進去的和一般的開水差不多。那些食物明明可以經由大腦指認出來，那是鹹蛋苦瓜、那是薑絲炒大腸、那是糖醋排骨、那是宮保雞丁，但味覺的記憶卻彷彿憑空的消逝掉，況且只

要稍微有刺激性的東西入口，兩旁未被消除的口腔內壁會覺得刺痛，而吞嚥時咽喉也有灼熱感，醫生告訴他，由於太晚治療整個癌細胞早已經擴散開來，要他做好心理準備。

青年想著四年前，在相同的廚房內，男人抱怨著當吃到些許辣椒、胡椒、薑片、或蒜頭時，口中會有辛辣感，像是成群的小螞蟻在叮咬著口腔一樣，男人說著可能早期檳榔當成點心吃，裡頭的口腔黏膜都被石灰給破壞掉，青年囑咐著四年前的男人說：「爸，要去給醫生檢查啦！」

只是時間的流逝比人們所感受到的要快，四年後那或許開始令人不以為意的小傷口，已經經過癌細胞的累積增築而隨著淋巴管四處擴散。四年後的現在，青年不知該說些什麼，看著眼前的男人，他懊悔著四年前應該堅決的帶男人去就醫，或許就不會造成現在這個局面，他將空掉的碗小心的盛了碗魚湯。

外頭工作的女人盯著牆壁上的鐘，已經八點半眼前的客人頭髮也洗好正在吹乾，轟隆隆的聲音，她似乎想到什麼走到店門口，將鐵捲門放了下來，才又繼續替客人吹著頭髮，翻攪的胃讓她只能大口大口的吞著口水，原本飢餓的腸胃似乎像在抗議反撲似的，有如一隻手緊緊將她腸胃一把揪住，口中忍俊不住的發出一聲痛息，一直到幫客人抹上髮雕，收下客人錢，將客人送走，關上那扇門，她終於覺得鬆了口氣。一地板的頭髮散落在那，一桌子的工具也未整理，她沒有心思理會，拉開拉門，廚房的熱氣一股襲來讓她差點站不住腳。她瞥向坐在餐桌前的兩人，一個靜默地喝著湯，一個不發一語的點著菸，看著菸瀰漫在這小小的四方空間中。她抱怨了一句：「都病成這樣了，還抽什麼菸。」其實她自己也知道，從男人動過手術後，已經不抽煙，頂多吸了一口就把菸放在煙灰缸內，像是欣賞一件藝術品般地看著，或是成癮般地聞著。

「工作到那麼晚，一家人要在一起吃飯的時間都沒有。」男人

嘴裡抱怨著，卻站起身來替那母親添了一碗飯。

「我不工作，我們一家人早就先餓死了，還能坐在一起吃飯啊。」女人將多年的積怨如同往常般的敘述，這故事在這家中已經被說上不下數百、數千次。

青年將手上的碗往桌上用力一震，說著：「你們是要吵架還是要吃飯啊，要吵架你們吵就好了，飯我就不吃了。」他看了手上的錶，這頓飯他也吃的夠久了。

然後一家人的動作像是停格的戲碼，下一瞬間在女人說著：「吃，吃」才又恢復動作，她夾了桌上的菜大口的塞進嘴裡，過鹹的味道不斷在嘴裡散開，「加了幾匙鹽巴啊？」她在心裡抱怨著，又扒了好幾口白飯進去，氣定神閒地說著：「天氣很熱，我喝杯冰茶。」

男人緊張地問：「味道如何？」

女人答：「都一樣，當初會嫁給你就是你很會煮菜，幸好現在還是一樣會煮……」

青年笑著站起身來替女人倒了杯冰茶。青年和女人都知道這樣的戲碼再演也演不了多久，男人將臉上的口罩拿了下來，拿了碗替自己盛了碗魚湯，想到自己遲早會變成市場中的那條魚，只能在賣台上將嘴一張一合地，直到被挑選上的那一天，才能真正的得到休息。

（選自徐嘉澤：《不熄燈的房》，寶瓶文化出版，2010年）

語言文學類　PG1592　耕莘文叢03

耕莘50小說選

主　　編/許榮哲
責任編輯/洪仕翰
圖文排版/張慧雯
封面設計/陳明城、陳德翰
封面完稿/蔡瑋筠

發 行 人/宋政坤
法律顧問/毛國樑　律師
出版發行/財團法人耕莘文教基金會、秀威資訊科技股份有限公司
　　　　114台北市內湖區瑞光路76巷65號1樓
　　　　電話：+886-2-2796-3638　傳真：+886-2-2796-1377
　　　　http://www.showwe.com.tw
劃撥帳號/19563868　戶名：秀威資訊科技股份有限公司
　　　　讀者服務信箱：service@showwe.com.tw
展售門市/國家書店（松江門市）
　　　　104台北市中山區松江路209號1樓
　　　　電話：+886-2-2518-0207　傳真：+886-2-2518-0778
網路訂購/秀威網路書店：http://www.bodbooks.com.tw
　　　　國家網路書店：http://www.govbooks.com.tw

2016年7月　BOD一版
定價：300元
版權所有　翻印必究
本書如有缺頁、破損或裝訂錯誤，請寄回更換

國家圖書館出版品預行編目

耕莘50小說選 / 許榮哲主編. -- 一版. -- 臺北
市 : 秀威資訊科技, 2016.07
　　面 ;　公分. -- (語言文學類 ; PG1592)
BOD版
ISBN 978-986-326-380-7(平裝)

857.61　　　　　　　　　　105008762

讀 者 回 函 卡

感謝您購買本書,為提升服務品質,請填妥以下資料,將讀者回函卡直接寄
回或傳真本公司,收到您的寶貴意見後,我們會收藏記錄及檢討,謝謝!
如您需要了解本公司最新出版書目、購書優惠或企劃活動,歡迎您上網查詢
或下載相關資料:http:// www.showwe.com.tw

您購買的書名:＿＿＿＿＿＿＿＿＿＿＿＿＿＿＿＿＿＿＿＿＿＿＿

出生日期:＿＿＿＿＿年＿＿＿＿＿月＿＿＿＿＿日

學歷:□高中 (含) 以下　　□大專　　□研究所 (含) 以上

職業:□製造業　□金融業　□資訊業　□軍警　□傳播業　□自由業

　　　□服務業　□公務員　□教職　　□學生　□家管　　□其它＿＿＿

購書地點:□網路書店　□實體書店　□書展　□郵購　□贈閱　□其他

您從何得知本書的消息?

　□網路書店　□實體書店　□網路搜尋　□電子報　□書訊　□雜誌

　□傳播媒體　□親友推薦　□網站推薦　□部落格　□其他＿＿＿＿＿

您對本書的評價:(請填代號　1.非常滿意　2.滿意　3.尚可　4.再改進)

　封面設計＿＿　版面編排＿＿　內容＿＿　文／譯筆＿＿　價格＿＿

讀完書後您覺得:

　□很有收穫　□有收穫　□收穫不多　□沒收穫

對我們的建議:＿＿＿＿＿＿＿＿＿＿＿＿＿＿＿＿＿＿＿＿

＿＿＿＿＿＿＿＿＿＿＿＿＿＿＿＿＿＿＿＿＿＿＿＿＿＿

＿＿＿＿＿＿＿＿＿＿＿＿＿＿＿＿＿＿＿＿＿＿＿＿＿＿

11466
台北市內湖區瑞光路 76 巷 65 號 1 樓
秀威資訊科技股份有限公司　　　收
BOD 數位出版事業部

....

（請沿線對折寄回，謝謝！）

姓　　名：_____　年齡：_____　性別：□女　□男

郵遞區號：□□□□□

地　　址：_____

聯絡電話：(日)_____ (夜)_____

E-mail：_____